Naslov originala
T. A. Williams
Murder at the Leaning Tower

Za izdavača
Tea Jovanović
Nenad Mladenović

Glavni i odgovorni urednik
Tea Jovanović

Lektura / Korektura
Agencija Tekstogradnja / Agencija TEA BOOKS

Prelom
Agencija TEA BOOKS

Dizajn korica / Crteži za korice
Nick Castle / iStock & Shutterstock

Izdavač
TEA BOOKS d.o.o.
Por. Spasića i Mašere 94
11134 Beograd
Tel. 069 4001965
info@teabooks.rs
www.teabooks.rs

ISBN 978-86-6142-216-4

T. A. VILIJAMS

UBISTVO KOD KRIVOG TORNJA

ARMSTRONG I OSKAR 6

Sa engleskog preveo
Danko Ješić

Za moju divnu unuku, Ajris, koja zaslužuje jednog crnog labradora u svom životu.

1.

Sreda 11. maj – po podne

– Šta misliš o političkoj situaciji u Italiji, Oskare?

Oskar nije odgovorio, ali nisam to ni očekivao. Bilo je to nepošteno pitanje iz dva razloga. Prvi je što, s nekih četrnaest političkih partija na sceni, tumačenje složene matrice koalicija u italijanskom parlamentu ne bi bilo lak zadatak ni za nekog poznavaoca. Drugi razlog zbog koga je to pitanje bilo nepošteno jeste što je Oskar labrador.

Jedini odgovor koji sam dobio bio je to što je otvorio jedno oko, proverio ima li hrane, a onda ga ponovo zatvorio. Nežno sam ga dodirnuo stopalom. – Dobro, politika nije tvoja omiljena tema. Shvatam. A šta je s fudbalom? Šta misliš, kako će *Fjorentina* proći naredne sezone? Ove sezone su bili u sredini tabele. Misliš li da će se popraviti, Oskare?

Čudno je o kakvim stvarima razmišljaš i govoriš dok si u zasedi. Sećam se brojnih takvih situacija, posebno na početku karijere u londonskoj policiji, kad sam morao da provodim duge, dosadne sate zureći kroz objektiv foto-aparata ili dvogled u neku sumnjivu kuću, vozilo ili ljude. U slučajevima kad sam imao društvo, teme o kojima smo razgovarali gotovo uvek su bile sport, seks, televizija i ponovo sport. Kako sam napredovao do čina glavnog inspektora, postepeno sam provodio sve manje i manje vremena na terenu, a sve više u kancelariji. Sad kad sam otišao u penziju, preselio se u Toskanu, i pokrenuo svoju agenciju *Den Armstrong, privatni istražitelj*, ponovo sam počeo da tabanam, a to nije uvek bilo zabavno.

Ispravio sam noge, podigao ruke iznad glave i istegnuo leđa. Sledećeg meseca punim pedeset sedam godina, i počeo sam da osećam starost. Oskar je, s druge strane, imao svega tri godine i bio je pun energije... mada to ne biste rekli da ste ga gledali kako tog dana tiho hrče kraj mojih nogu. Krili smo se u maloj ostavi koja je pripadala Univerzitetu u Firenci, motreći na jedan prozor odseka za fiziku na drugoj strani dvorišta, čekajući da uhvatimo izvesnog profesora fizike na delu, s jednom od studentkinja. Moj fenomenalni foto-aparat sa izuzetnim, dugačkim, teleobjektivom nalazio se na stativu, okrenut prema naučnikovom prozoru, spreman da snimi sve što se događa u laboratoriji. Kao i u mnogo drugih slučajeva kojima sam se nedavno bavio, nevera u braku bila je glavna tema, mada ne i previše prijatna.

Napolju je bio još jedan lep prolećni dan u Firenci. U stvari, u Engleskoj bismo to nazvali savršenim letnjim danom, s temperaturom oko dvadeset pet stepeni, iako je bila tek sredina maja. Nije bilo ventilacije u toj maloj ostavi, ali debeli, kameni zidovi petsto godina starog univerziteta prilično dobro su vrućinu zadržavali napolju. I pored toga, znao sam da će mom psu i meni biti drago da ponovo izađemo odatle kad posao bude okončan.

Bilo nam je potrebno još sat vremena dok nismo obavili posao i napravio sam dvadeset ili trideset kompromitujućih fotografija pomenutog para koji se grlio na stolu između kompjutera i nečeg što je ličilo na laser. Nadao sam se da će biti oprezni pored te potencijalno smrtonosne naprave, mada je laser verovatno bio najmanji od problema koji profesora očekuju. Nisam sumnjao da će to biti dovoljan dokaz za nesrećnu profesorovu ženu koja me je unajmila da špijuniram njenog muža. Kad je Oskar shvatio da je naša misija obavljena, skočio je na noge i stresao se. Sagnuo sam se i počeškao ga po ušima.

– Jesi li raspoložen za šetnju i piće?

Na osnovu izraza njegovog lica, bio je.

Nakon kratke šetnje vijugavim ulicama staroga grada zaustavio sam se kod omiljenog bara nedaleko od svoje kancelarije, da naručim pivo za sebe i vodu i keks za Oskara. To je bila prilično uska ulica, s kolima parkiranim u nizu duž čitave suprotne strane, ali čak ni to nije kvarilo čistu lepotu renesansnih fasada. Sedeo sam za stolom na trotoaru i gledao ljude koji prolaze, kao što sam često radio. Firenca je sigurno jedno od najkosmopolitskijih mesta na svetu, s neprekidnim dotokom turista, i često sam igrao igru „pogodi nacionalnost". Već sam imao deset sigurnih pogodaka i šest ne tako sigurnih, kad mi je telefon zazvonio. To je bila Lina, moja nezamenjiva sekretarica, istraživačica, recepcionerka i prijateljica. Poznavali smo se gotovo dve godine i, mada je za mene radila manje od dva meseca, izuzetno dobro me je poznavala.

– *Ciao*, Dene, mogu li da pretpostavim da si završio posao na univerzitetu i sediš nedaleko odavde?

– S hladnim pivom u ruci, da, Lina, dobro me poznaješ. Šta ima novo?

– Jedan gospodin je došao da te vidi. Englez je i ne govori italijanski.

Lina je već neko vreme učila engleski, ali čuo sam po njenom glasu da se oseća pomalo nesigurno, i zato sam iskapio ostatak piva.
– Dolazim za dva minuta.

Kad sam se vratio u svoju kancelariju, zatekao sam visokog mladića od oko dvadeset pet godina, odevenog u crnu kožnu jaknu, crnu rolku i crne farmerke. Pošto je većina ljudi koje sam video na ulici bila odevena u šortseve i majice s kratkim rukavima, mora da se kuvao u tome. Ustao je kad sam ušao i odmah je ustuknuo kad je video Oskara. Brzo sam ga umirio.

– Ne brinite se zbog Oskara. Miran je kao jagnje. Izvinite što ste čekali. Kako mogu da vam pomognem?

Nesigurno gledajući u Oskara, koji je izgledao pomalo uvređeno i namerno je okrenuo leđa posetiocu, a onda seo i počešao uvo zadnjom nogom, mladić je prišao da se rukuje sa mnom. Dok je to radio, izvadio je posetnicu iz džepa i dodao mi je. – Pirs Kuper-Stivenson. Drago mi je što sam vas upoznao. – Njegov naglasak nije bio baš kraljevski, ali ipak je bio prilično otmen. Video sam kako gleda ka Lini, koja je sedela za stolom, a onda je tiho rekao: – Ono što ću vam reći krajnje je poverljivo. Možemo li otići na neko sigurno mesto da razgovaramo?

9

– Moja kancelarija je tamo.

Otvorio sam vrata i mahnuo mu da uđe, pobrinuvši se da Oskar ode pravo u svoju korpu, umesto da gnjavi mladića. Dok sam ulazio za njim, pogledao sam njegovu posetnicu. Imala je logo koji je podsećao na neku grabljivicu i natpis GS *flajt*. Njegovo ime je bilo ispod, a onda mr (Oksford), magistar poslovne administracije, a funkcija mu je bila *direktor za razvoj poslovanja*. Pogledao sam ga pažljivije kad smo seli kraj prozora koji gleda na srednjovekovno dvorište, u te otmene fotelje koje je Ana insistirala da kupim. Ana je moja devojka i, kao mnoge Italijanke, ceni stil bez obzira na cenu. Ipak, istražiteljska agencija je u poslednje vreme radila dobro, pa sam krotko pristao i istresao lovu, i morao sam da priznam da su te fotelje izgledale dobro.

Pirs Kuper-Stivenson je bio pomalo zagonetan. Zbog farmerki i rolke u glavi sam ga ubacio u kategoriju ljudi koji se bave medijima, možda muzikom, televizijom ili filmom, ali po naglasku je mogao da bude i budući narodni poslanik. Šta ga je, pitao sam se, dovelo u Firencu? Posao ili zadovoljstvo? Na osnovu posetnice, mislio sam da je ono prvo.

I bilo je.

Čim je seo, nagnuo se ka meni, i dalje govoreći tiho. – Molim vas, možete li mi potvrditi da ste vi Den Armstrong, bivši glavni inspektor Armstrong iz Skotland jarda? – zvučao je neočekivano zvanično.

Klimnuo sam glavom. – Glavom i bradom. Šta mogu da uradim za vas, gospodine Kuper-Stivensone?

Izgledao je umireno. – Pirs, zovite me Pirs. Imate najbolje preporuke. Nadamo se da možemo da računamo na vašu pomoć.

– Uvek je dobro biti preporučen; smem li da pitam ko vam je dao moje ime?

– Gospođica Selena Gardner, ni manje ni više. – Zvučao je ponosno dok je uživao u izgovaranju imena te svetski poznate glumice. – Kazala je da ste najbolji u svojoj oblasti u Evropi.

Osmehnuo sam se tom holivudskom preterivanju. Upoznao sam Selenu Gardner prošle godine, kad sam bio uključen u jedan posebno zbunjujući slučaj ubistva. Uprkos tome što je bila jedna od najpoznatijih i najbogatijih glumica na svetu, Selena je bila ljubazna, velikodušna osoba – i zaprepašćujuće lepa – s kojom smo i Ana i ja sklopili neočekivano prijateljstvo.

– Ako ikako mogu, rado ću vam pomoći, ali morate da mi objasnite šta biste želeli da uradim.

– Koliko dobro poznajete Pizu?

Pogledao sam ga sa zanimanjem. Čuveni grad Piza nalazio se na sat vožnje od Firence. – Bio sam tamo nekoliko puta, kao turista – da vidim Krivi toranj i ostalo – i jednom poslovno, u potrazi za nestalom osobom. Ne poznajem taj grad toliko dobro kao Firencu, ali recimo da sam prilično upoznat s njim. Zašto Piza? – Pogledao sam ga upitno i on je nastavio priču.

– Moj šef tamo organizuje važan sastanak za dve nedelje i mnogo bi mu značilo ako biste vi bili zaduženi za obezbeđenje sastanka. – Spojio je šake i pogledao mimo mene, kroz prozor, gotovo kao da se moli. – Da li je to nešto za šta se osećate sposobnim?

Moja prva reakcija bila je da odmahnem glavom. – Selena je bila vrlo ljubazna što me je preporučila, ali ja sam privatni istražitelj, nisam telohranitelj. Kakvo obezbeđenje želite? I od koga? Ako misli da bi neko od njegovih gostiju mogao biti u opasnosti, onda preporučujem prave telohranitelje. Mogu da vam dam ime dobre firme iz Firence, ako želite.

Uzeo je aktovku, spustio ju je na kolena i otvorio. Iz nje je izvadio list papira i dao mi ga. Ubrzo sam video poznati obrazac: sporazum o poverljivosti. Pogledao sam prvih nekoliko redova komplikovanog pravnog teksta koji se odnosio na ograničavanje *svih informacija koje bi se mogle smatrati poverljivim i uključuju, ali ne isključivo...* Nisam čitao dalje. Video sam dovoljno takvih dokumenata u karijeri i gotovo napamet sam znao tekst. Ponovo sam ga pogledao.

– Biće mi potrebne neke dodatne informacije pre nego što potpišem sporazum. Prvo, kakvo obezbeđenje želite? Kao što sam rekao, nisam telohranitelj.

– To nije takva vrsta obezbeđenja. Potrebna nam je garancija da niko neće slušati tu veoma poverljivu raspravu.

To je zvučalo više kao posao po mom ukusu. – Možete li me uveriti da je taj sastanak u Pizi potpuno zakonit i pošten? Gde se održava, ko su učesnici i kakva je priroda sastanka? Mada više nisam policajac, ne želim da se bavim nečim nezakonitim.

Pirs je odmahnuo glavom, iskreno zgrožen. – Bože, ne, nipošto. Moj šef ne bi ni sanjao o nečem takvom. Mogu vas uveriti da tu nema ničeg nezakonitog. To je samo sastanak vrlo osetljive i tajne prirode. – Zaćutao je, tražeći prave reči. – Ljudi koji učestvuju su važne ličnosti u toj oblasti, veoma poznata imena, i ako bi se saznalo o čemu su razgovarali, došlo bi do velikih problema.

– Kad kažete važne ličnosti u toj oblasti, o kojoj oblasti govorimo?

– Naša kompanija se bavi medijima, a ljudi u Pizi se uglavnom bave finansiranjem novog velikog projekta. Ne mogu vam reći ništa više dok ne potpišete sporazum o poverljivosti.

– A zašto se sastanak održava u Pizi? Da li su učesnici iz Italije?

Odmahnuo je glavom. – Nijedan od njih. Uglavnom iz Velike Britanije. Italija je odabrana kao neutralna teritorija. – Bledo se osmehnuo. – I hrana je dobra. Moj šef voli hranu.

– Kažite mi, gde se održava?

– U Pizi, kao što sam rekao, u privatnoj vili van grada. Zakupili smo je na nedelju dana. Pripada nekom prijatelju mog šefa i preporučena nam je kao udobna i osamljena. Kompletno osoblje će potpisati sporazume o poverljivosti.

– I koliko će trajati taj sastanak?

– Pet dana, od ponedeljka, dvadeset trećeg maja.

– Dobro, da vidimo da li sam razumeo: vaš šef – čije ime mi nije poznato – održava sastanak, ili niz sastanaka, krajem meseca, nešto kraće od nedelju dana, da bi razgovarao o poverljivim poslovima i želi da bude siguran da ga niko neće prisluškivati ili uznemiravati. – Klimnuo je glavom. – A vi mi garantujete da se neće razgovarati ni o čemu protivzakonitom, i da nijedan od učesnika na tom sastanku ne dolazi iz kriminalnog miljea?

Ponovo je žustro klimnuo glavom. – Svakako. To je poslovni sastanak na visokom nivou. Dakle, hoćete li potpisati?

– Još jedno pitanje: da li vaš poslodavac želi da samo proverim to mesto i vidim ima li uređaja za prisluškivanje, ili želi da budem tamo?

– Voleo bi da proverite vilu pre početka i onda da ostanete do kraja sastanka, da biste nadgledali situaciju, za slučaj da neke vesti procure i izazovu neželjeno interesovanje javnosti. Vila ima spavaće sobe, trpezariju, dnevni boravak i kuhinju. Postoji odvojen stan u prizemlju, gde ćete vi odsesti. Ako želite da povedete suprugu ili partnerku, moj šef je rekao da mu to ne smeta, ukoliko i ona potpiše sporazum o poverljivosti. – Pokazao je na Oskara koji je ležao na leđima u pletenoj korpi, koja je zlokobno krckala pod njegovom težinom. – I biće mesta za vašeg psa, ako želite. – Dozvolio je sebi trenutak neozbiljnosti. – Nema potrebe da on potpisuje sporazum o poverljivosti.

– Siguran sam da će Oskaru to predstavljati veliko olakšanje. – Ustao sam. – Možete li mi dati minut da porazgovaram sa svojom pomoćnicom? Ona prati moje obaveze. Želite li da popijete nešto? – Pogledao sam na sat i video da je gotovo pola šest. – Imamo kafu i čaj ili hladno pivo u frižideru, ako želite. Kafa je italijanska, ali čaj je engleski.

– Da budem iskren, šolja čaja bi mi prijala. Mleko, bez šećera, molim.

Otvorio sam vrata i pogledao Linu, koja je sedela za stolom. – Možemo li dobiti dva čaja, molim, s mlekom, bez šećera, i da li možeš da proveriš moj rokovnik i vidiš kako stojim s vremenom krajem meseca, konkretno od dvadeset trećeg? – Pošto sam staromodan, i dalje sam koristio pravi rokovnik od pravog papira i pisan rukom, mada me je Lina gnjavila danima da joj dozvolim da napravi pravi raspored obaveza na kompjuteru. Znao sam da ću morati da popustim, pre ili kasnije, ali kao što sam rekao, navika je jedna muka, a odvika dve.

Kad sam se vratio u kancelariju, postavio sam gostu još neka pitanja. Razumljivo, nije bio spreman da mi oda više pojedinosti o učesnicima sastanka niti mi dâ ikakvu predstavu o temi razgovora dok ne budem potpisao sporazum o poverljivosti. Ipak mi je rekao da će većina učesnika – petoro, uključujući njegovog šefa – biti u pratnji partnera i da će možda biti nekoliko trčkarala kao što je on. Upotrebio je reč „pomoćnici", ali značenje je bilo isto. Vrhunskim direktorima je obično potreban neko ko će da ide tamo-amo, da obavlja pešački deo posla, da se brine za njihove svakodnevne potrebe. Baš sam ja našao kome da prigovaram, rekao sam sebi. Na kraju krajeva, Lina ispunjava upravo tu funkciju radeći za mene.

Lina nam je donela čaj i rokovnik i zastala je da mi kaže kakve obaveze imam te nedelje. Suština je bila da, uz malo žongliranja, mogu da provedem nedelju dana u Pizi. Čekao sam dok nije izašla – ne zato što je bila nepouzdana nego zato što je mom mladom posetiocu očigledno rečeno da otkriva pojedinosti što manjem broju ljudi – pre nego što sam mu rekao da mogu da prihvatim posao. Izgledalo je kao da mu je laknulo, i odmah sam mu preneo vesti da moje usluge na celih nedelju dana neće biti jeftine. Na čast mu služi što nije ni trepnuo kad sam mu rekao uslove ali, opet, naravno, nije trošio svoj novac.

Napravio sam kopiju sporazuma o poverljivosti za Anu – u nadi da će moći da dobije slobodne dane i pođe sa mnom – a onda sam potpisao svoj i vratio mu ga. – Dobro, krenimo od početka: za koga radim? Šta je *GS flajt*?

– *GS flajt* je ogranak *Granstok medija korporacije*. Sedište *GMK*-a je u Los Anđelesu, ali *GS flajt* ima sedište u Velikoj Britaniji, i ja radim u londonskoj kancelariji. Generalni direktor *GS flajta* je Malkolm Derbi, ali osnivač i vlasnik matične kompanije je Aleksandar Granstok. On živi u Los Anđelesu. Pretpostavljam da ste čuli za njega.

I jesam. Setio sam se da sam pročitao neki članak koji je opisivao Aleksandra Granstoka kao *moćnijeg u svetu medija od Ruperta Mardoka i Braće Vorner zajedno*. Njegova kompanija je posedovala neke od najuticajnijih – i najisplativijih – filmskih i televizijskih kompanija širom sveta. Sad je bilo jasno zašto je moj posetilac prihvatio moje uslove bez oklevanja. Gotovo sam poželeo da sam tražio više.

– Da, sigurno sam čuo za *GMK*, mada mi vaša kompanija nije poznata.

– To je nova kompanija, ali ne sumnjam da ćete uskoro slušati više o nama.

To je zvučalo zanimljivo, ali zasad sam se držao osnovnih stvari. – Biće mi potrebne pojedinosti o tačnoj lokaciji te vile u Pizi. Kad mogu da odem tamo? Kad očekujete prve goste i, uistinu, kad će stići gospodin Derbi? Takođe, koliko ste sigurni da ostali učesnici neće izneti podatke o lokaciji i temi sastanka?

Nekoliko puta je klimnuo glavom. – Nikom ne bi bilo u interesu da otkrije pojedinosti medijima. – Podigao je pogled sa šoljice za čaj i pogledao me u oči. – Mislim, stvarno; govorimo o nečem što je potencijalno revolucionarno.

– Ne želim da ulazim u pojedinosti, ali možete li mi dati neku naznaku o čemu govorite? Moram da znam ko bi mogao da prisluškuje.

Pirs je spustio šolju na stočić i nakašljao se. – Bojim se da nemam ovlašćenje da vam kažem ništa konkretno o temi sastanka, ali mogu da vam kažem da, ako se taj projekat ostvari, može da izbaci iz posla *Skaj* i *BBC* – a pričamo samo o Velikoj Britaniji. Posledice širom sveta bile bi ogromne.

– Mislite da stvarate potpuno nov način prenošenja vesti?

– Ne samo vesti; svega, od filmova do kvizova, dokumentaraca i koncerata. – Pogledao me je u oči. – Drugim rečima, gotovo svi koji imaju veze s televizijom bilo gde u svetu dali bi sve da slušaju te razgovore. Zato nam je potrebna vaša stručna pomoć.

Klimnuo sam glavom. – Shvatam koliko žestoko bi britanski mediji voleli da se dokopaju takve priče, ali makar ne pričamo o nečem što uključuje međunarodne kriminalce ili teroriste. Mislim da možemo da pretpostavimo kako se gospodin Derbi više brine zbog kamera i mikrofona nego eksplozivnih naprava ili oružanog napada.

– Upravo tako, posebno rivalskih medijskih kompanija.

– A vi mislite da bi one išle tako daleko da postave uređaje za prisluškivanje u vilu? – To je zvučalo pomalo preterano.

– Sve je dozvoljeno u ljubavi, ratu i poslovanju. – Osmehnuo mi se. – To je jedna od omiljenih izreka gospodina Derbija. Napokon, britanski tabloidi su se proslavili radeći upravo to. – Osmeh je nestao kad je prešao na ozbiljnija pitanja. – Pomenuli ste traženje prislušnih uređaja. Mogu li da pretpostavim da imate pristup prefinjenoj antiprisluškivačkoj opremi?

Klimnuo sam glavom. Samo nekoliko nedelja ranije, uložio sam dosta novca u profesionalni skener, koji je navodno mogao da pronađe najprefinjenije prislušne uređaje kao i skrivene kamere. Dok sam istraživao šta da kupim, zadivio sam se kad sam otkrio da sad postoje kamere manje od novčića i mikrofoni gotovo nevidljivi golim okom, koji mogu da prenesu informacije do prijemnika – često običnog smartfona – na velikoj udaljenosti.

– Da, trebalo bi da imam odgovarajuću opremu da proverim vilu pre početka sastanka, mada ću morati da redovno kontrolišem tokom nedelje, za slučaj da neko od učesnika ili osoblja vile pokuša da prokrijumčari nešto. – Podigao sam ruku da ga ućutkam. – Da, znam šta ćete reći. Učesnicima nije u interesu da otkriju šta se događa, ali najbolje je ne rizikovati. – Video sam ga kako je tužno klimnuo glavom.

– Da, naravno. Vi znate najbolje, siguran sam. Koliko znam, gospodin Derbi i ja ćemo stići u nedelju uveče. Proveriću, ali verujem da bi trebalo da imate pristup vili od tog jutra, ako mislite da je to dovoljno vremena da proverite sve.

– Biće dovoljno. Dobro, kažite mi sve pojedinosti, počevši od adrese.

2.

Sreda uveče

Otišao sam do Anine kuće malo pre sedam i zatekao sam je na sofi, svu iscrpljenu. Ona predaje srednjovekovnu i renesansnu istoriju na Univerzitetu u Firenci i znao sam da su joj poslednje nedelje bile posebno stresne. Na osnovu onog što mi je rekla, vodila je bitku s dekanom da joj odobri nastavni plan za narednu godinu. Zagrlio sam je i poljubio, a Oskar ju je veselo pozdravio.

Ana i ja smo bili zajedno već pola godine i stvari su bile stvarno dobre. Živeo sam u kućici koju sam kupio prošle godine, u toskanskim brdima, dvadesetak minuta vožnje od Firence, a ona je živela u svom divnom stanu u istorijskoj zgradi nedaleko od Ponte vekja. Provodili smo sve više vremena zajedno ovde ili tamo, a divna stvar u vezi s njenim stanom bila je što se nalazio pet do deset minuta hoda od nekih od najlepših mesta u gradu, a čitavo to mesto je odisalo istorijom. Najbolji deo u vezi s mojom kućom bio je što se nalazila usred vinograda i maslinjaka, na brežuljku obraslom čempresima, a pogled iz kuće bio je izuzetan, sve do doline reke Arno i Apenina u daljini. A tu je bilo i divnih staza za šetnju s četvoronožnim prijateljem.

– *Ciao*, Dene, kako je bilo na poslu? Oskare, ti si divan pas, ali siđi s mene, molim te. Imaš sto kila. – Spustila ga je iz krila i neodređeno mahnula prema kuhinji. – U frižideru imam piva i vina ako želiš, ali mislim da nemam snage da ustanem.

Seo sam kraj nje i uhvatio je za ruku, obema rukama. – Dobro sam, hvala, i dan mi je bio dobar... uobičajeno njuškanje i špijuniranje. Imam neke vesti koje bi mogle da te zanimaju, ali prvo mi ispričaj kako je tebi prošao dan. Kako ide borba s dekanom?

– Napredujem polako. Sad se raspravljamo da li da najviše pažnje posvetim Leonardu da Vinčiju ili Mikelanđelu.

– Leonardu, ako mene pitaš, ali šta ja znam? Jesi li sigurna da je to sve što te muči? Izgledaš zabrinuto.

Osmehnula se. – Vi detektivi ste previše pametni. Da, malo sam zabrinuta. Virdžinija me je pozvala danas popodne.

Još nisam bio upoznao Aninu ćerku iz prvog braka s jednim Britancem, od koga se razvela pre deset ili jedanaest godina. Virdžinija je rođena u Velikoj Britaniji gde je Ana radila, i još je živela tamo. Nije dolazila u Firencu otkako smo Ana i ja započeli vezu jesenas. Znao sam da je veoma pametna devojka koja je studirala na Oksfordu, i bila je godinu-dve mlađa od moje ćerke Triše, ali to je bilo sve što sam znao. Njena majka je retko pričala o njoj. Čekao sam da mi Ana objasni. Bilo je potrebno neko vreme, ali konačno je počela.

– Pozvala me je danas popodne da mi kaže da dolazi u Toskanu krajem meseca, nekim poslom...

Glas joj je zamro i potrudio sam se da joj pomognem. – To zvuči dobro. Da li dolazi ovamo da te vidi?

– Da i ne. – Ana je zvučala vrlo čudno. Nakon još jedne pauze, konačno je rekla sve. – Problem je u tome što želi da vidi mene, ali ne želi da vidi tebe.

– O... – Sve je postalo jasno. Upoznao sam Anu sa svojom ćerkom za Božić, uz malu strepnju, ali njih dve su se divno složile. Triša je vrlo bliska s mojom bivšom ženom, ali prihvatila je novu ženu u mom životu neverovatno spremno. Izgledalo je da je iskreno srećna što mene vidi srećnog. Razvodi teško padaju deci i mogao sam da razumem Virdžinijino oklevanje, ali sigurno nakon deset godina mora da prihvati da njena mama ima pravo da krene iznova. Dao sam sve od sebe da odgovorim diplomatski, trudeći se da okrenem na šalu.

– Ne mogu da kažem da je krivim. Da sam ja neko drugi, verovatno ne bih želeo da upoznam sebe.

– Samo se ti šali u vezi s tim, ali važno mi je da te moja ćerka upozna i shvati zašto sam se zaljubila u tebe.

Cmoknuo sam je u obraz. – Zbog mog mladalačkog izgleda i dečačkog šarma, pretpostavljam. – Čak me je i Oskar pogledao s nevericom i brzo sam prešao na ozbiljnije teme. – Nije to jedna od onih stvari gde je lako doneti odluku, zar ne? Samo joj daj vremena. Pre ili kasnije, radoznalost će je savladati. Kako to da dolazi poslovno u Toskanu? Da li često ide na službena putovanja? Kad bolje razmislim, šta uopšte radi?

– Radi za neku veliku finansijsku firmu iz Londona – rade sve od izgradnje brana vrednih više miliona dolara u zemljama u razvoju, pa do novih antivirusnih lekova. Ne rade stvarno sve te stvari; samo ih finansiraju. Kaže da sad prelaze na medije.

Klimnuo sam glavom. – Zvuči zanimljivo. Pretpostavljam da imaju pristojnu dobit od tako velikih poslova.

– Koliko sam čula, čitavo to carstvo nalazi se u vlasništvu jednog čoveka i on zarađuje pravo bogatstvo. Ona ne radi dugo tamo i još pokušava da se snađe, ali kaže da su veličina i raspon onoga što rade neverovatni. Otkako je počela da radi tamo, putovala je u SAD, Južnu Ameriku i Jugoistočnu Aziju. Stvarno rade globalno.

– Ali prvi put dolazi u Italiju?

– Da, na sastanak koji organizuje jedna velika medijska kompanija.

– Velika medijska kompanija, kažeš? – Glasno zvono mi je zazvonilo u glavi. – Ta poseta Toskani... da nije slučajno odlazak do neke vile u Pizi?

Ana me je iznenađeno pogledala. – Da, jeste, ali kako si znao? Da te ne znam, pomislila bih da mi prisluškuješ telefon. – Namignula mi je. – Nemoj mi reći da si počeo da špijuniraš i mene.

– Ne bih ni pomislio, dušo; suviše sam velika kukavica da bih rizikovao tvoj bes. Ne, to je samo slučajnost. – Ispričao sam joj o svom popodnevnom posetiocu, mada bez otkrivanja previše pojedinosti o razlogu sastanka za dve nedelje. Završio sam pozivom.

– Taj čovek je rekao da mogu da ostanem u toj vili nedelju dana i kazao je da mogu da povedem Oskara i jednog gosta. Jedino što bi morala da potpišeš sporazum o poverljivosti, za slučaj da čuješ neke poverljive stvari. Ja sam ga već potpisao. Šta misliš? Tako bi mogla da provedeš više vremena s Virdžinijom. Koliko ćeš biti zauzeta po-sle dvadeset trećeg?

Video sam da još razmišlja o značenju ove slučajnosti. I moj mozak je ubrzano radio, kao i njen. Sad je izgledalo jasno da će me Virdžinija upoznati, htela to ili ne, pa da li je onda bolje da me upozna s mamom ili bez nje? Ana je, očigledno, razmišljala o istom.

– Radiću do kraja meseca, tako da bih mogla da dođem na po-podne ili dva, ali onda bih morala da se vratim vozom u Firencu te večeri ili rano ujutro. Problem je u tome, kao što sam ti rekla, što ona ne želi da te upozna, ali naravno, bilo kako bilo, upravo će to morati da uradi. – Nemoćno je uzdahnula. – Ako ti se ustaje, čaša vina bi nam pomogla da razmišljamo.

Otišao sam do kuhinje i otvorio vrata frižidera. Nisam se izne-nadio što je Oskar krenuo sa mnom. Bio je u Aninom stanu dovolj-no često da bi znao kakve se poslastice nalaze u frižideru, i u kojem se ormariću nalaze njegovi posebni pseći keksići. Izvadio sam bocu hladnog, belog vina i napunio dve čaše. Pod neumoljivim pogledom psa, koji je neuspešno pokušavao da ostavi utisak da je na ivici smrti od gladi, izvadio sam jedan keks i dao mu ga.

Kad sam se vratio u dnevnu sobu, dao sam Ani vino i nastavili smo razgovor, a Oskar je legao kraj naših nogu i žvakao ogroman keks u obliku kosti. – Ona je tvoja ćerka i ti je najbolje poznaješ, ali mislim kako je bolje da je upozoriš unapred. Ako stvarno toliko ne želi da me upozna, možda može da razgovara sa svojim šefom i zameni se s nekim kolegom. Napokon, nedelju dana u Toskani izgledalo bi privlačno većini ljudi.

Ana je uzela veliki gutljaj vina i klimnula glavom. – U pravu si, moram da joj kažem. – Uputila mi je osmejak. – Virdžinija je vrlo ambiciozna. Na osnovu onog što mi je rekla ranije, to što su je odabrali da prati šefa na ovom putovanju predstavlja veliki ko-rak napred za nju. Biće zanimljivo videti da li će ambicija nadjačati emocije ili obrnuto.

– Kako se zove njena kompanija?

– *DŽZF finansije.* Radi za generalnog direktora, nekog dinamič-nog tridesetogodišnjaka po imenu Džonatan Farmer.

Zašto li mi je to ime zvučalo poznato? Počeo sam da pretražujem svoje staračko sećanje. Obradovalo me je što mi je bilo potrebno svega nekoliko sekundi. Sećao sam ga se vrlo dobro. U jednom od onih istraživačkih televizijskih dokumentaraca, opisali su Džonatana Farmera kao najmlađeg milijardera, mada su u toj emisiji izrazili ozbiljnu sumnju kako je uspeo da zaradi toliko novca. Intervjui s ljudima koji su tvrdili da ih je njegova kompanija prevarila nisu sprečili tadašnju vladajuću stranku da prihvati njegove velike donacije. Ta televizijska emisija završila se zlokobnim znakom pitanja, ali izgledalo je malo verovatno da će Farmerova kompanija ikad biti zvanično istražena. Jedno je bilo sigurno: imao je uticajne prijatelje i duboke džepove.

– Čuo sam da je taj tip prepun para, mada ne govore svi lepo o njemu.

Ana je klimnula glavom. – Virdžinija kaže da je bila upoznata s glasom koji ga prati i da pokušava da bude otvorenog uma, mada nema visoko mišljenje o svom šefu. Kazala mi je da će, čak i da ode odatle za godinu ili dve, rad tamo izgledati dobro u njenoj radnoj biografiji. Dali su joj ponudu dok je bila na prethodnom poslu i dali su joj dvostruko veću platu.

– O, blago njoj. A sad dolazi da učestvuje na nekom vrlo važnom sastanku.

– To mi je rekla.

– Mora da je dobra u tome što radi. – Makar sam se nadao da je tako. Uvek sumnjičav, pitao sam se da li je taj dinamični tridesetogodišnjak dovlači u Italiju iz razloga koji nemaju veze s njenim talentom za posao. U tom televizijskom dokumentarcu su sumorno nagovestili da Farmera bije glas nepopravljivog ženskaroša. Mudro sam to prećutao.

Mada je Ana ponudila da spremi nešto za jelo – već je probala moje pokušaje kuvanja i vrlo razumno je preuzela većinu kuhinjskih dužnosti – insistirao sam da je izvedem na picu. Otišli smo u svoju omiljenu piceriju, na malom trgu na drugoj obali Arna, prema Trgu del duomo, i seli smo u letnju baštu, sa Oskarom kraj nogu. Bilo je toplo majsko veče i nije mi bio potreban džemper, mada me je povremeno zujanje oko uva podsećalo da počinje sezona komaraca. Naručio sam picu s plodovima mora, a Ana se opredelila za mešanu salatu s račićima i maslinama.

Dok smo jeli, razgovarali smo o Pizi i Virdžiniji, i Ana je obećala da će pozvati svoju ćerku čim se vrati u stan, da joj prenese vest da su mene angažovali organizatori sastanka. Rekao sam Ani ime vile gde će se sastanak održati i, na moje iznenađenje, bila joj je poznata. Pogledala je na internetu, pronašla to što je tražila i pročitala mi je.

– *Vila Gregori*, nedaleko od Pize, izgradio ju je 1897. Tomas Elajas Gregori, bogati industrijalac iz Mančestera, u Engleskoj. Vila je izgrađena u stilu tradicionalnih renesansnih toskanskih vila. Ostala je u porodici Gregori do izbijanja Drugog svetskog rata, a onda su je koristile nemačke i američke okupacione snage, pre nego što je prodata drugom Englezu, lordu Ogastasu Kornišu. I dalje je u vlasništvu naslednika lorda Korniša. – Podigla je pogled s telefona. – Slušaj ovo; eto zbog čega mi je ime bilo poznato. Volim ovu priču. Tomas Gregori se često hvalio prijateljima u Engleskoj da s prozora spavaće sobe može da vidi Krivi toranj, iako je sakriven niskim uzvišenjem na inače ravnoj okolini Pize. Kad su ga neki prijatelji iz londonskog kluba pitali da li je stvarno tako, on je brzo naručio izgradnju makete tornja, u razmeri jedan prema šest – s nagibom od 5,5 stepeni, koju je originalni toranj imao pre pokušaja stabilizovanja – na drugom kraju svog imanja i poslao je fotografije svakom od njih, kako ne bi izgubio obraz.

Odmahnuo sam glavom s nevericom. – To je stvar kakve su radili megabogataši. Koliko znam, možda to rade i danas. Kako mi izgleda, šef tvoje ćerke bi mogao da priušti sebi izgradnju kopije u pravoj veličini ako bi poželeo. Ipak, ta vila zvuči kao zanimljivo mesto. Siguran sam da ćeš uživati ako pođeš.

– Sigurna sam da bih, u normalnim okolnostima, ali brinem se kako će Virdžinija reagovati kad te vidi.

– Koliko ima godina?

– Dvadeset osam, gotovo dvadeset devet.

– Pa, to znači da je dovoljno stara da može da odluči. Kazala si da je pametna, i siguran sam da će sve biti u redu. – Mada sam davao sve od sebe da zvučim pozitivno i ohrabrujuće, nisam se radovao susretu koji me čeka u Pizi.

Svaki dalji razgovor na tu temu prekinuo je pogled na dva poznata lica. Lina i njen muž su očigledno imali istu ideju i došli su na picu. To nije bilo sasvim neočekivano, jer me je Virđilio, Linin muž, prvi put i doveo u tu piceriju. Bio je na čelu interventne jedinice, firentinskog odeljenja za ubistva, i karijera mu je toliko ličila na moju da smo zasnovali trajno prijateljstvo otkako sam stigao u Toskanu. Ponekad sam mu pomagao, posebno ako je slučaj uključivao ljude koji govore engleski.

Mahnuo sam im i pozvao ih da nam se pridruže. Konobari su se organizovali i brzo dodali još jedan sto i dve stolice, pored našeg, kako bismo nas četvoro mogli da sedimo zajedno. Virđilio je seo uz uzdah, i zavalio se u stolicu, uživajući u srdačnom pozdravu Oskara, koji je poznavao Virđilija koliko i Linu.

– Bože, kakav dan! Neka ludača je udarila muža u glavu tiganjem od livenoga gvožđa, a onda ga je gurnula s balkona na šestom spratu. Nema nagrada za pogađanje zašto je bila tako nezadovoljna njim. – Bespomoćno je slegnuo ramenima. – Otkrila je da je vara s drugom ženom.

– Nadam se da nije profesor fizike na univerzitetu. – Svega nekoliko sati ranije, Lina je poslala profesorovoj ženi kompromitujuće fotografije njega s jednom od studentkinja. Očekivao sam da će to dovesti do razvoda, a ne do ubistva.

– Ne, vozač autobusa. Iskreno, nije to bio komplikovan slučaj. Njegova žena je pogrešila što ga je gurnula u smrt na oči para koji je sedeo na balkonu u susednoj zgradi. To je bilo tako glupo. – Ponovo je uzdahnuo. – Ima svakakvih ljudi.

Tokom večere, rekao sam Virđiliju da sam unajmljen da čuvam grupu vrhunskih poslovnih ljudi u jednoj vili u Pizi, krajem meseca, i on mi je ponudio savet.

– Nadam se da nećeš imati problema s tamošnjom policijom, ali ako budeš imao, čuvaj se tipa po imenu Vinči.

– Da nije Leonardo, kojim slučajem? – Široko sam se osmehnuo preko ruba pivske čaše.

Odmahnuo je glavom. – Adolfo, kao Hitler, i prilično je sličan svom nemačkom imenjaku. On je inspektor u odeljenju za ubistva i misli da je opasan tip, kao jedan od onih loših holivudskih policajaca. Uvek nosi sa sobom kolt 44 magnum. Zamišlja da je lik iz nekog filma... mada ne izgleda kao Klint Istvud. – Pogledao me je u oči i namignuo. – U svakom slučaju, sve dok ne ubiješ nikog, trebalo bi da si bezbedan.

– Hvala na upozorenju, ali nemam nameru nikog da ubijem.

3.

Nedelja 22. maj – jutro

Stigao sam u *Vilu Gregori* negde oko devet ujutro. Dan je bio lep i sudeći po vedrom nebu, izgledalo je da će biti topao. Nakon neuobičajeno suve zime, toskanski seljaci su jedva čekali kišu, ali koliko sam mogao da vidim, danas im se želja neće ispuniti.

Stigao sam do vile potpuno pravim putem okruženim ravnim poljima koja su se pružala u daljinu, sa obe strane, bez živica koje su ih razdvajale, kao što je uobičajeno u Italiji. Plastenici i borovi bili su jedino što je razbijalo jednoličnost pejzaža. Ispred mene se nalazila šuma, trska i jezera Regionalnog parka Miljarino, a iza more. Ana mi je rekla da je u srednjem veku veći deo te zemlje bio pod vodom i Piza je bila velika pomorska sila. Kad su reka Arno i dve manje reke postepeno počele da nose sve više zemlje sa sobom, ta oblast se ispunila muljem i postala plodna obradiva površina.

Oko imanja na kojem je bila vila, nalazio se visok, ciglani zid, gotovo zaklonjen gustim zelenilom, i nisam mogao ni da nazrem kuću iza. Stanari *Vile Gregori* očigledno su voleli privatnost. Skrenuo sam s puta i zaustavio se ispred visoke, preteće metalne kapije. Tu se nalazilo poštansko sanduče i nešto nalik na interfon, levo od stuba, i zato sam izašao iz kola i prišao tome. Pritisnuo sam dugme i čekao, i čekao, i čekao. Konačno, čulo se pucketanje i neki glas.

– Ko je to? – Bio je to neki muški glas koji je govorio na italijanskom i nije zvučao ljubazno i prijatno.

– Zovem se Armstrong. Došao sam da proverim bezbednost vile.

Njegov odgovor, da je bio na engleskom, verovatno bi glasio *kakva gnjavaža*. Pošto nije bio Englez, upotrebio je jedan od onih živopisnih izraza kojim Toskanci izražavaje nezadovoljstvo.

– *Porco Giuda...* – A onda glasan uzdah, a onda je, ipak, žuto svetlo na vrhu stuba zatreperilo i kapija je počela da se otvara. Vratio sam se u kombi i pogledao preko ramena u Oskara koji je stajao iza sedišta, lica punog nade.

– Nekako bih rekao da nas taj gospodin ne voli previše, Oskare. Bolje je da se ponašamo najbolje što možemo.

Kad se kapija potpuno otvorila, ušao sam i krenuo blago vijugavim šljunčanim prilazom kroz dvadesetak metara gustog žbunja i drveća, pre nego što sam izašao na otvoreno. Tu se prilaz proširio u veliki parking oko ljupke fontane s dve kamene nimfe u centru. Iza parkinga, na kraju kratke staze i uz šest kamenih stepenika, nalazio se glavni ulaz u vilu.

Da mi Ana nije rekla da je stara tek stotinak godina, lako bih poverovao da gledam renesansnu vilu. Bila je savršena u svakom smislu, od izbledelog crvenog crepa do prašnjavih tamnozelenih žaluzina na brojnim prozorima. Bila je to trospratna kuća, okrečena u za Toskanu uobičajenu svetlu oker boju, i bila je dovoljno velika, i veća nego što treba, da primi petoricu direktora i njihovu pratnju.

Parkirao sam se ispod jednog stvarno velikog bora, koji je bio visok koliko i sama vila, i pravio divan hlad. Kad sam otvorio vrata, zapahnuo me je jak miris jasmina. U stvari, zidovi oko staze kao da su bili prekriveni tim beličastim cvetovima, a zvuk vrednih pčela koje su zujale od cveta do cveta ispunjavao je vazduh. Upravo sam izašao kad su se izrezbarena ulazna vrata vile otvorila i pojavila se jedna prilika.

Izgled te osobe me je iznenadio, ali u potpunosti je odgovarao ledenom dočeku koji sam dosad dobio. Pre nego što sam jutros stigao, očekivao sam nekog trezvenog batlera, možda čak nekog u ozbiljnom odelu, kao iz *Dauntonske opatije*, ali umesto toga, ovaj tip je više ličio na profesionalnog rvača. Bio je odeven u donji deo trenerke i majicu natopljenu znojem, iz koje su virile snažne tetovirane podlaktice, završavajući se ogromnim šakama. Imao je ramena kao bik i potpuno obrijanu glavu. Bio je od onih ljudi koji nemaju vrat. Glava mu se nekako samo pojavljivala iz ramena, bez sužavanja oko grla, kao prevrnuta saksija za cveće. Nije se obrijao, a crne čekinje na bradi nimalo nisu ulepšavale njegov izgled. Krenuo je prema meni.

– Ne smete da se parkirate tu. To je samo za goste. – Iz agresivnog načina na koji mi se obratio, bilo je jasno da mu se raspoloženje nije popravilo od našeg kratkog razgovora na kapiji. Možda je bio namćor po prirodi, ili je to možda jer sam ga prekinuo usred ozbiljnog vežbanja. Tokom godina u policiji, upoznao sam dosta grubih tipova, ili makar tipova koji su hteli da izgledaju grubo, i zato sam mu se prijateljski osmehnuo.

– Naravno, ako mi pokažete gde da se parkiram, rado ću se premestiti.

Video sam ga kako okleva dok me je posmatrao. Bio sam verovatno pet centimetara viši od njega i deset do petnaest godina stariji, i znatno manje mišićav. Pretpostavljam da sam u prilično dobroj formi za svoje godine, ali nisam bio u zabludi da bih dobro prošao u tuči sa ovim tipom. Dobro, boksovao sam za policijsku ekipu, u pradavna vremena, ali nikad nisam naišao na ovakvog protivnika u ringu. Na osnovu načina na koji mu je majica bila izbočena, imao je mišiće na mestima koja ja čak i nemam, i zato sam nastavio da se osmehujem. Konačno je doneo neku odluku.

– Krenite za mnom. – Strčao je niza stepenice i počeo da trči oko kuće, prema suprotnoj levoj strani. Vratio sam se u kombi i krenuo za njim, kako mi je rečeno, pitajući se koliko često mora da kupuje nove šortseve, pošto su njegovi nabrekli nožni mišići već rastezali tkaninu na unutrašnjoj strani butina, koje su se trljale dok je trčao. Obišli smo kuću i krenuli još jednom šljunčanom stazom koja je vodila od kuće do nekoliko pomoćnih zgrada, stotinak metara dalje. Ljudska planina se zaustavila kad smo stigli tamo i pokazala da se parkiram između starog bunara i belog dukato kombija. Uradio sam kako mi je rečeno, ugasio motor i izašao. I dalje je glumio grubijana, ali kad sam otvorio zadnja vrata i pustio Oskara, nastupila je neverovatna promena. Oskar, uvek prijateljski pas, otrčao je da ga pozdravi, a moj vodič se odmah pretvorio od Tajsona Fjurija u

Dejvida Atenboroua. Čučnuo je i počeo da miluje Oskara, koji mu je uputio pozdrav rezervisan za stare prijatelje, uz tako žestoko mahanje repom, da mu se čitav zadnji deo tela pritom uvijao. Kad se ponovo uspravio, taj čovek je bio nasmejan.

– Imate divnog psa. To je labrador, zar ne? – Govorio je italijanski s jakim, ali prilično razumljivim toskanskim naglaskom.

– Tako je. Ima svega tri godine i pomalo je razigran. – Oskar se dotad već bio propeo na zadnje noge, s prednjim šapama na tom čoveku, čiju je pažnju pokušavao da privuče.

– To je vrlo lep pas. – Čovek me je ponovo pogledao i ispružio ruku. – Zovem se Rikardo, ali svi me zovu Roki.

Rukovali smo se i dao sam sve od sebe da se ne trgnem od bola.

– Vidim kako ste dobili nadimak. Mora da provodite dosta vremena vežbajući.

Klimnuo je glavom. – Tri sata svakog dana. Zavisi koliko ima posla u vili. – Izraz lica mu je bio prijatniji. – Izvinite što sam malopre bio grub. Prekinuli ste me usred seta sklekova na jednoj ruci.

– Blago vama. U poslednje vreme mislim da ne bih mogao da uradim nijedan. – Pogledao sam oko sebe dok je on češkao Oskarove uši. – Rečeno mi je da me čeka smeštaj u nekom stanu?

– Tamo je, iznad stare štale. Dođite i pokazaću vam ga.

Oskar i ja smo krenuli za njim kroz jedna vrata i uz drvene stepenice. Stigli smo u jednu ljupku sobu s drvenim podom, kamenim ognjištem i debelim, neobrađenim gredama koje su podupirale tavanicu. Na jednoj strani se nalazila moderna kuhinja, s granitnom radnom površinom i blistavim, modernim aparatima, a na drugoj strani su se nalazili trpezarijski sto i dve sofe. Sigurno je bilo znatno luksuznije od moje kućice u firentinskim brdima.

– A tamo su dve spavaće sobe. – Mahnuo je prema vratima na suprotnom kraju. – Antonela je spremila obe sobe, tako da birajte.

– Antonela?

– Moja supruga. Ona održava kuću, a ja vrt, dvorište, popravljam stvari i čuvam ovo mesto za Gasa.

– A Gas je...

– Šef. Ogastas Korniš, vlasnik *Vile Gregori d.o.o.*.

Prezime je nagoveštavalo da je Rokijev šef bio naslednik lorda Ogastasa Korniša, koji je kupio vilu nakon rata. D.o.o. je značilo da je to firma sa ograničenom odgovornošću. – Vila je preduzeće? Pretpostavljam da je prevelika da bi bila privatna kuća, čak i za nekog s mnogo novca.

Roki je klimnuo glavom. – Gas iznajmljuje vilu na dan, za venčanja, sastanke i lokalne događaje, ili na duži period za grupe kao što su ljudi koji stižu sutra. – Video sam ga kako me pažljivije posmatra. – Jeste li vi iz tajne službe ili tako nešto? Imate takav izgled.

Iz usta tog snagatora, to sam prihvatio kao kompliment. – Nekad sam bio britanski policajac, ali sad imam privatnu istražiteljsku agenciju u Firenci. Ne znam gotovo ništa o ljudima koji dolaze za vikend. Šta je s vama? Da li je neko od njih bio ovde ranije?

– Samo poznajem čoveka koji dolazi večeras, gospodina Derbija. Gazda je organizovao božićnu zabavu prošle godine, i kuća je bila puna poznatih imena iz sveta politike, biznisa i sporta. Imali smo olimpijskog plivača i skijaškog šampiona i neke od najbogatijih ljudi u Evropi. – Široko mi se osmehnuo. – Gas voli da se druži s bogatima i poznatima. Iznajmio je vilu paru poznatih holivudskih glumaca letos. Ne smem da vam kažem njihova imena, ali bili su prave, svetske zvezde.

Izgledao sam zadivljeno i odlučio sam da ne pomenem svoj nedavni susret s megazvezdom Selenom Gardner. – A šta je s gospodinom Kornišom? Rekli ste da voli da se druži s gostima... da li to znači da živi ovde?

– Ima stan na poslednjem spratu vile. Sad je u Rimu, ali rekao mi je da će se vratiti sutra.

Roki mi je dao šifru za otvaranje električne kapije, kako bih mogao da ulazim i izlazim, i razmenili smo brojeve telefona. Zahvaljujući intervenciji mog četvoronožnog prijatelja, njegova mrzovoljna ličnost je nestala, i sad je bio prijateljski raspoložen. Ispod zastrašujuće fasade bio je dobar momak. Nakon što smo još malo razgovarali, uglavnom o kući i njenoj istoriji, ostavio me je i vratio se svom napornom treniranju. Bolje on nego ja.

Izvadio sam svoje stvari iz kombija i stavio hranu iz ručnog frižidera koji sam poneo od kuće u frižider u stanu. Izneo sam i

Oskarovu korpu i stavio je ispred praznog ognjišta u dnevnoj sobi, ali nisam sumnjao da ću ga zateći kako spava pored mog kreveta – ili na njemu – kad se probudim ujutro. Pre nego što sam otišao u kuću da obavim elektronsko osmatranje, odlučio sam da obiđem dvorište i, posebno, ogradu da vidim koliko je imanje bezbedno.

Oskar i ja smo imali prijatnu šetnju po dvorištu vile. Bila je to velika oblast, verovatno kao dva fudbalska igrališta. Iza kuće se nalazila široka terasa sa stepenicama koje vode do dobro održavanog, ukrasnog vrta sa uredno potkresanim živicama i još jednom veličanstvenom kamenom fontanom. Iza toga se nalazio izuzetno bujan travnjak koji je bio vlažan. Nekoliko moćnih prskalica po rubovima pokazivalo je kako je Roki uspevao da održi bujnost trave, uprkos gotovo sušnom vremenu. Na suprotnom kraju travnjaka, nalazila se još jedna besprekorna živica, iza koje sam uočio bazen. Srećom, tamo je bila zatvorena kapija ili znam da bi moj vodom opsednuti labrador bio tamo u trenu.

Uskoro je postalo jasno da se ciglani zid – visok gotovo tri metra – proteže svud oko imanja, praveći vrlo efikasnu prepreku za uljeze. Kraj njega se nalazilo gusto žbunje, posebno na suprotnom kraju imanja, tako da sam odlučio da obiđem spoljni deo kako bih proverio da nema nekih rupa koje nisam mogao da uočim. Pod pretpostavkom da je zid nedirnut svud naokolo, to je značilo da je jedini ulaz na glavnu kapiju, što je dodatno olakšavalo moj posao čuvara.

Na suprotnom, jugoistočnom uglu imanja pronašao sam kopiju Krivog tornja o kojoj mi je Ana pričala. Drveće je poraslo oko nje, praktično je skrivajući od pogleda iz vile, ili makar s donjih spratova, ali bez sumnje, kad je tek bila napravljena tu nije bilo drveća koje kvari pogled. To je bila sasvim verna kopija, i stvarno se uznemirujuće naginjala, baš kao pravi toranj dok pre trideset godina nisu obavljeni temeljni i skupi radovi da se stabilizuje i smanji ugao naginjanja, pre nego što se sve sruši.

Jasno se videlo da je ta kopija napravljena na brzinu i bez mnogo novca. Umesto belog mermera, kula je bila napravljena od cigle i drveta, i bila je omalterisana i obojena u belo, tako da je iz daljine mogla da prođe kao prava stvar za fotografa u vili ili nekog posmatrača koji nije hteo da se potrudi i došeta dotle. Stubovi i rezbarije originalne građevine zamenjeni su izrezbarenim drvetom obojenim u belo, kao zidovi, ali i pored toga, pitao sam se koliko je trajalo i koliko je koštalo da ekipa zidara napravi to, dok je vlasnik vile nervozno cupkao, pitajući se da li će građevina biti dovoljno uverljiva da ga spase da ne izgubi obraz pred prijateljima.

Nikad se nisam peo na pravi toranj i nisam imao želju da to radim, ali strah od visine nije me sprečio da se popnem na ovaj. Ana je rekla da je izrađen u razmeri jedan prema šest i procenio sam da je visok oko deset metara, kao krov trospratnice... a to je bila maksimalna prijatna visina za mene. Niska vrata su bila postavljena na drugu stranu tornja, nevidljiva iz vile, a unutra je sve bilo potpuno prazno osim jednostavnog drvenog stepeništa koje je vodilo do vrha. Malo je škripalo, ali delovalo je dovoljno čvrsto i ne samo što sam se *ja* popeo nego je to uradio i Oskar. S vrha sam video okolni zid, a u smeru Pize, video sam brdašce koje je sprečavalo prvobitnog vlasnika vile da vidi istorijski centar grada. Sa svoje osmatračnice, lako sam uočio pravi Krivi toranj i veliku katedralu s kružnom krstionicom pored. U daljini, iza grada, bile su tamnozelene šumovite padine Apenina.

Kad sam pogledao prema vili, otkrio sam kako mogu da je vidim celu iznad krošnji okolnog drveća. Bila je udaljena dvestotinak metara i uočio sam jednu žensku priliku kako marljivo čisti podne pločice na terasi, spremajući je za goste. To je verovatno bila Rokijeva žena, Antonela. Sa ovog mesta, imao sam dobar pogled na imanje i video sam svoj stan u staroj štali u jednom smeru, i bazen za plivanje u drugom. Moj sumnjičavi um je pomislio kako neki snajperista koji želi nekog da ubije ne bi mogao da poželi bolji položaj za pucanje. Iskreno sam se nadao da se to neće dogoditi ove nedelje.

4.

Nedelja popodne

Pretraživanje dvadeset dve prostorije u vili trajalo je čitavo jutro i deo popodneva. Veći deo vremena mi je društvo pravio Roki, očigledno oduševljen i zadivljen tehnologijom. Ja sam bio manje zadivljen. Detektor koji sam kupio imao je vrlo dobre recenzije i navodno su ga koristile brojne službe za sprovođenje zakona širom sveta, kao i, bez sumnje, mnoge nezakonite organizacije. Nažalost, pored detektovanja mikrofona i kamera, imao je neprijatnu naviku da reaguje na kablove, prekidače za svetlo i sve metalno, što je znatno produžilo vreme koje mi je bilo potrebno da proverim svaku sobu.

Sobe su bile potpuno opremljene nameštajem raznih stilova, a neko je, verovatno prvi vlasnik, bio oduševljen starim oružjem. U glavnom predvorju su se nalazile dve muskete i nekoliko drevnih kubura. Na osnovu njihovog izgleda, reklo bi se da su stare dvesta godina. U muzičkoj sobi – lepoj sobi punoj polica s knjigama i s veličanstvenim klavirom u sredini – moj skener je počeo da pišti dok sam se približavao prepunoj polici na zidu, u kojoj se nalazilo nekoliko desetina očigledno veoma starih bodeža i mačeva, ispod jednog štita s grbom na kojem su bila tri gavrana i kula. Prišao sam i zagledao sam se u noževe, podižući nekoliko njih i odmeravajući težinu tog gadnog oružja. Pogledao sam krupajliju.

– Neko bi mogao da nanese ozbiljne povrede ovim.

– Nego šta.

Vratio sam bodeže pažljivo i nastavio da pretražujem. Pored se nalazio viteški oklop, blistavo uglancan. Izgledao je sjajno ali je, kao i bodeži, izbezumio moj skener i bilo mi je potrebno mnogo vremena da se uverim kako u toj sobi nema prisluškivača. Odlučio sam da savetujem Pirsu da pokuša da koristi muzičku sobu za poverljive razgovore, za svaki slučaj. Vila je bila ukusno opremljena i poštovala je istoriju, a imala je i nepogrešivu atmosferu velikog bogatstva. Bilo je vidljivo da su vlasnici ovog mesta bili prilično imućni ljudi.

Bilo je pola četiri kad sam završio pretragu i vratio se u svoj stan da nahranim sebe i svog uvek gladnog psa. Seo sam da popijem čašu hladne vode i počeo da razmišljam o predstojećem susretu sa Aninom ćerkom. Ana je pozvala Virdžiniju početkom meseca da joj prenese vest kako ću ja biti osoba zadužena za bezbednost u vili. Virdžinija nije reagovala dobro, ali je pozvala mamu nekoliko dana kasnije da kaže kako je, iako i dalje nema želju da me upozna, razmislila o tome i odlučila da ipak doputuje. Očigledno je njena ambicija nadvladala emocije. Ona i njen šef, Džonatan Farmer, doći će u ponedeljak popodne. Moj sastanak s njom obećavao je zanimljiv susret, i pogledao sam svog psa.

– Računam na tebe da upotrebiš svoj šarm sutra, Oskare. Virdžiniji se verovatno neću svideti, makar na početku, ali sigurno će veliki, nežni labrador moći da je osvoji.

Nakratko je prekinuo svoje lickanje posle obroka kad je čuo svoje ime, i nadao sam se da zna šta treba da uradi. Pokušao sam da se stavim na Virdžinijino mesto. Naravno, ako je bliska sa ocem, biće joj teško da prihvati drugog muškarca u majčinom životu, ali nakon toliko vremena izgledalo mi je pošteno da pusti majku da nastavi sa svojim životom... ali opet, nije bila reč o mojoj mami. Odlučio sam da se držim po strani što se tiče Virdžinije, a ako budemo morali da razgovaramo, pobrinuću se da to bude isključivo poslovno.

Negde posle pet, dobio sam Rokijevu poruku.

Gospodin Derbi je stigao. Želi da vas vidi.

Odgovorio sam mu na poruku i krenuo sam ka vili sa Oskarom. Obišao sam zadnji deo vile i kad sam uočio dve figure na terasi ispred, krenuo sam pravo ka njima.

Malkolm Derbi je izgledao kao pedesetogodišnjak. Na sebi je imao veoma otmenu, savršeno ispeglanu svetloplavu pamučnu košulju, bez sumnje skupu, i izgledao je dobrodušno. Izgledao je kao jedan od onih ljudi koji prodaju „kuće za odmor u Kosta del Sol", mada sam se pitao da li je podočnjake imao zbog pritiska na poslu ili iz nekog drugog razloga. Podsećam vas, iako su mu oči izgledale umorno, znao sam da sam sa sedom kosom i najnovijim borama ja izgledao znatno gore, mada sam bio tek nekoliko godina stariji od njega. Možda je trebalo da poslušam bivšu ženu kad mi je tupila o hidratantnoj kremi pre nekoliko godina.

Malkolm Derbi se osmehnuo kad me je video... što je bilo obećavajuće.

– Glavni inspektore Armstrong, drago mi je što vas vidim.

Čvrsto mi je stegnuo ruku, što je, srećom, bilo znatno niže na Rihterovoj skali u poređenju s Rokijevim drobljenjem šake. Pirs Kuper-Stivenson, još odeven u crno, ostao je na pokornoj udaljenosti iza svog poslodavca, tako da sam mu samo klimnuo glavom i osmehnuo se gospodinu Derbiju.

– I meni što vidim vas, gospodine Derbi. I danas sam samo Den Armstrong, više nemam policijski čin.

Na moje iznenađenje, ispostavilo se da je znao mnogo više o meni nego što sam očekivao. – Dobili ste sjajne preporuke i izgleda da ste višestruko nadareni. Naišao sam na zanimljiv članak o vama i vašoj književnoj karijeri, u *Sandej tajmsu* pre mesec ili dva. Verujem da treba da vam čestitam. Vaša knjiga se dobro prodaje, rekao bih.

– Hvala vam, ali ni ja još ne mogu da poverujem. Držim sebi palčeve.

Prvi od mojih krimića smešten u Toskanu objavljen je početkom godine i, uz pomoć sjajnog izdavača i vrlo laskavog članka prijateljice novinarke, postigao je mnogo više uspeha nego što sam se nadao. Ali znao sam da nisam plaćen da pričam o svom pisanju, tako da sam se brzo vratio na glavnu temu. – Pregledao sam vilu i prilično sam siguran da nema nikakvog elektronskog nadzora. Nema mikrofona i kamera, tako da bi trebalo da ste potpuno bezbedni... mada bi trebalo u svakom slučaju izbegavati muzičku sobu, zbog svih tih metalnih predmeta. Kao što sam rekao gospodinu Kuper-Stivensonu, voleo bih da skeniram prostorije jednom dnevno, za svaki slučaj. Da li ćete se držati redovnog rasporeda? Kad mogu da obavim svoj posao svakog dana, a da nikom ne smetam?

– Moraću da razgovaram sa ostalima sutra uveče, kad stignu ovamo, ali rekao bih da ćemo imati sastanke jednom dnevno, verovatno ujutro. Naravno, očekivano je da svi iskoristimo malo slobodnog vremena da uživamo u ovom divnom vremenu i posetimo ovaj istorijski grad, tako da bih rekao da će popodne ljudi ići u šetnju i ponašati se kao turisti. Okvirno možete da planirate provere tokom popodneva, kad budete sami u vili.

– To mi odgovara. Sačekaću da mi potvrdite to sutra. Pogledao sam dvorište i sve izgleda bezbedno, kad govorimo o špijuniranju, ali povešću Oskara u šetnju i pregledati spoljne zidove, kako bih se uverio da nema nekih očiglednih mesta kuda bi vaši suparnici ili energični novinari mogli da prođu.

Klimnuo je glavom nekoliko puta. – Sjajno, gospodine Armstrong, to mi zvuči dobro. Nažalost, Pirs i ja smo sad zauzeti, ali možda biste popili piće večeras sa mnom, recimo oko sedam? Izvodim kasnije suprugu na večeru, ali bilo bi lepo da porazgovaramo pre toga. Možete da mi ispričate sve o svom životu ovde u Italiji. – Pogledao je po dvorištu, ćutke mu se diveći nekoliko trenutaka. – Divim se vašem izboru. Toskana je divan deo sveta.

Imao sam utisak da ga odnekud poznajem, i iznenada sam se setio. Malkolm Derbi me je podsećao na tipa koji mi je prodao nova kola dve godine pre nego što sam se razveo. Pitao sam se da li ih moja žena i dalje poseduje. U svakom slučaju, taj čovek je izgledao podjednako prijateljski kao Derbi i pokušavao je – i uspeo – da mi proda nešto. Sinulo mi je da sam sasvim sigurno u prisustvu prodavca... ali nečeg mnogo skupljeg od forda fokusa.

U tom trenutku, iznenada sam video Oskara kako okreće glavu prema otvorenim balkonskim vratima iza nas i počinje da maše repom. Širok pseći osmeh pojavio mu se na licu kad se jedna žena pojavila na vratima. Dok je trčao da je pozdravi, zagledao sam se u nju. Bila je vrlo privlačna, verovatno stara oko trideset pet godina, i kad se sagnula da pomazi Oskara po glavi, uočio sam zlatnu burmu i verenički prsten s velikim dijamantom na levoj ruci.

– Dođi i upoznaj našeg šefa obezbeđenja, draga.

Gospodin Derbi joj je uputio širok osmeh ali, nazovite me sumnjičavim starim pandurom, imao sam osećaj kako se previše trudi. Taj utisak se pojačao kad ga je žena pogledala nimalo zaljubljeno. Da, osmehnula se, ali siguran sam da je čak i Oskar mogao da vidi da joj to predstavlja napor. Zanimljivo, kad je krenula ka nama, primetio sam dve crvene tačkice na Pirsovim obrazima. Imao sam osećaj da moj labrador nije jedini ovde kome se sviđa ta žena. Da li bi to moglo dovesti do nevolja u raju, pitao sam se.

– Gospodine Armstrong, upoznajte moju suprugu, Melani. Melani, draga, ovo je Den Armstrong, bivši glavni inspektor iz londonske policije. Sad ima veliku sreću da živi u Toskani.

Melani Derbi je prišla i pružila mi ruku.

– Drago mi je što sam vas upoznala, gospodine Armstrong.

Glas joj je bio dubok, a naglasak je ukazivao na obrazovanu osobu iz srednje Engleske. Izbliza bih rekao da je bila petnaest ili čak dvadeset godina mlađa od muža, a tamni podočnjaci, isti kao kod njega, naveli su me da se zapitam kakvo je stanje u njihovom braku, ali podsetio sam sebe da me se to ne tiče. Razmenili smo nekoliko ljubaznosti o divnom vremenu, Toskani i mom psu, a onda sam otišao kako bih mogao da obiđem spoljni zid, i budem potpuno siguran da nema rupa koje nisam primetio.

Oskar i ja smo otišli do glavne kapije i na tastaturi od nerđajućeg čelika, postavljenu na stub kapije, upisao sam šifru koju mi je Roki dao. Naravno, žuto svetlo je počelo da treperi i kapija se otvorila prema meni. Izašao sam i sačekao dok se nije zatvorila iza mene, pre nego što sam skrenuo desno i hodao putem nekoliko stotina metara, dok nisam stigao do ivice imanja, gde je ciglani zid skretao udesno. Tu se nalazio neki zemljani put kojim sam mogao da hodam kraj zida nekoliko stotina metara do suprotnog ugla, gde sam znao da se nalazi minijaturni toranj, mada su me visoki zid i gusto žbunje sprečavali da ga vidim. Dok sam hodao, skupljao sam štapove koje sam bacao Oskaru i dok smo se igrali dobacivanja, gledao sam da li zid ima neku rupu ili slabost. Koliko sam mogao da vidim, sve je bilo u dobrom stanju i predstavljalo bi veliku prepreku nekom ko bi želeo da ga preskoči.

Kad sam skrenuo iza ugla da bih otišao do zadnjeg dela imanja, otkrio sam da to podrazumeva obilazak oko polja na kojem je rasla neka žitarica, već visoka do pojasa. Sreća je bila što je zemlja bila tako suva, jer sam mogao da vidim duboke otiske ispod svojih stopala, gde su traktorske gume nekad prelazile preko vlažne zemlje, ali kako su stvari trenutno stajale, vode nije bilo dovoljno i zemlja je bila tvrda kao kamen. Pažljivo sam gledao ima li zmija, delimično zato što nikad nisam voleo gmizavce, a uglavnom zato što sam pročitao da u obližnjem regionalnom parku ima otrovnica, a poslednje što sam želeo je da neka ujede Oskara ili mene. Srećom, video sam samo nekoliko guštera koji su se očigledno više uplašili mene nego ja njih. Kažu to isto i za zmije, ali nikad nisam bio uveren u to, i zato sam se trudio da ih se klonim, kad god je to moguće.

Negde na pola puta, pronašao sam otvor u ciglanom zidu. Bio je to nizak lučni otvor, s jakim drvenim vratima. Gurnuo sam ih ramenom i pomerio gvozdenu ručku na obe strane, ali nisu se pomerila. Koliko sam mogao da procenim, taj prolaz se nalazio direktno iza najgušćeg žbunja koje sam ranije video unutra. Ni ovuda ne može da se uđe. Nastavio sam da pratim zid dok nisam ponovo izašao na glavni put i vratio se do kapije, uveren da bi samo neki vrlo odlučan i spretan novinar, paparaco ili industrijski špijun mogao da uđe.

U sedam sati sam, kako mi je rečeno, otišao do vile i zatekao Pirsa Kuper-Stivensona na terasi, odevenog, kao i uvek, u crno. Nakon vrelog dana, i veče je bilo veoma toplo i ja sam bio samo u košulji. Verovatno mu je telesni termostat bio drugačiji od mog. Oskar je već shvatio da Pirs nije ljubitelj labradora, pa ga je ignorisao i krenuo ka najbližoj senci da legne na mermerne pločice. Nekoliko trenutaka kasnije, skočio je na noge i krenuo ka balkonskim vratima, mašući repom, kad se pojavila Antonela, Rokijeva žena.

– Dobro veče, gospodo, želite li piće? – Govorila je dobro engleski, s jakim toskanskim naglaskom. Bila je sušta suprotnost mužu: niska, nežna i sitna. – I mogu li doneti nešto vašem divnom psu? – Oskar ju je pogledao i mahnuo repom, pun nade. Ako bi, kojim čudom, dobio moć govora, sigurno bi naručio šatobrijan i prilog od kobasica.

Očigledno izvrsnih manira, Pirs mi je dozvolio da naručim prvi. Zatražio sam hladno pivo i, bez sumnje na razočaranje svog psa, rekao sam joj da Oskaru nije ništa potrebno. Pirs se opredelio za čašu mineralne vode. Nakon što je Antonela otišla da nam donese piće, okrenuo sam se ka Pirsu i pokušao da zapodenem razgovor. – Jeste li već bili u Pizi? – Odmahnuo je glavom. – To je divan istorijski grad. Nadam se da ćete imati malo vremena da ga obiđete. Ne možete da dođete u Pizu i ne vidite Krivi toranj, ali katedrala je još lepša.

Osmehnuo se nervozno, gledajući preko mog ramena, da vidi da li se njegov šef pojavio. – To bi bilo lepo, ali zavisi od slobodnog vremena. Osim sastanaka ove nedelje, imam i dosta drugog posla.

– Da li vam gospodin Derbi daje mnogo zadataka?

Klimnuo je glavom. – Ne biste verovali koliko toga radimo u ovom trenutku. Kao što sam vam rekao, to je nova kompanija i vredno radimo da je izgradimo. A sad, sa ovim novim poduhvatom, količina posla je utrostručena. – Nije govorio ništa detaljnije o tom novom poduhvatu, a ja nisam pitao.

– Koliko dugo radite za gospodina Derbija?

– Počeo sam jesenas, tako da sam morao brzo da učim. – Osmehnuo se. – Ranije sam radio na *BBC*-ju, i recimo da tamo nisam ni izbliza bio toliko opterećen.

Namignuo sam mu. – Ali to je vredno iskustvo, siguran sam, kad budete postali generalni direktor umesto gospodina Derbija. Da li je to plan?

Ponovo mi se osmehnuo i video sam naznake ambicioznog mladića iza te fasade. – Nešto slično, ako sve bude kako treba, ali čeka me još mnogo posla.

– Kažite mi, kako izgleda raditi za gospodina Derbija? Izgleda mi da je pomalo pod stresom.

Nakon što je ponovo pogledao preko ramena, odgovorio je. – *Pomalo* pod stresom? Potpuno je odlepio u poslednja dva meseca, dok smo spremali novi projekat. – Utišao je glas. – Biće mnogo natezanja na sastancima ove nedelje.

Dalji razgovor na tu temu prekinula je Antonela, koja nam je donela pića, a onda je stigao i Malkolm Derbi, u pratnji svoje supruge. Oboje su držali čaše penušavog vina. Na ovakvom mestu, ne bi me iznenadilo da je to neki odležali šampanjac.

Prišao mi je i ljubazno se osmehnuo pre nego što se okrenuo i izdao kratka uputstva Pirsu. – Očekujem imejl od AG-a. Motri na to, i javi mi kad stigne. – Okrenuo se ponovo ka meni i pokazao rukom na svoju ženu, koja je milovala potpuno oduševljenog Oskara... uvek je voleo dame. – Mislio sam da će vas obradovati što imate obožavateljku, gospodine Armstrong. Melani je pročitala vašu knjigu i kaže da je sjajna. Zar ne, draga?

Njegova žena nas je pogledala, i prvi put sam video pravu živost na njenom licu. – Nažalost, nisam sabrala dva i dva kad nas je Malkolm upoznao. Vi ste Den Armstrong, pisac. Baš divno. Pročitala sam *Smrt u vinogradu* prošlog meseca, i uživala sam. Da sam znala da ćete biti ovde, ponela bih svoj primerak da mi ga potpišete.

Bio sam iskreno zadivljen. – To je lepo čuti, hvala vam. To je prva knjiga koju sam objavio, a vi ste prva osoba koju sam upoznao koja je pročitala moju knjigu. Oduševljen sam što ste uživali.

Proveo sam neočekivano prijatnih pola sata ćaskajući s bračnim parom Derbi. Pirs je povremeno rekao poneštо, obično se obraćajući gospođi Derbi, ali video sam da njegova uloga sluge zahteva da se drži po strani. Mada je gospodin Derbi nastavio da glumi savršenog domaćina – iako je bio moj poslodavac – moj prvi utisak da stvari ne idu najbolje između njega i supruge pojačao se tokom večeri. Ona nije izgledala nesrećno, izgledala je... Počeo sam da tražim pravu reč i konačno sam se setio: rezignirano. Izgledala je kao da se pomirila sa sudbinom. Bio sam siguran da je mnogim nepristrasnim posmatračima sudbina koja podrazumeva udaju za bogataša i ovakav životni stil bila nešto na čemu mogu da vam zavide, ali iza tog sjaja i glamura stvari očigledno nisu išle tako glatko kao što se ona nadala. Ipak, rekao sam sebi, ne prvi put, to je bio samo njihov problem.

Kad su otišli da uživaju u blistavim svetlima Pize – bez Pirsa – vratio sam se u svoj stan da spremim sebi omlet. Siguran sam da je to znak starenja, ali bio sam srećan što ću provesti mirno veče.

5.

Ponedeljak rano ujutro

Do šest uveče sledećeg dana, svi gosti su stigli. Saznao sam to od Pirsa, koji je došao u moj stan da mi kaže kako sam pozvan da se pridružim grupi na piću u sedam sati. Nakon toga, večeraće se na terasi, a onda će važni igrači otići u privatnu sobu na preliminarne razgovore. Možda pod pritiskom gospođe Derbi, koja je izgledala izuzetno zainteresovano za početke moje književne karijere, Pirs me je obavestio da sam pozvan da im se pridružim na večeri – sa sve Oskarom.

Proveo sam dan tražeći uređaje za prisluškivanje u glavnim sobama i ponovo sam mogao da tvrdim kako je sve čisto. Oskar i ja smo ponovo obišli ogradu, ovoga puta sa unutrašnje strane, i s mukom se probivši jedva vidljivom stazom kroz žbunje na suprotnom kraju, uspeo sam da potvrdim da su vratanca na kraju zida čvrsto zatvorena s dve velike, stare zasovnice dugačke preko trideset centimetara.

Upravo sam se presvukao pred odlazak u vilu, kad me je pozvala Ana iz Firence.

– Stigla je.

Nije bilo potrebe da pitam na koga Ana misli. Rekao sam joj da ću videti Virdžiniju za nekoliko minuta i pitao sam je kako je bila raspoložena.

– Zvučala je uznemireno, ali to je verovatno posledica putovanja. Doleteli su privatnim avionom Džonatana Farmera, ali kasnili su gotovo jedan sat i on je bio vrlo neprijatan prema svima.

– Pa, to je dodatni razlog da se držim prvobitnog plana da ostanem po strani i sklanjam joj se s puta... i njemu, kad smo kod toga.

Počeo sam da joj pričam da sam pozvan na večeru sa učesnicima, njihovim suprugama i devojkama... i sasvim moguće momcima. Nisam znao identitet ostalih učesnika, a ni njihov pol – mada sam imao osećaj da su te važne face uglavnom muškarci. Moje ograničeno poznavanje sveta visokih finansija govorilo mi je kako je to i dalje uglavnom muška igra. Pokušao sam da zvučim ohrabrujuće.

– Pobrinuću se da sedim na suprotnom kraju stola.

Ana je i dalje zvučala zabrinuto. – Mada je pokušavala da zvuči nezainteresovano, stekla sam utisak da je prilično nervozna što će te upoznati, tako da, ako budete razgovarali, pokušaj da budeš pažljiv.

– Ona nije jedina koja je nervozna. Računam na Oskara da obavi najteži deo posla. Znaš kakav je; mnogo je veći šarmer od mene.

I pored toga, morao sam da priznam da sam osećao napetost dok sam išao preko dvorišta da upoznam ženu koja će mi možda biti pastorka jednog dana. Na terasi je već bila grupica ljudi, tip-top odevenih, sa čašama penušavog vina. Dve žene su imale na sebi veoma duge haljine, a najmanje jedan muškarac je nosio smoking, i bilo mi je drago što sam se istuširao i obukao malo zvaničniju odeću pre nego što sam došao. Dobro, bio sam samo unajmljeno osoblje, ali osećao sam kako treba da se potrudim da ih ne razočaram. Smestio sam se nedaleko od Pirsa – u crnom, kao i uvek – na samu ivicu terase, i rekao sam Oskaru da sedi kraj mene, a onda sam pogledao oko sebe. Dok sam to radio, čuo sam svoje ime i video kako mi se približava neki muškarac koga nisam odmah prepoznao, s poslužavnikom punim pića. Bio je to Roki, i ovog puta se preobrazio iz profesionalnog rvača u otmenog izbacivača u nekom klubu na Vest Endu. Ugurao se u smoking koji je jedva držao njegove mišiće, a leptir-mašna očigledno nije znala gde mu vrat počinje, a gde se završava.

– *Ciao*, Roki, izgledate vrlo otmeno.

Široko se osmehnuo. – Gazda želi da se malo razmeće pred ovim krupnim ribama. – Upotrebio je italijanski izraz *pezzi grossi* koji doslovno znači „krupni komadi".

– Ogastas Korniš se vratio, zar ne?

Klimnuo je glavom. – Zar niste videli ferari ispred? On je u kuhinji sa Antonelom i kuvarom, pokušava da ih izmiri. – Namignuo je. – Kuvar je nov. Gas ga je doveo iz Engleske, posebno za ovu nedelju. To je valjda neki poznati kuvar – zašto bi neko dovodio kuvara iz *Engleske* ovamo? – i ponaša se kao primadona. Ako nastavi tako, Antonela mi je rekla da će ga mlatnuti tiganjem.

Setio sam se Virđiliove priče o vozaču autobusa koga je žena mlatnula po glavi i gurnula kroz prozor, i iskreno sam se nadao da situacija u kuhinji neće eskalirati do te mere. Uzeo sam čašu šampanjca, Roki je nastavio obilazak, a ja sam se vratio posmatranju ljudi oko sebe.

Odmah sam prepoznao jedno lice. Elenor Lenard bila je zaprepašćujuće lepa žena, stara manje od trideset godina, glatke crne kože i bujne kose koja joj je padala na ramena. Uprkos mladosti, bila je jedna od najpoznatijih operskih pevačica na svetu, s blistavom karijerom iza sebe, tokom koje je nastupala u punim dvoranama, od *Milanske skale* do *Karnegi hola* i često pred plemićima i predsednicima država. Nedavno se udala za poznatog, ali ne toliko eksponiranog, grčkog brodovlasnika Aristotelisa, koji je bio dvostruko stariji od nje, a njeno lice je bilo u svim novinama i na televiziji. Tiho sam zazviždao. Najmlađi britanski milijarder i sad neverovatno međunarodno poznata ličnost: izgledalo je kao da će učesnici ovonedeljnog sastanka biti s najvišeg nivoa.

Kraj gospođe Lenard su bila dvojica muškaraca i jedna žena. Nisam prepoznao nikoga od njih pa sam pitao Pirsa... tihim glasom. Jedva je čekao da mi pomogne.

– Sedokosi tip u tamnom smokingu je Erih Baumgartner. Radi u Cirihu i sa svojom suprugom upravlja investicionim fondom registrovanim u Lihtenštajnu. – Podigao je obrve. – To je jedna od najvećih investicionih kompanija na svetu. To kraj njega je njegova supruga.

Gospodin Baumgartner je izgledao kao da ima šezdesetak godina, ali njegova žena je mogla da ima od trideset do osamdeset godina, i imala je sumnjivo zlatnu kosu. Koža lica bila joj je toliko zategnuta, da sam se setio opisa jedne od starijih holivudskih starleta, koja je navodno imala toliko plastičnih operacija da joj se, kad namigne, trzala leva noga. Znao sam vrlo malo o ženskoj modi – a i muškoj, kad smo kod toga – ali čak i ja sam mogao da vidim da njena duga večernja haljina, blistava dijamantska ogrlica i satenske rukavice do iznad lakta – mada pomalo preterani za ovo ugledno društvo – nisu bili nimalo jeftini.

– Šta je s drugim tipom? U ružičastom smokingu i s musketarskom bradicom?

– Antoan Dižarden, frankofoni Kanađanin. Kažu da poseduje prava na polovinu podvodnih zaliha nafte u arktičkom krugu.

– Da li je došao sa suprugom ili partnerkom?

– Nisam siguran. Možda.

– Moraćete da mi objasnite to.

Pirs se namrštio. – Dižarden je stigao s jednom... damom. – Pažljivo je birao reči. – Prijavljena je kao njegova pomoćnica, ali imam osećaj da je nešto više od toga.

Pogledao sam oko sebe, ali nisam video neku drugu ženu. – A gde je ona sad?

Osmejak mu se pojavio na licu. – Valjda u svom budoaru, ali prepoznaćete je kad se pojavi. – Utišao je glas i počeo da šapuće kao školarac uhvaćen u nečem: – Mislim da je reč „nezaboravna" najpoštenji način da je opišem.

U tom trenutku se na balkonskim vratima pojavio još jedan par. On je imao oko trideset pet godina i očigledno je zazirao od doterivanja. Na sebi je imao samo farmerke i belu pamučnu košulju. Kad kažem „samo", treba pomenuti sitnicu kao što je *roleks sabmariner* od trideset hiljada funti na njegovoj ruci, tako da niko nije mogao da pomeša Džonatana Farmera sa običnim pripadnikom plebsa. Bio je zgodan muškarac kratke plave kose i preplanulog lica. Izgledalo je kao da redovno vežba – ali ne koliko Roki iz vile. Kraj njega je bila jedna devojka, i odmah sam je prepoznao iako sam je prvi put video. To mora da je bila Virdžinija. Sličnost s majkom bila je nepogrešiva. S dugim nogama, sjajnom tamnom kosom i visokim jagodicama, bila je slika i prilika svoje majke.

Zanimljivo je bilo gotovo primetno podrhtavanje među ostalima na terasi kad se Farmer pojavio. Bilo je teško tačno odrediti, ali učinilo mi se da sam primetio iznenađenje, zabrinutost i visok nivo antipatije. Posebno je bio namršten onaj Kanađanin, a Švajcarkinja se naglo okrenula i počela da razgleda vrt vile tako napeto kao da želi da ga kupi. Elenor Lenard je iznenada počela da se zanima za svoje cipele i gledala je u pod, a čak je i Melani Derbi skrenula pogled, mada je njen muž pohitao da pozdravi pridošlicu. Očigledno je Džonatan Famer imao izvestan ugled.

Pre nego što sam došao ovamo, proverio sam ga na internetu, i otkrio sam dosta anegdota o njegovom ekscentričnom ponašanju. Nije bilo sumnje da je genijalan – i nemilosrdan – poslovni čovek koji ume da nanjuši isplativ posao, i ne brine se mnogo kako zarađuje svoj novac. Prema onom što sam pročitao, u privatnom životu je bio daleko od nezanimljivog. Jednom prilikom se popeo po fasadi svoje poslovne višespratnice u Londonu bez konopaca, a sredinom zime snimljen je kako pliva nag nedaleko od obale Aberdina, ni manje ni više. Mada su te i druge vratolomije kao padobranstvo, bandži i sedmodnevne pijanke govorile mnogo o njegovoj izdržljivosti, to se nije sasvim uklapalo s njegovom ulogom finansijskog genija. Uz navodnu zavisnost od lepih žena, brzih kola i halucinogenih supstanci, bilo je jasno da ponekad nije ulivao poverenje trezvenijim investitorima, i bilo je dosta glasina o sumnjivim poslovima. Šta li bi mogao da uradi ovde u Pizi, pitao sam se, i kako bi to moglo da izgleda ostalim učesnicima? Po njihovim reakcijama na njegovu pojavu, nije slutilo na dobro.

Razmišljanje mi je prekinuo neki glas otpozadi.

– Gospodin Armstrong, pretpostavljam. Molim vas, upoznajte me sa svojim pratiocem.

Okrenuo sam se i ugledao jednog preplanulog muškarca, starog oko četrdeset godina, u besprekornom plavom blejzeru i belim pantalonama. Izgledao je kao da je upravo sišao s komandnog mosta na *Titaniku*. Naočari za sunce na glavi držali su njegovu savršeno začešljanu kosu na mestu i nisam sumnjao da gledam u vlasnika *Vile Gregori*.

– Gospodin Korniš? Drago mi je što sam vas upoznao. Ja sam Den, a ovo je Oskar.

Nagnuo se napred i pomilovao Oskara po ušima. – Zdravo, Oskare, baš si lep. Uvek smo u porodici imali labradore dok sam odrastao. Voleo bih da imam još jednog, ali često putujem u poslednje vreme, i to ne bi bilo pošteno prema sirotoj životinji. – Ispravio se i pogledao me je. – Malkolm mi kaže da ste nekad bili viši oficir u londonskoj policiji. Zašto ste odlučili da se preselite u Toskanu?

Dao sam mu uobičajeni odgovor o klimi, istoriji, hrani i piću i Toskancima, ali nisam pomenuo Anu. Instinktivno, dok sam mislio o njoj, potajno sam pogledao Virdžiniju i, dok sam to radio, ona je slučajno pogledala ka meni i, na tren, pogledi su nam se sreli. Mora da je uočila nešto na mom licu, i kad joj je sinulo odmah je oštro okrenula glavu na drugu stranu. Bilo mi je svejedno. Nisam očekivao ništa drugo. Usmerio sam pažnju ponovo na vlasnika vile, koji je sad posmatrao Džonatana Farmera.

– Imate ugledno društvo ove nedelje, gospodine Korniš.

– Ne toliko ugledno koliko ozloglašeno. – Glas mu je bio namerno tih, a pogled mu je bio prikovan za Virdžinijinog šefa. Oprezno sam pitao.

– Džonatan Farmer?

Zavrenički me je pogledao. – On je najgori od svih, ali nije jedini. Malkolm baš ume da ih odabere! – Shvatajući da se verovatno izlanuo, osmehnuo mi se. – Ali šta ja znam, ha? Ja sam samo gostioničar. – Pomislio sam kako ima malo ogorčenosti u njegovom tonu, ali nekoliko trenutaka kasnije, čitavo držanje mu se promenilo. – O... izvinite, gospodine Armstrong.

Okrenuo je glavu prema balkonskim vratima kad se jedna žena pojavila. I to ne bilo kakva žena. Ova nije bila mnogo starija od Virdžinije, imala je najviše trideset godina, i zbog bujne plave kose bilo ju je nemoguće prevideti, mada, pošto sam bio sumnjičav detektiv, zapitao sam se da li se rodila s tom bojom kose. Imala je jarkocrvene usne ispunjene s toliko filera da je pomoću njih mogla da se zalepi za prozor i ostane tako, i toliko senke za oči da je podsećala na pandu. Na sebi je imala gotovo prozirnu svetloružičastu haljinu s nečim što bi se eufemistički moglo nazvati „smelim" dekolteom, a čak i s pet metara zapahnuo me je cunami njenog parfema. Na delić sekunde pogledao sam Pirsa u oči. Bio je u pravu kad je rekao „nezaboravna". Nije bilo sumnje u to. Ta dama je sigurno pomoćnica Antoana Dižardena... ako joj je to bilo pravo radno mesto. Kao da potvrđuje moje sumnje, zakloparala je preko mermera prema Kanađaninu, na svojim potpeticama visokim petnaest centimetara i osmehnula mu se s naklonošću. Okrenuo se ka njoj i uzvratio joj osmeh... s nešto manje naklonosti, kako je izgledalo mom ciničnom oku.

Primetio sam da ju je Oskar pratio pogledom sve vreme i pogledao me je, kao da kaže: *Vidi ti nju!*

Sagnuo sam se i pomazio ga po glavi. – Nepristojno je zuriti, kuče.

Ogastas Korniš je već odlazio da se pridruži grupici i uskoro je vešto ćaskao s pridošlicom. Na trenutak sam pogledao lice gospodina Dižardena i video da je iznenađujuće nezainteresovan. Možda je ona ipak bila samo njegova pomoćnica i, na kraju krajeva, to kako je odabrala da izgleda samo je njena stvar. Prekorio sam sebe u mislima što sam donosio zaključke na osnovu izgleda, a onda sam primetio da je Dižarden bio mnogo više zainteresovan za proučavanje Džonatana Farmera. Bio sam siguran da vidim nezadovoljstvo iza njegovog naizgled bezizraznog lica dok je gledao Farmera s loše prikrivenom nesklonošću. I nije bio jedini; bilo mi je zanimljivo što je svega nekoliko ostalih gostiju htelo da se rukuje s njim, a Farmer je stajao dalje od grupe, razgovarajući s Virdžinijom. Iz nekog razloga, izgledalo je da ga većina izbegava.

U mojoj kancelariji u Firenci, Pirs mi je rekao da će sastanku prisustvovati četiri velika igrača i njegov šef. Brzo sam prebrojao ko je tu: Antoan Dižarden, Erih Baumgartner i njegova supruga, koji se verovatno zajedno računaju kao veliki igrač, Elenor Lenard i Džonatan Farmer. To je bilo četvoro i, kao po komandi, domaćin se pojavio na vratima sa svojom ženom. Malkolm Derbi je bio odeven u tamnoplavi smoking, a Melani Derbi je izgledala posebno ljupko u otmenoj, konzervativnoj, dugoj svetlosivoj haljini. Za razliku od gospođe Baumgartner, nije imala nakit niti večernje rukavice i, za razliku od Dižardenove pomoćnice, imala je malo ili nimalo šminke. Obradovala se kad me je videla – ili verovatnije Oskara – i osmehnula mi se. Uzvratio sam joj osmeh, a Oskar je mahnuo repom.

Pod pretpostavkom da povučeni muž Elenor Lenard nije napustio svoje skrovište na privatnom ostrvu na Peloponezu, izgledalo je da su svi tu: *pezzi grossi*, Malkolm Derbi i njegova supruga, dvoje pomoćnika i šta god da je ona plavokosa seks-bomba bila. Ponovo sam dobro osmotrio Virdžiniju dok je stajala i razgovarala s Džonatanom Farmerom i nije mi promakao način na koji ju je šef s naklonošću hvatao za ruku kad god je nešto govorio. Moje sumnje o njegovim pravim namerama ponovo su se pojavile, i zapitao sam se šta će se dogoditi ako sam u pravu.

Zvuk nekog ko udara u čašu novčićem ili ključevima privukao mi je pažnju i pažnju svih ostalih, uključujući Oskara.

– Dame i gospodo, želim vam srdačnu dobrodošlicu u divnu *Vilu Gregori*. – Pokazao je rukom na Ogastasa Korniša. – Zahvaljujem se svom dobrom prijatelju, Gasu, što nam je dozvolio da održimo ovaj sastanak ovde. Nadam se da će pregovori ove nedelje rezultirati stvaranjem nečeg zadivljujućeg. Radujem se odgovaranju na vaša pitanja o ovom uzbudljivom projektu i sutra u deset ujutro ćemo obaviti video-razgovor s gospodinom Granstokom, kako biste čuli od njega šta nameravamo. Zamolio me je da vam prenesem njegovo izvinjenje, ali trenutno je na važnom sastanku u Južnoafričkoj Republici. Ako sve prođe dobro, pokušaće da svrati krajem nedelje. Večeras treba da jedete i opustite se. Hvala vam na dolasku i nadam se da će ovo biti zanimljiva i isplativa nedelja za sve nas.

Mada sam bio bogato plaćen za utrošeno vreme, imao sam osećaj da će ova nedelja biti mnogo isplativija za *pezzi grossi*.

6.

Ponedeljak uveče

Večera na terasi je bila zanimljiva. Hrana je bila izvrsna, mada bi se svako ko je došao ovamo očekujući italijansku hranu iznenadio i razočarao. Otkrio sam tokom večeri da je pomenuti kuvar, mada doveden iz Londona, bio Francuz, i hrana je te večeri bila francuska. Međutim, hrana je bila manje važna od osobe koja je sedela naspram mene.

Namerno sam odabrao mesto za koje sam verovao da je bezbedno, na samom kraju stola, s Melani Derbi kraj sebe, ali Džonatan Farmer je onda odabrao da sedne pored živopisne pomoćnice Antoana Dižardena, naspram Melani, a Virdžinija je poslušno sela s njegove druge strane. To je značilo da je Anina ćerka završila jedva metar od mene. Svaki put kad sam pogledao, ona je bila tu i, naravno, ona je imala isti problem. Nažalost, moj plan da upotrebim Oskara kao mirovnog ambasadora bila je ometena pregradom koja se nalazila ispod stola, što me je sprečilo da ga pošaljem na drugu stranu da je pogleda svojim krupnim smeđim očima.

Ona me je naglašeno ignorisala, i dao sam sve od sebe da radim isto. Srećom, većinu pažnje mi je okupirao razgovor s Melani, koja je stalno pričala o mom pisanju. Izgledalo je da je te večeri pod velikim stresom, i pitao sam se da li je to zbog nečeg što je njen muž rekao ili uradio, ili je imala problem s nekim od gostiju. Nisam imao vremena da nagađam jer je priča o mom pisanju privukla još neke ljude za stolom, i uskoro sam bio u neugodnom položaju da odgovaram na pitanja o onom što mi je, i dalje, bilo sasvim novo zanimanje. Postepeno sam uspeo da udaljim razgovor od sebe, i kako je veče napredovalo, a sunce zašlo iza horizonta, mogao sam da posmatram ostale, počevši od Virdžinijinog šefa.

Džonatan Farmer je bio od onih ljudi koji ne mogu da se skrase ni na tren. Pogled mu je stalno skakao od osobe do osobe i, nazovite me sumnjičavim, ali čini mi se da sam video isti onaj previše uzbuđen sjaj u očima kakav sam viđao kod ljudi koji su šmrkali nešto što nije trebalo. Možda sam grešio, ali sigurno je izgledao i zvučao hiperaktivno. Bio je iskren, očigledno vrlo pametan i znao je ponešto o svemu od kompjuterskog programiranja do Mikelanđela, i nije bilo sumnje da ima veoma visoko mišljenje o sebi. Virdžinija, koja je sedela kraj njega, provodila je mnogo vremena posmatrajući ga, a kad je gledala svog šefa ja sam posmatrao nju, pokušavajući da analiziram njen odnos prema njemu. Isto kao što je bila vrlo privlačna žena, bila je i vrlo inteligentna, i čuo sam je kako iznosi dosta činjenica o Toskani i istoriji tokom razgovora, a kad se obraćala Rokiju i Antoneli na italijanskom, zvučala je kao da je odavde.

Koliko sam video na osnovu njenog strogo uzdržanog izraza lica, očigledno se divila Farmeru, ali je podjednako jasno davala sve od sebe da ignoriše ili odbija njegovo udvaranje. Ona su se kretala od redovnog dodirivanja njenih golih ruku ili šaka, značajnih pogleda i raznih komentara koje razumni šefovi ne daju svojim zaposlenima, osim ako ne žele da budu tuženi. Naravno, zgodan muškarac na njegovom mestu, uz toliko novca, verovatno nije navikao da ga žene odbijaju. Ja nisam nimalo sumnjao da se Virdžinija sviđala Farmeru, mada je provodio dosta vremena pipkajući Kanađanku s druge strane. Nisam mogao da zaključim da li je to izazvalo neodobravanje, ili nešto više, kod Antoana Dižardena, koji je sedeo malo dalje na mojoj strani stola i nisam mogao da ga vidim.

Na osnovu količine vina koje je pio, pitao sam se da li Farmer pokušava da skupi malo alkoholne hrabrosti pre nego što se okomi na jednu od žena, i pomislio sam da je Virdžiniji bolje da zaključa vrata svoje spavaće sobe. Tek je trebalo da se vidi šta će se dogoditi nakon što je pomešao sav taj alkohol s belim prahom.

Definitivno sam stekao utisak da ga je odbijala, ali vrlo diskretno i diplomatski, no možda je to bilo samo ono što sam želeo da vidim. Za trideset godina u odeljenju za ubistva, video sam mnogo stvari, ali bogataši koji se nabacuju lepim devojkama, ponašaju se lepo prema njima, žene se njima i onda žive srećno do kraja života – to se nažalost često završavalo slomljenim srcem ženâ, a nisam hteo da se to dogodi ćerki moje devojke. Šta god ona mislila o meni, shvatio sam da gajim gotovo očinsko osećanja prema njoj i razvio sam možda nezasluženu antipatiju prema tom muškarcu, Džonatanu Farmeru, koji mi, napokon, nije učinio ništa nažao.

Dok mi je Melani povremeno upućivala nasumične komentare o vremenu, vrtu ili Oskaru, gledao sam druge ljude za stolom. Gospođa Baumgartner je govorila vrlo malo, jela vrlo malo i mislim da se nijednom nije osmehnula. Da li je to bilo zato što joj je koža bila tako zategnuta da fizički nije mogla da pomera odgovarajuće mišiće lica, ili samo nije bila raspoložena, nisam mogao da utvrdim, ali kladio bih se na kombinaciju oboje. S druge strane, bio sam pomalo iznenađen što je njen muž, na drugom kraju stola, uprkos zvaničnom izgledu, bio glavna pokretačka sila zabave, i pričao je neke vrlo neukusne šale i prepričavao zadivljujuće i verovatno potpuno izmišljene anegdote o svetskim vođama koje je upoznao. Kao i Džonatan Farmer, i on je mnogo pio, i obrazi su mu postajali sve crveniji. To je bio prvi švajcarski finansijer koga sam upoznao, i nije se uklapao u stereotip velikog bankara iz Ciriha koji sam imao u glavi.

Elenor Lenard, sopran, govorila je vrlo malo, ali izgledalo je da uživa u pričama švajcarskog gospodina, kao i Malkolm Derbi. I on je sedeo na mojoj strani stola i nisam mogao da mu vidim lice, ali čuo sam da igra ulogu srdačnog domaćina vrlo dobro i bio je veoma šarmantan. Antoan Dižarden, koji je sedeo kraj njega, nije rekao gotovo ni reč. Kad je govorio, nije bilo ni traga francuskom naglasku, iako mi je Pirs rekao da je iz Kvebeka.

A što se tiče njegove upadljive prijateljice, nisam bio siguran šta sam očekivao od nje, ali ne bi me iznenadilo ako se ispostavi da ima glas kao brodska sirena i zalihu još vrelijih priča nego Erih Baumgartner. Ipak, ona je govorila vrlo malo i izgledalo je da je privukla pažnju Džonatana Farmera, koji je sedeo kraj nje, osmehivala se učtivo njegovim šalama, ali bez iskrenog uverenja. Nije se uklanjala njegovom otvorenom udvaranju, ali stekao sam utisak da joj nije prijatno kraj njega i nisam mogao da je krivim. Sa svog mesta nisam mogao da vidim lice njenog šefa, ali nisam mogao da se otresem ružnog predosećaja da možda postoji znatno preklapanje između njenih profesionalnih i privatnih zaduženja. Bilo kako bilo, prvi utisak je najvažniji, a moj prvi utisak je bio da ta dama nije bila jedna od najefikasnijih saradnica. Moja bivša žena me je često optuživala da naprečac donosim zaključke o ljudima, tako da sam se potrudio da smanjim nepoverljivost. Možda *jesam* bio stari cinični pandur, kao što je ona često govorila.

Nakon izvrsnog jela od jastoga i salate od avokada, uz šest ostriga kao predjelo, prešli smo na sufle od sira i karfiola, i nisam mogao da nađem manu tim jelima. Koliko god delovalo neobično dovesti francuskog kuvara iz Engleske u vilu u Italiji, rezultat je bio spektakularan i, nakon što sam video prazne tanjire oko sebe, izgledalo je da tako misli većina gostiju... uz mogući izuzetak gospođe Baumgartner i Melani, koje izgleda nisu imale mnogo apetita. Glasni nesrećni uzdasi ispod stola govorili su kako Oskar smatra da je nepravedno isključen, ali na kraju je, kako se ispostavilo, dobio svoju poslasticu. Glavno jelo je bila pečena jagnjetina i Antonela mi je šapnula kako je zamolila kuvara da ostavi kost za mog četvoronožnog prijatelja.

Bio sam zadovoljan što je makar crno vino bilo italijansko – izvrstan barolo – a belo je bilo podjednako dobar burgundac. Džonatan Farmer, koji je sedeo naspram mene, i dalje se nalivao pićem, a sjaj u njegovim očima zamenio je staklast pogled. Pitao sam se koliko će biti priseban do kraja večere i razmišljao sam kako to nije problem, jer će pravi sastanci početi tek sutra. Dobre vesti za Virdžiniju bile su što će sad biti manje nasrtljiv, i zaista je izgledalo da se primirio.

Kad smo svi završili *tarte aux fraises* sa sladoledom od belanaca i bogatim prelivom od tamne čokolade, pomislio sam kako sam prilično dobro dokučio dinamiku ovonedeljnih sastanaka. Koliko sam video, Malkolm Derbi je prodavao, a ostali su kupovali... ili sam se makar nadao da će se to dogoditi. Iako je malo pojedinosti o tom novom poslu izneto javno, bilo je jasno kako on očekuje da *pezzi grossi* finansiraju neki veliki medijski projekat globalnog značaja. Kako je zvučalo, dobit bi mogla da bude ogromna, ali imao sam utisak da bi i rizik mogao biti takav. Pa, rekao sam sebi, to nije moj problem. Bio sam sasvim zadovoljan da prepustim to milijarderima.

Negde pre deset, svi smo pozvani da ustanemo i uđemo u vilu gde je, u jednom od velikih i raskošnih salona, bila poslužena kafa – i čaj od nane za gospođu Baumgartner. Gotovo odmah, glavni igrači, praćeni Pirsom, otišli su i počeli zaverenički da razgovaraju na jednom kraju sobe. Džonatan Farmer se malo klatio na nogama, što me nije iznenadilo, a bilo mi je zanimljivo što je gospođa Baumgartner stajala blizu svog muža, koji takođe nije izgledao stabilno. Zbog toga sam ostao na drugom kraju sobe, sa četvoro ljudi: Ogastasom Kornišem, pomoćnicom Antoana Dižardena, za koju sam upravo otkrio da se zove Juženi, Virdžinijom i Melani Derbi, koja se odmah izvinila i otišla na spavanje. Gas Korniš je spopadao Juženi uz mešavinu engleskog, italijanskog i francuskog, mada je izgledalo da ona ne prihvata njegova udvaranja. U stvari, zvučala je izuzetno uravnoteženo. Sve više je izgledalo kako *jesam* doneo naprečac zaključke u vezi s njom, samo na temelju njenog izgleda.

A što se tiče Virdžinije, ona je i dalje izbegavala da me pogleda, tako da sam uzeo jedan espreso i krenuo, objašnjavajući kako je Oskaru potrebna šetnja. Kad sam ponovo izašao na terasu, zatekao sam Rokija kako me čeka s velikom kesom u kojoj je izgleda bilo pola ovce, i Oskarove oči su zasijale. Uzeo sam kesu, zamolio Rokija da se zahvali Antoneli i kuvaru, i krenuo kući u pratnji svog psa raširenih nozdrva.

Nakon što sam ostavio ostatke jagnjetine ispred vrata stana, izašao sam da odvedem Oskara u večernju šetnju. Šetnja je bila prilično duga jer sam iskoristio priliku da obiđem imanje, proveravajući da li je sve kako treba da bude. Dok je Oskar davao sve od sebe da obeleži gotovo svako drvo na koje smo naišli, povremeno sam se osvrtao ka vili. Sva svetla su gorela u prizemlju, a na spratu u samo dve sobe, i zapitao sam se da li jedna od njih pripada Virdžiniji. Ponovo sam se ponadao da će zaključati vrata, za slučaj da njen šef poželi malo nežnosti.

Noć je bila divna i vedra, i zvezde su već treperile iznad nas. Staza kroz imanje bila je nasuta belim šljunkom i Oskarova tamna prilika jasno se videla dok je trčkarao ispred mene. Duboko sam udahnuo, uživajući u toploj večeri i kratkoj izloženosti otmenom životu. Vila i njeno veliko dvorište bili su divni, a atmosfera ispod stabala, između kojih su leteli mali žuti svici, bila je sigurno romantična. Mančesterski industrijalac koji je izgradio ovo mesto sigurno je znao šta radi. Nadao sam se da će Ana moći da dođe i iskusi ovo, makar na nekoliko sati, kasnije ove nedelje. Tek je trebalo da se vidi kako ću se složiti s njenom ćerkom.

Oskar i ja smo napravili pun krug i završili kraj kopije Krivog tornja. Zaustavio sam se da sednem na obližnju klupu i pomislio da pozovem Anu i kažem joj šta se događa. A onda sam odlučio da ostavim to za sutra, jer ću tad možda imati da joj kažem nešto pozitivnije od toga da me je njena ćerka potpuno ignorisala. Na povratku sam video sjaj svetla pored bazena i čuo sam pljuskanje i glasove, jer su neki gosti bili na noćnom kupanju. Nakon obilnog obroka i dosta alkohola, nadao sam se da će biti oprezni, ko god da su. To mi nije izgledalo kao previše pametna ideja. Pitao sam se ko li je to, ali sam odlučio da ne gledam, iz straha da će to dati Oskaru priliku da se bućne u vodu. Čak i ako Gas Korniš ne bi zamerio zbog labradorskih dlaka u svom lepom, čistom bazenu, nisam uživao u pomisli da spavam u istoj sobi s mokrim psom.

Kad smo se vratili u stan, ulepšao sam Oskaru dan dajući mu zdelu punu mesa, ali odlučio sam da kost sačuvam za sutra ujutro. Znao sam, iz iskustva, da ako mu je dam sad, neću ni trenuti, zbog zlokobnog krckanja i glockanja iz njegove korpe, tokom čitave noći. Uključio sam televizor da pogledam vesti, pitajući se da li ćemo, za nekoliko godina, to gledati zahvaljujući Malkolmu Derbiju i njegovoj odabranoj grupi investitora. Pogledao sam telefon i video Linin imejl, u kojem mi potvrđuje da moram da se vratim u Firencu na nekoliko sati u petak ujutro, ali da inače nema razloga da ne ostanem ovde.

Ponovo sam počeo da razmišljam o Virdžiniji, nadajući se da će se nekako smilovati da makar prizna da postojim, iako joj nisam drag. Ana mi je mnogo značila, i znao sam da njoj ćerka mnogo znači. Bilo bi sjajno kad bismo mogli da postanemo srećna porodica, ali prema ovom dosad, mislio sam da su šanse da se sprijateljimo iste kao da se Oskar odrekne mesa.

7.

Utorak rano ujutro

Spavao sam izuzetno dobro, i probudio se rano zatekavši Oskara ispruženog na podu duž kreveta. Za vreme jutarnje šetnje odveo sam ga ispred glavne kapije i, za promenu, skrenuo levo. Jedan zemljani put vodio je paralelno s putem, gotovo sve do ruba šume koja označava ivicu parka, i Oskar i ja smo odabrali tu stazu, mada je u ovo doba dana bilo vrlo malo saobraćaja na glavnom putu. Negde na sredini, naišli smo na zanimljiv prizor. Jedan stari gospodin, oslonjen na dršku ašova, napeto je zurio u blistav srebrni fijat 500, parkiran kraj puta. Na sebi je imao čizme i izbledeo plav kombinezon, a po njegovom izboranom licu bilo je jasno da je zemljoradnik. Jedva da je skrenuo pogled s fijata kad sam se približio, ali bio je dovoljno ljubazan da odgovori na moj pozdrav pre nego što je nastavio da gleda ta kola, parkirana šest metara pored puta, između dva šumarka nečeg što je podsećalo na bambus. Uvek sam bio radoznao, pa sam se zaustavio i pitao ga: – Nova kola?

Ponovo me je kratko pogledao pre nego što je nastavio da gleda kola. – Izgleda tako, ali šta, dođavola, rade na mojoj zemlji? – Izgubio je dosta zuba, ali imao je dva na sredini gornje vilice i malo me je podsetio na vevericu.

Nešto mi je palo na pamet i okrenuo sam glavu kako bih pogledao prema vili. Odavde sam video preko visokog dvorišnog zida i mogao sam da nazrem gornje spratove kuće, i čak vrh lažnog Krivog tornja između stabala. Sumnja u mojoj glavi počela je da raste. Kratak pogled kroz prozor omogućio mi je da vidim nalepnicu rentakara u uglu vetrobranskog stakla. Da li to vozilo pripada nekom ko namerava da špijunira sastanak Malkolma Derbija?

– Nisu vaša kola, kažete? Jeste li videli ko ih vozi?

Odmahnuo je glavom. – Da jesam, rekao bih mu nešto. Kad smo kod toga, ne moram da dovozim traktor ovde danas, ali možda bih i mogao, zar ne?

– Da li živite u blizini?

Pokazao je na seosku kuću između dva velika bora, dvestotinak metara dalje. – To je moja kuća. A šta je s vama?

– Živim blizu Firence, ali nekoliko dana ću boraviti u *Vili Gregori*. Hoćete li raditi ovde ovog jutra?

Tad je već skrenuo pažnju s kola na mene. – Da... zašto pitate?

– Vlasnik ovog imanja me je unajmio da ga obezbeđujem. Da li biste mogli da mi učinite uslugu? – Izvadio sam svoju posetnicu i dao mu je. – Ako slučajno vidite vlasnika tih kola, da li biste mogli da ga osmotrite i pozovete me?

Gledao je karticu nekoliko trenutaka, a onda je pogledao mene i pogledao me je, kako je moja baba govorila, lukavo. – Privatni istražitelj, ha? Šta se događa u toj vili? Nešto vrlo poverljivo?

Imao sam spremnu priču. – Ništa posebno, vlasnik samo želi da se uveri kako je to mesto bezbedno kad bude pozivao ljude koji zahtevaju više tajnosti i privatnosti.

Taj matorac očigledno nije bio naivan, ali nije me dalje ispitivao i video sam kako klima glavom. – Ako vi tako kažete. U svakom slučaju, rado ću pomoći mladom Gasu. Njegov otac je bio matori bezveznjak, ali Gas je dobar dečko. – Izvadio je telefon iz džepa. – Mogu da uradim nešto bolje od toga. Fotografisaću tog tipa i poslati vam sliku.

Bio sam pomalo iznenađen što je nosio telefon, ali, naravno, danas ih svi nose. Osim mene jutros. Iznenada sam shvatio da sam ostavio telefon pored umivaonika u kupatilu. I dalje sam imao svoju beležnicu – kao i uvek – i zapisao sam broj registarskih tablica fijata. Policija će lako pronaći to vozilo i, naravno, da bi iznajmio kola, vozač mora da pokaže neki identifikacioni dokument. Zahvalio sam se starom gospodinu, koji mi je rekao da se zove Vinčenco Kašina, a onda sam se okrenuo i pošao kući, jedva čekajući da uzmem svoj telefon za slučaj da je neko pokušao da me zove.

Kako se ispostavilo, jeste.

Hodao sam prilazom pored vile, kad su se zadnja vrata otvorila i Antonela se pojavila. Bila je u užasnom stanju.

– Dene! Hvala bogu što ste se vratili. Pokušavali smo da vas pozovemo. Dogodila se najužasnija stvar. Neko je ubijen.

– Neko je... šta? – To je bilo besmisleno pitanje, ali ovo me je načisto iznenadilo. Uza svu bezbednost koja okružuje ovaj sastanak, to je bilo poslednje što sam očekivao. Takođe, ako je to istina, dogodilo se dok sam ja „na straži" i zbog toga sam se osećao neprijatno. – Ko je ubijen?

– Onaj Englez, koji je sinoć bio u farmerkama.

– Džonatan Farmer? – Virdžinijin šef je mrtav? Uhvatio sam sebe kako sam potajno zahvalan makar na tome što ona nije žrtva. – Kako se to dogodilo?

Antonela je izgledala sluđeno. – Uboden je... nožem.

– Jeste li sigurni da je mrtav?

Video sam je kako duboko diše. – Bez sumnje. Odnela sam mu doručak u osam i zatekla sam ga... Bilo je grozno. Mrtav je, nego šta. Roki je pozvao policiju i sad stoji tamo i čeka ih.

– Idem da pogledam. Zašto ne biste skuvali sebi šolju kafe i pričuvali Oskara? Doživeli ste ozbiljan šok. Sedite i opustite se.

Krenuo sam za njom u kuhinju, ostavio sam Oskara s njom, i potrčao uza stepenice do prvog sprata. Hodnici su se protezali levo i desno, i uočio sam jednu figuru na sredini levog hodnika. Na osnovu krupne građe, bilo je očigledno da je to Roki. Pohitao sam do mesta na kojem je stajao, ispred vrata jedne od spavaćih soba. Kad me je video, na licu mu se pojavilo olakšanje.

– Dene, tako mi je drago što vas vidim! To je gospodin Farmer. Mrtav je.

Instinktivno sam se vratio u prethodnu karijeru. Više nisam bio privatni istražitelj, ponovo sam bio glavni inspektor odeljenja za ubistva. – Ko je bio u toj sobi?

– Samo Antonela i ja.

– Da li su vrata bila zaključana?

– Nisu. Pokucala je, i onda, kad niko nije odgovorio, pritisnula je kvaku i otvorila vrata. Pogledala je unutra, videla leš na krevetu i doživela užasan šok.

– Mogu da zamislim. A onda je strčala dole da vas pozove?

Klimnuo je glavom.

– Da li je ostavila otvorena vrata spavaće sobe?

– Ne, zatvorila ih je za sobom.

– I zaključala?

Odmahnuo je glavom. – Da budem iskren, niko se ne trudi da zaključava vrata u vili. Ovde nije kao u hotelu.

– Shvatam. Jeste li vi ili ona dirali nešto u sobi?

– Nipošto. Kao što sam rekao, samo smo provirili kroz otvorena vrata. Dirali smo samo spoljni deo kvake.

– Sjajno...

Pažnju mi je privukao zvuk otvaranja susednih vrata, i pojavila se Virdžinijina glava. Kad me je videla, odmah je pogledala u Rokija i obratila mu se na besprekornom italijanskom. – Šta se događa? Da li se nešto dogodilo? Da li je to Džon... gospodin Farmer?

Roki me je pogledao i uzeo sam stvar u svoje ruke. Bez obzira na to da li se sviđam Virdžiniji i da li hoće da razgovara sa mnom, ono što se upravo dogodilo bilo je važnije od nebitne porodične svađe.

– Nažalost, gospodin Farmer je mrtav, Virdžinija. – Video sam kako je razrogačila oči u neverici. – Ubijen je.

– Šta... kako? – Otvorila je širom vrata i napravila dva koraka ka nama. Na sebi je imala prugastu pidžamu i bila je bosa. Gornje dugme je bilo otpalo i visio je komad konca, ali izgledala je pristojno.

Podigao sam ruku. – Izvinite, ali niko ne sme da uđe u žrtvinu sobu. Pozvana je policija i ovo je sad mesto zločina.

– Mesto zločina? Jeste li sigurni da je... ubijen? – Zvučala je zgroženo. Zaćutala je, i samo je stajala, zaprepašćeno. Nakon nekoliko trenutaka, pogledala je u mene. – Ko bi uradio nešto tako? – Uprkos okolnostima, osetio sam malo olakšanja što može da mi se obraća direktno, tako da je konačno uspostavljena neka komunikacija među nama.

Pokušao sam da je ohrabrim. – To je ono što policija mora da utvrdi kad dođe ovamo. Vaša soba je pored njegove... jeste li čuli išta sinoć? Da li se nešto dogodilo sinoć? – Na trenutak sam bio siguran da sam video nešto na njenom licu... nije valjda krivica? Trenutak kasnije, to je prošlo i video sam je kako odmahuje glavom.

– Ne, ništa se nije dogodilo. – Lice joj je bilo bezizrazno. – Kad kažete ubistvo, kako je ubijen?

Izgledala je vrlo ranjivo, i zato sam pažljivo birao reči. – Sad ću pogledati. Zašto se ne vratite u svoju sobu da se presvučete? Siguran sam da će policija želeti da ispita sve kad stigne ovamo. – Ohrabrujuće sam joj se osmehnuo. – Ne brinite, oni će rešiti to, siguran sam.

U deliću sekunde, izgledalo je kao da razmišlja da mi se osmehne, ali onda se samo okrenula, vratila u svoju sobu i zatvorila vrata. Pogledao sam Rokija.

– Idem da nakratko pogledam žrtvinu sobu. Hoćete li ostati ovde i pobrinuti se da niko drugi ne uđe?

– Naravno, računajte na mene.

Krenuo je da pritisne kvaku, ali sam ga zaustavio. Njegova žena ju je već dodirnula, a njegovi otisci su verovatno bili na njoj ali, za slučaj da je ubica ostavio neke otiske, upotrebio sam papirnu maramicu da otvorim vrata i ušao sam u sobu. Okrenuo sam se i gurnuo vrata vrhom cipele. Nisam hteo potpuno da ih zatvorim, jer nisam hteo da diram unutrašnju stranu kvake pri izlasku, ali mesto ubistva moralo je da bude zaštićeno od pogleda iz hodnika.

Stajao sam tamo i razgledao dugo i polako. U stvari, kad govorimo o mestima ubistva, ovo nije bilo tako strašno. Potpuno odeveno telo Džonatana Farmera ležalo je na krevetu, s drškom noža koja mu je virila iz grudi. Krevet je bio nerazmešten, a on potpuno odeven. Bilo je malo krvi na njegovoj košulji i na zgužvanom peškiru pored tela, koji je bez sumnje bacio ubica i, mada je bilo nekoliko mrlja na prekrivaču, nije mnogo krvario. Na osnovu toga sam zaključio da je sečivo noža pogodilo srce, zaustavljajući ga gotovo trenutno. Izraz lica mu je bio izrazito smiren i nije izgledalo da se branio, zbog čega sam se zapitao da li je uboden u snu. Bilo je prilično jasno da je mrtav, ali ipak sam prišao i pritisnuo njegovu vratnu arteriju. Nije bilo pulsa, koža mu je bila hladna na dodir, a telo ukočeno. Prema mom mišljenju – ali patolog će utvrditi precizno – mrtav je već neko vreme.

Ispravio sam se i pogledao oko sebe. Po dršci, izgledalo je da je oružje ubistva neki detaljno ukrašen, možda starinski bodež, i setio sam se zbirke u prizemlju. Možda je ubica uzeo jedan od njih. Pažnju mi je privukla linija svetlije kože na žrtvinom levom zglavku. Pogledao sam noćni stočić, ali bilo je prilično jasno da je njegov skupi sat nestao. Da li je opljačkan? Ako je tako, da li je to uradio ubica ili neko drugi?

Prozori spavaće sobe bili su zatvoreni, a kapci i zavese otvoreni, ali, što je zanimljivo, svetlo je bilo upaljeno. Izgledalo je kao da se napad dogodio u mraku, možda sinoć, pre nego što je Farmer legao u krevet. Na osnovu količine pića koju je popio, bilo je moguće da se nije trudio da se svuče pa ni da spusti roletne, i samo je legao na krevet, nudeći laku metu ubici, koji je mogao lako da uđe kroz otključana vrata.

S druge strane, možda se vratio u svoju sobu mnogo kasnije, i onda je napadnut pre nego što je počeo da se svlači; ubica je možda već bio u sobi, ali onda je to dovodilo do pitanja gde je proveo noć. Da li je bio u nečijem krevetu? Na trenutak sam posumnjao da je možda bio u Virdžinijinom, ali dao sam sve od sebe da izbacim tu misao iz glave dok ne budem imao više dokaza. Bilo je dovoljno loše što nije želela da razgovara sa mnom zbog moje veze s njenom majkom, ali ako bi mislila da je smatram potencijalnim ubicom, bio sam siguran da bi me to učinilo još manje omiljenim u njenim očima.

Vrata luksuznog kupatila bila su otvorena i kad sam nakratko pogledao unutra, nisam video ništa neobično. Kad sam se ponovo vratio u sobu, primetio sam da postoje još jedna vrata naspram vrata kupatila. Nisu mi bili potrebni planovi kuće da bih shvatio kako su to vrata koja povezuju ovu spavaću sobu sa susednom.

A ona je pripadala Virdžiniji.

Prišao sam im i pažljivo ih proučio, ne dodirujući ništa, i odmah sam video prilično lepu, ukrašenu mesinganu zasovnicu, koja je, bez sumnje, služila da zaključa vrata, kako bi se zaštitila privatnost osobe u ovoj sobi. Ta zasovnica je bila otvorena. Da li je to značilo da je Farmer išao u Virdžinijinu sobu, ili je ona, koliko god to bilo grozno pomisliti, ušla tuda da ga ubije? Ponovo sam napravio svestan napor da odbacim taj mogući scenario. Virdžinija je bila Anina ćerka, i bio sam siguran da ona ni u snu ne bi počinila ubistvo... zar ne?

Zvuk koraka u hodniku privukao mi je pažnju i ispravio sam se i okrenuo. Dok sam to radio, vrata su se otvorila i zatekao sam se ispred jedne uniformisane policajke s vodničkim činom na epoletama i, tik iza nje, jednog krupnog muškarca crvenog lica, koji me je mrko gledao. Gurnuo je vodnika u stranu i napravio dva koraka prema meni, optužujuće mašući prstom.

– Šta se, doðavola, doðaða ovde? Ovo je mesto zločina. Ne bi trebalo da ste ovde. Mogao bih da vas uhapsim, znate. – Velika vena na njegovom čelu je pulsirala i izgledalo je kao da će eksplodirati. Sako mu je bio raskopčan i svaki ljubitelj filmova odmah bi prepoznao zakrivljeni rukohvat ogromnog revolvera u futroli ispod leve miške. U stvari, to oružje je bilo toliko veliko, da mu je cev dosezala ispod širokog struka. Bilo je čudo što ne upuca sebe svaki put kad sedne. Neraspoloženo sam shvatio da je to niko drugi do inspektor Adolfo Vinči, koga je Virðilio opisao kao grubog tipa u pokušaju, i koga je trebalo izbegavati kao kugu. U pokušaju da smirim situaciju, počeo sam da se izvinjavam.

– Nisam hteo da stvaram probleme. Zovem se Armstrong i unajmljen sam da obezbeðujem *Vilu Gregori.*

Pogledao je prema okrvavljenom telu na krevetu i obratio mi se prezrivo. – Pa, izgleda da ste prilično loši u svom poslu, zar ne? Makar mi recite da niste ništa dirali.

Dao sam sve od sebe da ne pokažem koliko mi je taj tip antipatičan i odmahnuo sam glavom. – Naravno da nisam, upoznat sam s procedurom. Vidite, nekad sam bio...

– Prekinite da mi traćite vreme i izaðite. Odmah!

Odlučno je mahnuo rukom i, dok sam išao ka vratima, video sam nešto nalik na saosećanje na vodnikovom licu. Možda nije odobravala inspektorovo ponašanje. Znao sam kako se oseća.

Proveo sam prve dve godine u Skotland jardu kao vodnik radeći za inspektora Filna, jednog od najneprijatnijih ljudi koje sam upoznao; tipa koji je šamarao sumnjivce, psovao svakog, ponašao se prema policajkama kao prema sluškinjama i gore, i koji je konačno izbačen iz policije nakon što je pesnicom udario nedužnog posmatrača. Inspektor Vinči mene nije pokušao da udari, ali ne bih to isključio.

U hodniku ispred okupila se grupica ljudi, a još jedan policajac je stajao okrenut leđima prema vratima, trudeći se da niko ne prilazi. Uočio sam Gasa Korniša među prisutnima, a jutros nije izgledao nimalo smireno, opušteno i pribrano. Da li je to bio samo očekivani šok ili reakcija na nešto što je video ili uradio, ili činjenica da je ubistvo u vili bilo loše za posao? Odlučio sam da ih odvedem odatle i dozvolim policiji da radi svoj posao.

– Ako svi siđete u salon u prizemlju, reći ću vam sve što znam.

Okrenuli su se, iznenađujuće poslušno, i nameravao sam da ih pratim, kad su se Virdžinijina vrata ponovo otvorila. I dalje je izgledala neuredno, ali obukla se u rekordnom vremenu. Kad je izašla, virnuo sam u njenu sobu i primetio sam stolicu zaglavljenu ispod kvake na vratima prema žrtvinoj sobi. Da li to ukazuje na razumnu predostrožnost ili se nešto dogodilo? Setio sam se njenog oklevanja kad sam joj postavio to pitanje i rešio sam da razgovaram s njom nasamo i saznam istinu.

Pre policije.

8.

Utorak ujutro

U prizemlju sam zatekao grupicu ljudi u salonu. Među njima je bila Antonela, i dalje razumljivo potresena. Prišao sam joj i obratio joj se utešnim tonom.

– Zašto ne odete da legnete, Antonela? Doživeli ste užasan šok i to će vam pomoći da se opustite.

Uspela je bledo da se osmehne ali je odmahnula glavom. – Hvala vam, Dene, ali mislim da je bolje da nastavim da radim. Zašto vi i ostali ne odete do trpezarije? Doručak je postavljen, a ja idem da skuvam kafu i čaj.

– Pa, ako tako želite... Hoćete li da vam skinem Oskara s grbače?

Ovog puta se iskreno osmehnula. – Bio je tako dobar. Kao da zna da sam uznemirena. Sedeo je kraj mene, držeći mi glavu na kolenu. Mislim da bi mi se popeo u krilo da sam mu dozvolila. Stvarno je vrlo dobar pas.

– Drago mi je zbog toga. Ako želite, možete ga zadržati zasad, a kad vam se smuči, pošaljite ga kod mene. Moram da vas upozorim, ako iko bude tražio slaninu, on će stajati tamo gde se ona bude pržila. Mnogo voli kožure od slanine... pa, sve vrste hrane, ali kožuru od slanine posebno.

Osmeh joj je postao širi. – Upravo sam krenula da spremim slaninu. Gas voli tradicionalni engleski doručak i očekujem da će se i ostalima svideti. Pobrinuću se da Oskar dobije makar kožuru, ako ne i nešto više.

To je očigledno bila žena koja je znala put do srca mog psa. Otišla je u kuhinju, a ja sam poveo ostale u trpezariju. Sad ih je ostalo samo četvoro: Virdžinija, Pirs, Elenor Lenard i Juženi, koja je danas bila odevena znatno opuštenije. Svi su izgledali uzdrmano događajima, a Pirs je prvi progovorio.

– Da li je stvarno ubijen? – U glasu mu se čula neverica.

– Nažalost, jeste. – Svi su me pogledali. – Gospodin Farmer je uboden u srce. – Okupljeni su glasno udahnuli, a ja sam dodao nekoliko utešnih reči... ako reči uopšte mogu da pomognu u takvoj situaciji. – Umro je gotovo trenutno.

Dok sam govorio, pažljivo sam posmatrao njih četvoro, ali video sam samo iznenađenje i nevericu na njihovim licima, pomešane sa zaprepašćenjem. To zaprepašćenje je izrazila Elenor Lenard. Dok je govorila, pažljivo sam je posmatrao. Verovatno nije bila mnogo starija od Virdžinije, a već je imala spektakularnu pevačku karijeru. Setio sam se da je bila poznata kao čudo od deteta.

– Ali zašto? Ko bi želeo da ga ubije, i kako je ušao ovamo? – Elenor Lenard je zvučala zbunjeno kao i Pirs.

Neki glas s vrata odgovorio je na njeno pitanje i svi smo se okrenuli prema njemu. – Bio je vrlo bogat čovek, a bogataši imaju neprijatelje. – To je bio Gas Korniš, koji je i dalje izgledao ošamućeno – ali ne previše tužno – zbog onog što se dogodilo, ali onda sam se setio njegovih sinoćnjih reči. Očigledno je imao loše mišljenje o žrtvi. Dovoljno loše da izvrši ubistvo?

– Ima li nekoga od njegovih neprijatelja ove nedelje ovde? – Morao sam da postavim to pitanje, mada je ono izazvalo novu turu glasnog uzdisanja u prostoriji. Video sam kako Korniš odmahuje glavom, ali možda ne toliko odlučno koliko sam očekivao.

– Naravno da nema, ne možete osumnjičiti nekog odavde da je uradio nešto tako varvarsko. – Prišao mi je. – Svi smo ovde prijatelji. – Trudio se svojski da zvuči uverljivo, ali bio sam siguran da sam čuo trunčicu neiskrenosti u njegovom glasu, pa sam ga bocnuo.

– Kažete da je ubica došao spolja? – Pomislio sam na srebrni fijat u polju. Možda je pripadao ubici, ali ako je tako, kako je uspeo da pređe zid i uđe u vilu kroz verovatno zaključana vrata?

Korniš je odlučno klimnuo glavom. – To je jedino objašnjenje.

Nisam bio potpuno uveren, i ponovio sam pitanje ostalima u sobi. – Možete li se setiti ikog od prisutnih ko bi mogao da ima nešto protiv gospodina Farmera? – Svi su odmahnuli glavom, mada sam osetio izvestan nedostatak iskrenosti u prostoriji, i pokušao sam drugačiji pristup. – Šta je sa onim što je gospodin Korniš upravo rekao? Možete li se setiti ikoga van ove grupe ko bi želeo da ubije Farmera? Zasad ćemo zanemariti pitanje kako je mogao da uđe u vilu i ubije ga.

Nakon napete pauze, Virdžinija je prva progovorila i bilo mi je drago što je uspela da me gleda u oči dok je to radila. – Džon je bio prevrtljive prirode, ljudi su ga ili mrzeli ili voleli, ali zaista ne mogu da se setim nikog ko bi ga toliko mrzeo da pribegne ubistvu.

Kao njegova pomoćnica, sigurno ga je poznavala bolje od svih ostalih u ovoj vili, pa sam pokušao da saznam još nešto. – A šta je s njegovim privatnim životom? Da li je bio oženjen, razveden? Da li je imao devojke, momke?

Ponovo sam bio uveren kako joj je neka senka prešla preko lica. – Nije bio oženjen i, koliko znam, nije bio u ozbiljnoj vezi. – Lice i ton su joj se uozbiljili. – Voleo je žene, a bilo ih je mnogo... baš mnogo.

Da nije bila ćerka moje devojke, pitao bih je da li je ona bila jedna od njih, ali nisam, a dodatno ispitivanje prekinuo je dolazak vidno uznemirenog Malkolma Derbija i njegove žene.

– Šta se događa? Napolju su policijska kola, a vila je puna policije. Šta se dogodilo?

Rekao sam mu. – Nažalost, neko je ubijen.

Napravio je korak unazad i video sam kako je prebledeo. Ako je glumio, zaslužio je *Oskara*. Melani je izgledala zaprepašćeno, ali možda nešto manje, a kad sam im ukratko ispričao šta se dogodilo, oboje su izgledali zapanjeno. Pirs je prekinuo tišinu.

– Upravo sam hteo da vam pošaljem poruku s vestima, Malkolme, ali nisam hteo da vas uznemiravam tako rano. – Zvučao je kao da se izvinjava, ali šef ga je samo mrko pogledao.

– Rekao bih da je sitnica kao ubistvo vest koja bi mogla biti dovoljno važna da me uznemiriš, zar ne, Pirse? – Glas mu je bio ispunjen ironijom, i video sam kako se Pirs trgnuo. Derbi je onda usmerio pažnju na mene, i spremio sam se za sličnu kritiku, ali na moje iznenađenje, zvučao je gotovo kao da me hvali. – Izgleda da je trebalo da prihvatim vaš savet i unajmim odred naoružanih čuvara. Jeste li razgovarali s policijom? Da li imaju predstavu kako je ubica uspeo da uđe?

Odmahnuo sam glavom. – Tek su stigli, ali teško mi je da poverujem da je neko uspeo da preskoči zid i uđe u vilu kroza zaključana vrata, a da ga niko ne primeti.

Bio je inteligentan čovek i nije trebalo da mu crtam. Kad je shvatio posledice onog što sam rekao, već bledo lice postalo mu je belo kao kreč.

– Mislite da ga je možda ubio neko iz vile... neko od nas?

– Iskreno, ne znam, ali to jeste mogućnost. Nadajmo se da će policijska istraga sve otkriti.

U tom trenutku policija je stigla u zdepastom obličju inspektora Adolfa Vinčija, koji je bio još crveniji nego pre. Pratila ga je ista vodnica, i primetio sam da se drži podalje od njega. Vinči je prišao do mene i uhvatio me grubo za ruku. – Govorite italijanski. Želim da prevodite svaku reč koju kažem. Kapirate?

Pružio sam slobodnu ruku i učtivo ali odlučno sklonio njegovu. Postoji efikasan način da se to uradi, što sam naučio tokom obuke. Stegneš ivice šake, što izazove jak bol, zbog čega napadač popusti stisak. Uspeo sam da zadržim prijateljski izraz lica, ali to nije bilo lako. – Biće mi drago da prevodim, svakako. Samo izvolite.

Vinči mi se nije zahvalio niti je prihvatio moju ponudu, ali bilo mi je drago što nije pokušao da me ponovo uhvati. Bilo mi je drago i što sam video da masira svoju šaku. Nakašljao se glasno i hteo je da se obrati prisutnima, kad su se vrata iza njega otvorila i ušla uznemirena gospođa Baumgartner u pratnji jednog policajca, a za njom i muž. Finansijer je patio od mamurluka, očiglednog kao da je oko vrata nosio natpis „mamuran sam“. Izgledao je kao podgrejan leš. Nekoliko trenutaka kasnije ušao je Antoan Dižarden, koji jutros nije na sebi imao ružičasti smoking i bio je odeven u patike i sivu trenerku, vlažnu od znoja. Vinči im je mahnuo da priđu i pridruže se ostalima pre nego što je otpočeo govoranciju.

– Kao što možda znate ili ne znate, došlo je do ubistva. – Dok sam prevodio, i gospođa Baumgartner i Antoan Dižarden su izgledali zaprepašćeno, a na licu gospodina Baumgartnera nije se videlo mnogo toga. Pretpostavljao sam da ima dovoljno problema zbog jake glavobolje, i da nije mogao da se brine o ubistvu.

– Žrtvino ime je... – Vinči je pogledao beleške – Džonatan Zavijer Farmer. Ubijen je jednim ubodom u srce. Oružje ubistva je jedan nož iz zbirke u vili, i odnet je na forenzičku obradu. – Gospođa Baumgartner ga je gledala s nevericom, a Dižarden je bio zgranut. – Žrtvina soba je zapečaćena. – Oštro je pogledao u mene dok je govorio te reči, a onda je ponovo usmerio pažnju ka ostatku grupe. – Svi koji trenutno borave ili rade u *Vili Gregori* moraju da ostanu ovde. Moji policajci će uzeti otiske prstiju i DNK uzorke, a morate da predate svoje pasoše dok vam ne odobrim da odete. Moja vodnica će uzeti izjavu o sinoćnjem kretanju od svakog od vas. Izvršen je ozbiljan zločin, i nema izuzetaka. Zasad ćete ostati u ovoj prostoriji. Da li je to jasno?

Da bi naglasio svoje reči, sagnuo se i lupio pesnicom u trpezarijski sto. Dok je to radio, pomerio je jedno jaje iz male piramide od jaja u posudi i svi smo, opčinjeno, gledali kako se kotrlja prema ivici stola i pada uredno na vrh njegove cipele. Nažalost, makar prema mom mišljenju, ispostavilo se da je tvrdo kuvano, tako da se nije razlilo po njemu. Izbacio je niz vrlo živopisnih psovki – Toskanci umeju da psuju – i šutnuo je jaje ispod stola. Vratio sam se svojoj predusretljivoj prevodilačkoj ličnosti da bih mu privukao pažnju.

– Želite li da prevedem to što ste upravo rekli, inspektore? – Uputio sam mu najljubazniji osmeh i lice mu je postalo purpurno.

– Samo uradite šta vam je rečeno, dođavola.

Zamolio me je da prevedem to što je rekao, uputio sam mu još prijatniji osmeh i držao sam ga za reč, prevodeći na engleski zbog ostalih. – Inspektor je zamolio Bogorodicu, svece i razne domaće životinje da mu pomognu u istrazi. Takođe, ne voli jaja.

Pogledao sam u oči vodnicu koja je stajala kraj vrata i učinilo mi se da sam video naznaku osmeha na njenom licu. Očigledno je engleski znala bolje od svog nadređenog i imala je smisla za humor... nešto što je inspektoru izrazito nedostajalo. Zarežao je sumnjičavo na mene i onda nastavio da govori, što sam uredno preveo.

– Dok čekamo na usluge efikasnog profesionalnog prevodioca...
– mrko me je pogledao – ... nameravam da detaljno pretražim celu zgradu. To uključuje spavaće sobe u kojima ste, kao i vaše stvari. – Ljudi su počeli da se bune, ali inspektor nije hteo ni da čuje.

– Ja ovde izdajem naređenja. Svako od vas bi mogao da bude ubica, i nameravam da saznam ko je to bio i pobrinem se da bude maksimalno kažnjen. – Video sam ga kako ponovo gleda sto, ali verovatno se, zbog iskustva s jajetom, uzdržao od toga da ponovo mlatne pesnicom.

Jedan prefinjen engleski glas je prekinuo tišinu.

– Dene, pitao sam se da li biste bili toliko ljubazni da kažete inspektoru kako mi se čini da je na putu da prekorači svoja ovlašćenja.

Tu rečenicu je izgovorio Gas Korniš i rekao ju je odmerenim glasom. Znao sam da je govorio italijanski bolje od mene i mogao je to da kaže inspektoru, ali video sam da je Gas to uradio zbog prisutnih. Poslušno sam preveo te reči zbog inspektora i, na tren, mogao sam da se zakunem kako mu je para izlazila iz ušiju. Gotovo je mucao dok je odgovarao.

– Ja *imam* ovlašćenja ovde. Kažite tom gospodinu da mu je bolje da zapamti to. – Inspektor Vinči je optužujuće uperio prst u Gasa a onda ratoborno pogledao po sobi. – Ja sam zakon ovde.

I dalje govoreći uzdržano i neutralno, Gas Korniš je nastavio, neuznemireno, čekajući da prevedem. – A ja sam vlasnik ove vile. Pretpostavljam da inspektor neće imati ništa protiv da pozovem Gracijana Nobilea, ministra pravde. Večerao sam s Gracijanom pre dve nedelje.

Morao sam da čestitam inspektoru. Ne samo što mu glava nije eksplodirala nego nije ni popustio. Tokom pauze, dok je verovatno pokušavao da spusti svoj krvni pritisak od smrtonosnog do opasnog nivoa, mrko je pogledao Gasa Korniša i odgovorio.

– Prema mom mišljenju, pretraga je apsolutno neophodna i rekao sam svojim policajcima da je odmah sprovedu. Svi ćete ostati ovde. Niko neće napustiti ovu sobu. Nemam sumnje da će me moji pretpostavljeni u Ministarstvu pravde podržati u tome.

Da je Oskar bio u sobi, čak i on bi primetio nesigurnost iza hvalisanja u krupajlijinom glasu, ali očigledno je Adolfo bio od onih ljudi koji, kad upadnu u rupu, samo nastavljaju da se ukopavaju.

Inspektor se odlučno okrenuo i pošao prema vratima. Čekao sam dok on i vodnica nisu otišli, a onda sam se obratio ostalima. – Dok se gospodin Korniš ne čuje s ministrom u Rimu, moramo da prihvatimo ostanak u ovoj sobi, tako da predlažem da doručkujemo i pustimo policiju da radi.

9.

Utorak popodne

Bilo je to dugo jutro, uz nekoliko trenutaka uzbuđenja. Negde nakon devet, vodnica je došla s drugim policajcem i uzeli su nam otiske prstiju. Iz profesionalne radoznalosti me je zanimalo kako to rade, a lično govoreći, to mi je bio prvi put. Uzeo sam otiske više stotina osoba tokom karijere, ali nikad nisam morao da ih dajem. Kad sam se zaposlio u policiji, otisci su uzimani pritiskanjem jednog po jednog prsta na jastuče s mastilom i onda ostavljanjem otisaka na karticama. To se često radi i danas, ali bilo mi je zanimljivo što sad u Pizi to rade digitalnim skenerom i tako niko od nas nije imao na kraju umrljane, crne prste. I pored toga, video sam da je većina prisutnih nezadovoljna što ih smatraju potencijalnim ubicama. Gas Korniš je i dalje pokušavao da pozove Ministarstvo pravde da uloži zvaničan prigovor ali, slučajno ili namerno, ministra je bilo teško pronaći.

U poređenju sa svojim šefom, vodnica je bila učtiva, a njen engleski, mada ne potpuno tečan, bio je dovoljan da navede sve da opišu svoje kretanje od sinoć do jutros. Nažalost, nisam mogao da čujem šta su govorili ostali jer su ti kratki razgovori obavljani nasamo, u drugom kraju sobe. U svojstvu „bivšeg detektiva odeljenja za ubistva", voleo bih da sam mogao da hvatam beleške, ali nevoljno morao sam da prihvatim da ova istraga nije u mojim rukama.

Redak trenutak uzbuđenja dogodio se u deset, kad su se Pirs i Malkolm Derbi iznenada setili da je veliki šef trebalo da se javi posredstvom video-poziva, a imali su samo svoje telefone. Slušao sam kako Derbi s mukom objašnjava jednom od najbogatijih i najmoćnijih ljudi na svetu šta se dogodilo i kako su on i ostali prinuđeni da borave u jednoj sobi dok lokalna policija ne istraži ubistvo. Nisam čuo šta je Aleksandar Granstok rekao, ali bilo je prilično jasno, po izrazu Derbijevog lica, da je njegov nadređeni izuzetno nezadovoljan. Podsećam, kao i većina ljudi u ovoj prostoriji.

Na kraju, negde u vreme ručka, pretraga je završena. Nekoliko policijskih vozila je došlo i otišlo, uključujući tim forenzičara, i pre jedan sat inspektor se vratio sa zapanjujućim vestima. Blistao je od ponosa.

– Svi ćete osetiti olakšanje kad čujete da sam identifikovao i uhapsio ubicu i da je odveden u kvesturu pre nekoliko minuta.

Bio sam iskreno zaprepašćen i neočekivano zadivljen što je počnilac već uhvaćen i na putu do glavne policijske stanice. Možda se ispod Vinčijeve naprasite i teatralne spoljašnjosti krije pravo detektivsko srce. – Čestitam, inspektore, to su sjajne vesti. Da li poznajemo ubicu?

Pogled koji mi je uputio bio je ispunjen samozadovoljstvom, ali ako je stvarno uhvatio ubicu tako brzo, pretpostavljam da mu se moglo malo progledati kroz prste. Kad je odgovorio, zvučao je samozadovoljno. – O da, poznajete ga. Zove se Rikardo Đentile. – Ozareno je gledao prisutne. – Još malo ću zadržati vaše pasoše, i zamoliću vas da ostanete u vili do okončanja istrage, što ne bi trebalo da traje dugo. Hvala vam na saradnji. – Ton mu je bio odsečan, a čak je način na koji je rekao hvala zvučao neiskreno.

Bilo mi je potrebno nekoliko trenutaka da shvatim da je Rikardo Đentile u stvari Roki, koji mi je kazao da mu je pravo ime Rikardo. Njegovo prezime koje u prevodu znači „nežni" izgledalo je izrazito neprikladno za takvog grmalja, ali pomisao da je on ubica stvarno me je iznenadila. Roki je radio u vili godinama, i zašto bi sad uradio tako nešto? Kako je poznavao Džonatana Farmera, i šta je mogao da ima protiv njega? Osim toga, Roki mi se prilično sviđao i bilo mi je teško da poverujem da je hladnokrvni ubica. Ipak, zasad, morao sam da prihvatim inspektorovu reč, makar samo zato što je to značilo da svi možemo da nastavimo sa svojim poslom, ne boraveći u jednoj sobi i nasmrt se dosađujući.

Inspektor se okrenuo i gotovo se sapleo preko Oskara, koji je došao da pozdravi pridošlicu. Inspektor je iznervirano frknuo i na trenutak sam pomislio da će šutnuti mog psa, ali srećom se odupro iskušenju. Oskar je izašao iz kuhinje sredinom jutra sa širokim psećim osmehom na licu, nabreklim stomakom i jakim mirisom slanine koji ga je pratio. Nimalo iznenađujuće, prvo što je uradio bilo je da pronađe i proguta ono ispalo tvrdo kuvano jaje – s ljuskom – i čim je inspektor otišao, požurio sam da ga izvedem u kratku šetnju. Znao sam iz iskustva da labradori koji jedu kuvana jaja vrlo brzo mogu da proizvedu dovoljno otrovnoga gasa da učine boravak u nekoj prostoriji nepodnošljivim. Nakon toga poželeo sam da odem i obiđem Antonelu, koja je sigurno bila u groznom stanju pošto joj je muž upravo uhapšen zbog ubistva.

Oskar i ja smo otišli na parking odakle su policijska vozila postepeno odlazila i produžio sam do glavne kapije, skrenuo desno i ponovo desno, tako da sam opet bio kod njiva. Bio je to još jedan divan sunčan dan, nije bilo ni oblačka na nebu, a temperatura je verovatno bila preko dvadeset pet stepeni. Pobrinuo sam se da ostanem u senci što je više moguće... mada je nije bilo mnogo. Otkako sam nabavio Oskara pre gotovo dve godine, naučio sam jedan od osnovnih zakona fizike da tamna boja upija mnogo više toplote nego svetla. Posledica toga bila je da tokom vrelog, letnjeg dana crni labrador – čak i onaj rođen i odgajen u Toskani – može da doživi toplotni udar.

Išli smo uskom zemljanom stazom između kukuruzišta i ciglanog zida koji okružuje vilu dok nismo stigli do kapijice koju sam uočio u nedelju, i danas me je čekalo iznenađenje. Ta kapija, koja je prethodno bila čvrsto zatvorena iznutra, sad je bila otvorena, otkrivajući gomilu zapuštenog žbunja unutra. Jedva primetna staza kroz žbunje koju sam koristio prethodne večeri da proverim zasovnice vodila je, kroz grmlje, do čistine, ali ako ju je neko nedavno koristio nije ostavio tragove. Mora da ju je otvorio neko nakon mog obilaska, ali nisam znao da li da bi neko izašao iz vrta ili ušao u njega. Da li je postojala veza između otvorene kapije i srebrnog fijata pored njive? Da li se njime dovezao ubica, a ne neki radoznali novinar?

Ako je tako, ko i zašto? I kako je ubica uspeo da otvori kapiju koja je bila zaključana iznutra? Da li je to značilo da je možda imao saučesnika u vili?

Napravio sam nekoliko fotografija spolja i nekoliko iznutra, pažljivo izbegavajući da išta dodirnem. Palo mi je na pamet da su forenzičari ostavili otvorenu kapiju nakon istrage, dok su tražili tragove, mada sam sumnjao da su je uočili iza gustog žbunja. Ipak, znao sam da ne škodi da prenesem tu informaciju policiji. Naravno, pošto su tvrdili da su već uhapsili ubicu, ovo je možda bio samo lažni trag. U svakom slučaju, sa stanovišta obezbeđenja, bolje je bilo da što pre zatvorim i zaključam tu kapiju.

Krenuo sam prema vili, nadajući se da ću zateći nekog policajca pre nego što svi odu, i laknulo mi je kad sam video onu vodnicu odranije, koja je nameravala da uđe u poslednja patrolna kola. Prišao sam joj i pomenuo joj kola u njivi i otvorenu kapiju. Izdiktirao sam joj registarski broj tog fijata i ona je pogledala fotografije koje sam napravio. Na kraju me je pogledala.

– Mislite li da je to važno?

Oskar se smestio kraj nje i ona se sagnula da ga počeška po ušima. On i ja smo se zgledali i video sam da obojica mislimo isto... ona je bila mnogo pristupačnija od svog šefa.

– Da inspektor nije već uhapsio osobu za koju veruje da je ubica, mislim da bi moglo biti važno. Koliko dokaza imate protiv Rikarda Đentilea?

Video sam da me odmerava pogledom. Izgledala je inteligentno i bio sam siguran da je dobra policajka. Takođe je ranije izgledalo da ne uživa da radi za inspektora Vinčija, i zbog toga mi je bila dodatno draga. Nekoliko trenutaka kasnije, klimnula je glavom, kao da je donela odluku i postavila mi je pitanje.

– Čula sam od vlasnika vile da ste bili policajac u Londonu. Da li je to istina?

Klimnuo sam glavom. – Da. Bio sam u odeljenju za ubistva londonske policije. – Zaključio sam da ne škodi da pomenem svoj bivši čin. – Bio sam glavni inspektor. – Upotrebio sam englesku verziju svog čina i ona je klimnula glavom.

– Glavni inspektor, to je isto kao komesar, zar ne? – Osmehnula se. – Trebalo bi da vas zovem gospodine.

– Sad sam samo Den, vodnice... – Pogledao sam ime na znački – ... Inočenti. To je zanimljivo. Imam dobrog prijatelja u firentinskoj policiji koji se preziva Inočenti... Marko Inočenti.

Osmeh joj je postao širi. – Inočenti je prilično često ime u Toskani, ali kladim se da je to moj rođak Marko. On je u firentinskom odeljenju za ubistva, i takođe je vodnik. Kako ga poznajete?

Ukratko sam joj opisao nekoliko situacija u kojima sam, od preseljenja u Italiju pre dve godine, pomogao Marku i, naravno, njegovom šefu Virđiliju, i vodnica se i dalje osmehivala dok je odgovarala: – Sad znam ko ste... zovem se Paola, uzgred. Marko mi je pričao o slučaju koji ste imali prošle godine, s nekim ludakom koji je odapinjao strele na holivudske zvezde. To mora da je bilo zabavno.

– Osim što je taj siroti čovek upucan, da. Recite mi, kakve dokaze imate protiv Rokija... Rikarda Đentilea? Ne poznajem ga previše dobro, ali nije mi izgledao kao ubica. Možda bi prebio nekog, ali ne i ubio.

Video sam kako gleda oko sebe, mada je izgledalo da je ona poslednja od policajaca na mestu zločina. – Da budem iskrena, sve je prilično klimavo i posredno. Inspektor misli da je to dovoljno za dizanje optužnice, ali ja nisam sigurna. – Pogledala me je u oči. – U stvari, sigurna sam da nije, ali inspektor je takav kakav je, i nije mu potreban moj savet. – Slegnula je ramenima. – Ili bar, ako mu ga i dam, neće ga prihvatiti.

Zašto li nisam bio iznenađen? Mogao sam da zamislim da je i mizoginija deo Vinčijevog ponašanja. – Šta imate protiv Đentilea?

– Roleks koji je pripadao žrtvi pronađen je u džepu Đentileovog sakoa. A ima i krivični dosije.

– Krivični dosije? Zbog čega?

– Tukao se ispred nekog kafića na plaži u Vijaređu, pre pet godina. Udario je nekog tipa, slomio mu nos i razbio orbitalnu kost. Pozvao se na samoodbranu, dobio uslovnu kaznu i nije išao u zatvor.

– Shvatam. A da li su na satu bili njegovi otisci?

– Forenzičari kažu da su obrisani.

– A gde je bio taj sako?

– U tome je problem, visio je u predvorju. Rekla sam inspektoru da je svako mogao da ostavi sat tamo. Nema izgleda da će javni tužilac dozvoliti da takav slučaj ode na sud. – Ponovo je oprezno pogledala oko sebe. – U stvari, imam osećaj da neće stići ni do javnog tužioca. Baš dok je odlazio, pre deset minuta, inspektora su pozvali iz stanice. Nije rekao ko je to bio, ali nije izgledao srećno.

Pitao sam se da li je to značilo da je Gas Korniš napokon uspeo da razgovara sa svojim prijateljem, ministrom pravde. Ako je tako, mogao sam da zamislim pod kakvim je pritiskom bio inspektor Vinči. Uprkos njegovom razdražljivom, trapavom ponašanju, bilo mi ga je gotovo žao. Još sam se sećao dva slučaja iz vremena u Skotland jardu kad su me pritiskali neki vrlo moćni političari. Pošto sam takav kakav sam, samo sam ih ignorisao... na svoju štetu. Jedna od stvari koje su negativno uticale na moju karijeru bilo je moje oklevanje da se pokoravam moćnicima. Činjenica da nikad nisam postao načelnik mogla se pripisati delimično urođenoj nespremnosti da se ulizujem pravim ljudima. Ipak, to je značilo da sam makar mirno spavao noću. Pogledao sam Inočentijevu.

– Zadivljen sam vašim engleskim. Dobro ste vodili ispitivanje i video sam da razumete šta govorim kad sam razgovarao sa ostalima.

Slegnula je ramenima. – Shvatam jednostavne stvari, ali to je samo ono što sam naučila u školi i na nekim kursevima.

– Pa, ako slučaj protiv Đentilea propadne i bude vam potrebna pomoć oko detaljnijeg ispitivanja bilo koga iz vile, rado ću vam pomoći. – Izvadio sam jednu od svojih posetnica i dao sam joj je. – Broj mog mobilnog telefona je tu. Pozovite ako vam išta bude potrebno.

Uputila mi je još jedan osmeh i salutirala je pre nego što je zatvorila vrata. – Hvala vam, komesare. Sad moram da se vratim u stanicu. – Pogledala me je u oči. – Imam osećaj da ćemo se uskoro ponovo videti.

Pohitao sam u vilu da potražim Antonelu. Zatekao sam je pogrbljenu iznad kuhinjskog stola i Oskar je otišao pravo do nje, seo i spustio joj veliku crnu šapu u krilo. Uhvatila ju je i pogledala me je.

– *Ciao*, Dene. Jeste li čuli vesti? – Lice joj je bilo crveno i imala je sveže suze na obrazima.

Izvukao sam jednu stolicu i seo kraj nje. – Da, ali to je glupost. Upravo sam razgovarao s jednom policajkom i rekla mi je da su dokazi posredni, u najboljem slučaju. Čekajte samo: Roki će se večeras vratiti kući.

Nada joj se pojavila na licu. – Da li stvarno mislite tako? To nije mogao da bude Roki. Nikad ne bi uradio nešto tako. Ljudi ga pogledaju i misle da je nekakvo čudovište, ali on je vrlo drag čovek. Znam da nije uradio to i ne kažem to samo zato što sam udata za njega.

– Pa, ako vam to pomaže, mogu vam reći da i ja mislim da on to nije uradio. Možete li se setiti nekog ko je mogao da uradi to? Policija nije saopštila vreme smrti, ali mislim da se to dogodilo sinoć, kad su ljudi išli na spavanje. – Postavio sam joj niz pitanja. – Kad ste otišli u krevet? Jeste li videli nešto sumnjivo, ili nekog ko se smuca naokolo? Gospodin Korniš je uveren da je to bio neko spolja... mislite li da je iko mogao da uđe neprimećeno?

Odlučno je odmahnula glavom. – Nema šanse. Roki i ja smo bili budni do ponoći. Izašao je u jedanaest da odveze kuvara u hotel u gradu, ali vratio se u jedanaest i dvadeset. Nekoliko gostiju je otišlo da pliva u bazenu, pa smo čekali dok se nisu vratili, i tek onda smo otišli u obilazak, zaključavajući pritom vrata i prozore. Nema šanse da je iko ušao nakon toga.

Osim ako ga neko iz vile nije pustio. Ako jeste, ko je to bio? Nastavio sam da ispitujem Antonelu. – Šta mislite, ko je to mogao da uradi? Jeste li primetili da se neko od gostiju ponašao čudno sinoć?

Video sam je kako razmišlja nekoliko trenutaka. – Ne baš. Muškarac koji je ubijen dotad je bio veoma pijan, kao i stariji Švajcarac. Kad sam sređivala nakon obroka, bili su mi potrebni vedro i krpa da očistim mesto na kojem je Švajcarac sedeo. Terasa oko njega bila je prekrivena mrvicama hrane i zalivena prosutim vinom. – Uspela je da se osmehne. – Očekivala sam da jedan Švajcarac bude uredniji, ali to ga ne čini ubicom. Mislila sam da je Kanađanka pomalo čudna, ali to je verovatno zbog odeće.

– Niko nije izgledao sumnjivo, zabrinuto, opterećeno?

– Ta vrlo lepa devojka, duge, crne kose – mislim da je žrtvina pomoćnica – izgledala je opterećeno.

Klimnuo sam glavom, ali nisam hteo da objašnjavam kako sam *ja* gotovo sigurno doprineo Virdžinijoj zabrinutosti. – Još neko? – Odmahnula je glavom i vratio sam se na ono što je rekla ranije. – Zašto kuvar ne spava u vili kao vi? – To je zvučalo sumnjivo, ali njeno objašnjenje kao da je opravdavalo Francuza.

– Emil je poveo suprugu i ona je htela da obiđe Pizu, tako da ih je Gas smestio u jedan hotel u starom gradu.

– A gde je Emil danas? Zar ne bi trebalo da sprema ručak?

– U normalnim okolnostima da, ali pozvali smo ga i rekli mu da ne dolazi dok policija ne dozvoli. Da li su svi policajci otišli? Moram da ga pozovem. Pošto Roki nije ovde, moraće da dođe taksijem.

To je izgleda oslobađalo kuvara svake sumnje, mada je, naravno, mogao da se vrati nakon što ga je Roki ostavio ispred hotela. Možda je otvorio kapiju unapred i onda se vratio da ubije Farmera. Međutim, to je izgledalo malo verovatno, u najmanju ruku zato što nisam bio svestan postojanja nikakvog motiva. Razmišljajući naglas, postavio sam nekoliko pitanja Antoneli.

– A šta je s početkom večeri? Da li je neko mogao da uđe tad? Dok smo bili na terasi i jeli, da li su vrata bila otključana?

Ponovo je odmahnula glavom. – Ulazna i zadnja vrata se automatski zaključavaju kad se zatvore i mogu se otvoriti samo iznutra, kvakom, ili spolja, ključem. Ne, stvarno ne vidim kako je neko mogao da uđe.

Odlučio sam da ne škodi da pomenem otvorenu kapiju i ona je izgledala iznenađeno. – To ne bi trebalo da bude tako, ali dole ima mnogo gustog žbunja, pretpostavljam da Roki retko obilazi taj deo dvorišta. Gas uvek insistira da sve kapije budu stalno zaključane. – Podigla je pogled sa Oskara, koji je ležao na podu kraj njenih nogu. – Zaključana je iznutra, tako da se ne može otvoriti spolja, i kažete da ju je neko otvorio? To sigurno nisam bila ja, a nije ni Roki.

– Dobro, nisam ni ja, to znači da nam je ostalo... – brzo sam se preračunao u glavi – ... deset mogućih sumnjivaca. Odaberite nekog.

10.

Utorak popodne

Kad sam se vratio u stan, pozvao sam Anu da joj kažem šta se dogodilo. U stvari, već je saznala, jer ju je Virdžinija pozvala malo ranije i Ana je zvučala razumljivo zabrinuto.

– Samo bih želela da mogu odmah da dođem tamo, ali imam predavanja čitavo popodne i imam zakazano predavanje u večernjoj školi. Nadam se da ću moći da dođem sutra popodne. Virdžinija je rekla da je policija uhapsila ubicu. Da li misliš da je to kraj?

Oklevao sam, ali onda sam odlučio da je pošteno da joj kažem šta mislim. – Bojim se da policijski inspektor zadužen za slučaj misli da je bogomdan, ali imam osećaj da nije previše pametan. Izgleda mi da je uhapsio pogrešnog čoveka.

– Da li govoriš kako misliš da je ubica možda i dalje u vili? – Čuo sam strah u njenom glasu i razumeo sam je. Šef njene ćerke je ubijen, da li je Virdžinija možda sledeća? Na osnovu onog što je sledeće rekla, Ana se nije brinula samo za ćerku. – To je zastrašujuća pomisao. Šta ako ponovo ubije nekog, ovog puta Virdžiniju ili *tebe*?

Brzo sam se potrudio da je umirim. – Nije sigurno da je to bio neko iz vile. – Ispričao sam joj ukratko o kolima pored njive i otvorenoj kapiji. – Ali čak i da je to neko odavde, prilično je jasno da ubijeni nije bio omiljen. Kako je neko rekao, bio je vrlo bogat, a bogati ljudi imaju neprijatelje. Mislim da možemo bezbedno pretpostaviti da je Farmer bio meta i, sad kad je ubijen, ubica samo želi da ostane neotkriven.

– O, bože, nadam se da si u pravu.

Nekoliko trenutaka nakon tog razgovora dobio sam poruku s nepoznatog broja. Ispostavilo se da je to bila neočekivano zvanična poruka od starog gospodina koga sam upoznao jutros, kraj malog fijata.

Dragi gospodine. Žao mi je što moram da vas obavestim da je, dok sam se bavio popravljanjem jedne od prskalica za navodnjavanje, vlasnik automobila uspeo da se odveze. Samo sam video mušku figuru u daljini, sigurno mušku. Izvinjavam se što nisam bio od veće koristi i želim vam uspešan lov. Vinčenco Kašina

Razočarano sam frknuo pre nego što sam poslao poruku zahvalnosti. Nadam se da će rentakar moći da obezbedi podatke o vozaču iznajmljenih kola. Problem je bio što i dalje nisam shvatao kako je ta osoba – pod pretpostavkom da je to bio plaćeni ubica – uspela da prođe kroz kapiju koja se mogla otvoriti samo iznutra i otići do vile neopaženo. Sve je ukazivalo na nekog saučesnika iznutra i, kao što sam rekao Antoneli, imamo desetoro ljudi koji su mogli to da urade.

Dao sam Oskaru ručak i onda sam mu dao kost od sinoć. Razrogačio je oči od čuđenja dok ju je sa strahopoštovanjem uzimao iz moje ruke i sedao kraj praznog ognjišta da uživa. Uz zvuke zastrašujućeg krckanja – dosad sam se navikao na to, ali kad sam mu prvi put dao kost bio sam vrlo zabrinut da će slomiti zube, ali očigledno su bili čvrsti – napravio sam sebi sendvič sa šunkom i sirom, i seo da razmišljam o jutrošnjim događajima.

Pitao sam se koliko će ljudi žaliti za Džonatanom Farmerom. Na osnovu onog što je Virdžinija rekla, verovatno nije imao suprugu ili voljenu koja će plakati za njim i, po ledenom dočeku koji su mu ostali priredili sinoć, imao sam osećaj da će neki ljudi iz poslovnog sveta biti zadovoljni zbog njegovog nestanka s finansijske scene. Velika nepoznanica bila je da li je u vili postojao neko ko ga je mrzeo toliko da bi ga ubio, ili da bi unajmio ubicu za taj prljavi posao. Uostalom, veliki je korak od antipatije, zavisti ili mržnje do planiranja i izvršavanja ubistva.

Razmišljao sam o ljudima koje sam upoznao ovde. Bio sam sve više uveren da ni Roki niti njegova žena nisu bili ubice. Iz ličnih razloga – mada oni ne bi bili priznati na sudu – odbacio sam i Virdžiniju... pa, gotovo. Znao sam kako želim nadugačko da porazgovaram s njom o njenim odnosima sa šefom i, posebno, šta se možda dogodilo ili nije dogodilo sinoć, ako govorimo o zajedničkim vratima.

Takođe sam bio u iskušenju da isključim Malkolma Derbija i njegovu ženu sa spiska ozbiljnih sumnjivaca. U njegovom slučaju, nisam video šta bi mogao da dobije ubijanjem čoveka koji je gotovo sigurno bio najbogatiji od njegovih potencijalnih investitora. Što se tiče Melani, nisam je video kao ubicu, mada sam naučio, preko svojih leđa, kako izgled može da zavara. A što se tiče ostalih, stvari su mi bile još manje jasne.

Bio sam prilično siguran da sam mogao da primetim poveliko iznenađenje na licima prisutnih kad se Farmer sinoć pojavio na terasi. Uz iznenađenost, bila je tu i antipatija, i pitao sam se da li je Malkolm Derbi, slučajno ili namerno, zaboravio da pošalje kompletan spisak učesnika. Zbog Farmerove ne tako sjajne reputacije u poslovnim krugovima, Derbi se sigurno bojao da bi neko, a možda i svi, mogao da odbije da učestvuje ako bi znao s kim će se družiti.

Kad govorimo o drugima, Dižarden je bio najotvorenije neprijateljski raspoložen, dok su Švajcarkinja i operska pevačica izbegavale da ga gledaju. Podsećam, Melani Derbi i Juženi nisu izgledale previše oduševljeno njim, ali to je možda bilo zbog njegovog besramnog očijukanja za stolom. Bilo bi zanimljivo znati zašto je toliko ljudi mrzelo tog čoveka, i izvadio sam telefon i pozvao Pola.

Pol Vilson, moj dobar prijatelj i bivši vodnik u Skotland jardu, sad je bio inspektor i povremeno sam tražio njegovu pomoć u vezi s prošlošću sumnjivaca u drugim slučajevima. Uvek je bio vrlo uslužan, mada sam se trudio da ga ne gnjavim ako nije važno. S obzirom na to da sam bio sve više uveren kako je nedužan čovek trenutno iza rešetaka, smatrao sam svojom dužnošću da se uključim u istragu... mada nisam sumnjao da će Adolfo Vinči drugačije gledati na to.

Pol je zvučao zadovoljno što sam mu se javio i razgovarali smo nekoliko trenutaka pre nego što sam mu rekao da je izvršeno ubistvo. Dao sam mu imena ljudi na sastanku i pitao ga da li bi mogao da ih proveri na brzinu. – Voleo bih, posebno, da znam postoji li razlog zbog koga bi neko od njih ubio žrtvu. Pouzdano sam stekao utisak da Džonatan Farmer, žrtva, nije bio previše omiljen.

To ime mu je bilo poznato. – Da li je to Džonatan Farmer, tip koga tabloidi nazivaju „plejboj milioner"?

– Glavom i bradom.

– Opa, to je krupna stvar! Prepusti to meni, Dene, videću šta mogu da iskopam. Kad se mediji dočepaju te vesti, izbiće pakao, ne samo ovde nego i globalno. Bio je veliki igrač.

– U ovom trenutku, mislim da vest nije objavljena. Sigurno bih, da sam ja zadužen za istragu, pokušao da ne odajem ništa kako bih izbegao da se gomila novinara i paparaca sjati u vilu. – Oklevao sam na tren. – Mada mi inspektor koji je ovde zadužen za slučaj ne izgleda baš previše bistro, pa ko zna šta bi mogao da uradi.

Ono što je inspektor zatim uradio bilo je veliko – i neprijatno – iznenađenje za mene.

Nekoliko minuta posle tri po podne sedeo sam u kuhinji sa Antonelom, a Oskar je sa uživanjem ležao kraj njenih nogu, dok ga je ona milovala po glavi. Morao sam da se pomučim da ga odvučem od one kosti, koja je, za dva sata, bila gotovo prepolovljena, ali nevoljno je pristao da se privremeno odvoji od nje. Čulo se zvono i ona je ustala i otišla do interfona na zidu i pritisnula dugme.

– Da, ko je to?

Neki muški glas je odgovorio: – Policija. Pustite nas.

Pritisnula je dugme za otvaranje kapije i okrenula se ka meni. – Šta li sad žele?

Pokušao sam da zvučim optimistično. – Možda su doveli vašeg muža.

I to je upravo ono što su uradili, ali ispostavilo se da to nije bio razlog dolaska. Otišao sam s njom do ulaznih vrata i videli smo dvoja patrolna kola kako prilaze. Vrata su se otvorila i Roki, sad bez lisica, iskočio je i potrčao da zagrli svoju ženu, dok je ona jecala u njegovom zagrljaju. Čekao sam dok se nije odmakao od nje, a onda sam mu postavio očigledno pitanje.

– Da li to znači da su odbacili optužbe protiv vas?

Pogledao me je i klimnuo glavom. – Nevoljno, da. Podsećam vas, nisam očekivao izvinjenje od tog debelog kopileta. – Uputio je inspektoru Vinčiju otrovan pogled, ali inspektor to nije video. Imao je druge stvari na umu.

Adolfo je krenuo ka meni, u pratnji dvojice uniformisanih policajaca i ubo me je prstom u grudi. – Danijele Vilijame Armstronže, hapsim vas zbog ubistva Džonatana Zavijera Farmera. – Okrenuo se ka jednom od policajaca. – Uhapsite ga.

Mislio sam da sam video svašta u svoje vreme, ali moram da priznam da me je ovo potpuno zaprepastilo. – Šta to radite?

Adolfo je izgledao samozadovoljno. – Hapsim vas. Mislili ste da ste toliko pametni, ali niko nije pametniji od mene. – Mahnuo je policajcima. – Vodite ga, ljudi.

Ruke su mi stavili iza leđa i osetio sam kako mi zaključavaju lisice. Brzo sam razmišljao, što nije bilo lako jer sam i dalje bio zaprepašćen. Znao sam da je taj tip idiot, ali dva pogrešna hapšenja u jednom danu bila su preterivanje. Pogledao sam Rokija i video kako koluta očima. – Možete li mi pričuvati Oskara? I molim vas, pozovite moju kancelariju i razgovarajte s Linom, mojom pomoćnicom. Ona će znati šta treba da radi.

I nadao sam se, pre svega, da će moći da pozove svog muža iz firentinske policije, u nadi da će on moći da sredi nered koji je izazvao njegov kolega iz Pize.

11.

Utorak popodne

Glavna policijska stanica, kvestura, u Pizi jeste četvrtasta zgrada zemljane boje smeštena nedaleko od istorijskog centra grada i sa stubom na vrhu, prekrivenim antenama. Da bismo stigli tamo, vozili smo se pored impresivnih srednjovekovnih kamenih zidova starog grada u kojem se nalazi Krivi toranj, ali danas nisam bio raspoložen za razgledanje. Policijska kola su skrenula i prošla kroz visoku kapiju, parkirala se i uveden sam u zgradu. Vodnik na prijemu mi je oduzeo lične stvari, temeljno ih beležeći u zapisnik, koji sam onda potpisao. Tad su makar morali da mi skinu lisice i mogao sam da izmasiram zglavke. Sedenje u kolima s rukama iza leđa opterećuje zglavke, i mada sam probao lisice na osnovnoj obuci, vožnja dok ih nosim bila je novo iskustvo. I to iskustvo koje ne bih želeo da uskoro ponovim.

Odveli su me kroz jedna čelična vrata i duž uskog hodnika. Bilo je vruće i zagušljivo, i osećala se mešavina mirisa sredstva za dezinfekciju i znoja, što me je podsetilo na posete zatvoru u prošlosti. Samo što sam u tim prilikama ja posećivao zatvorenike, a sad sam bio jedan od njih. Negde nasred hodnika, policajac ispred se zaustavio i otvorio siva, čelična vrata ključem sa svežnja za pojasom.

– Dobro došli u hotel *Piza*. – Mrko mi se osmehnuo. – Nadam se da ćete uživati u boravku u našem prelepom gradu.

Ušao sam u ćeliju i čuo sam tresak vrata iza sebe. Zatekao sam se u ćeliji dva puta tri metra, sa uskim krevetom duž jednog zida, klozetskom šoljom od nerđajućeg čelika, bez daske, na suprotnom kraju i to je bilo sve. Zidovi su bili betonski, obojeni u neku groznu bež nijansu i postojao je prozorčić dimenzija metar sa trideset centimetara, smešten iznad moje glave. Mogao sam da vidim rešetku spolja, verovatno da spreči ljude znatno mršavije od mene da se nekako provuku napolje. Pogledao sam vrata i video špijunku i prorez kroz koji će mi verovatno dati sledeći obrok... ako budem imao sreće.

Seo sam na tvrd krevet i razmislio. Kažu da su nova iskustva ono što čini život zanimljivim, ali u tom trenutku sam znao da bih bio srećan i bez te novotarije. Bilo je to otrežnjujuće iskustvo na mnogo načina. Prvi put sam bio u istoj poziciji kao mnogi sumnjivci s kojima sam imao posla tokom godina. Neki od njih su bili krivi, neki nisu bili krivi, neki su stvarno zasluživali kaznu, a drugi su ili potpali pod neki zlokoban uticaj ili su bili jadne budale čije mentalne sposobnosti nisu bile dorasle životnim nedaćama. Pogledao sam, instinktivno, na sat, ali video sam da ga nemam na zglavku. Sat je, uz moj telefon i novčanik, sad bio bezbedan u sefu na drugom kraju hodnika. Malo sam računao i zaključio da je verovatno bilo malo posle tri kad sam otišao da obiđem Antonelu, tako da je sad bilo negde između pola četiri i četiri.

Naslonio sam se na osvežavajuće hladan zid i nadao sam se da će Roki ili njegov šef moći da prenesu detalje moje nevolje Lini. Nisam sumnjao da će ona odmah pozvati svog muža, ali bilo je pitanje šta on može da uradi. Mada je Virđilio bio visoki policijski oficir u Firenci, Piza je bila van njegove jurisdikcije i, baš kao što sam ja mrzeo da se policajci iz drugih jedinica petljaju u moje slučajeve, mogao sam da zamislim da će naš prijatelj Adolfo Vinči pružiti veliki otpor ako Virđilio dođe i počne da mu se meša u slučaj. Sledeći problem je bio da shvatim kakav je ovo slučaj. Zašto me je uhapsio? Sigurno je to nešto više od obične mržnje. Čak i tupan kao Vinči sigurno ima nekakav dokaz.

Pokušao sam da uđem u glavu istražitelja. Na osnovu onog što mi je vodnica Inočenti rekla danas, verovatno su ga nadređeni pritiskali da brzo uradi nešto, i bez sumnje su mu rekli da ne uznemirava grupu veoma važnih ljudi. Posledica toga bila je što je prvo pokušao to da prišije Rokiju, a sad nekom nasumičnom privatnom istražitelju, što mu je izgledalo kao razuman izbor. Njegov problem će sigurno biti dokazi ili njihov nedostatak. Sedeo sam tamo i pokušavao da smislim šta sam uradio što je njemu dalo ideju da sam Farmerov ubica. Da, zatekao me je u sobi pored žrtve jutros, ali telo je očigledno već bio zahvatio rigor mortis i bio je mrtav satima. Sigurno bih morao da budem izrazito glup ubica da bih stajao tamo čitave noći, čekajući da se inspektor pojavi.

Naravno, moji otisci su bili na zasovnicama male kapije i svud po vili, jer sam tražio prisluškivače, ali bio sam siguran da nijedan javni tužilac to ne bi shvatio kao dokaz krivice, makar zbog toga što sam gotovo stalno bio u Rokijevom društvu. Iznenada sam se setio nečeg: oružje u muzičkoj sobi. Sigurno sam skinuo tri-četiri noža i bodeža sa držača na zidu, ali, srećom, ako se ispostavi da je jedan od njih oružje ubistva, Roki je bio sa mnom i, opet, mogao je da potvrdi moju nevinost. Možda je to bilo to, mada je sigurno da bi svaki ubica s pola mozga ili nosio rukavice ili bi obrisao svoje otiske s bodeža pre nego što napusti mesto zločina, a tako bi istovremeno uklonio i moje otiske. Nisam mogao da se setim nijednog drugog razloga zbog koga bi Vinči verovao da sam ubica. Međutim, video sam dovoljno sudskih grešaka tokom svoje karijere, te sam ipak bio prilično zabrinut. No rekao sam sebi da mi briga ne koristi, i zato sam zatvorio oči i pokušao da razmišljam o drugim stvarima.

Mislio sam na svoju kućicu u brdima, na svoju ćerku, duge šetnje sa Oskarom i, naravno, na Anu. Razmišljanje o njoj navelo me je da razmišljam o njenoj ćerki i nisam mogao da se oslobodim sumnje da je Virdžinija o tom ubistvu znala više nego što je priznavala. I dalje sam odlučno izbegavao da razmišljam o tome kako je ona ubola svog šefa, ali bio sam uveren da nešto krije. A što se tiče identiteta ubice, nisam daleko odmakao, ali duboko u sebi bio sam uveren da Dižarden, Baumgartnerovi, Ogastas Korniš ili čak prelepa Elenor Lenard drže ključeve rešenja. Iskreno sam se nadao da će Pol iz Skotland jarda biti u stanju da iskopa neku prljavštinu o nekom od njih.

Verovatno sam sedeo tu skoro sat vremena pre nego što sam dobio posetioca. Na moje iznenađenje, to nije bio ni inspektor niti dežurni stražar, koji je poslat da me odvede u sobu za ispitivanje. Bila je to vodnica Inočentijeva i nosila je šolju kafe u jednoj ruci, a kroasan u drugoj. Ušla je i kiselo se osmehnula.

– Evo, mislila sam da biste gricnuli nešto. – Vrata iza nje bila su i dalje otvorena i ugledao sam lice nekog uniformisanog policajca u hodniku. Bez sumnje je bila svesna toga; video sam da bira reči.

– Žao mi je što ste ovde. Inspektor će uskoro razgovarati s vama i nadam se da ćemo saznati istinu.

Uzeo sam kafu i kroasan od nje i osmehnuo joj se. – Siguran sam da će se sve rešiti uskoro. Makar sam stekao novo iskustvo koje ću iskoristiti u pisanju knjiga.

Izgledala je iznenađeno. – Vi ste pisac?

– Tek sam počeo. To je nova karijera za mene. – Pogledao sam preko njenog ramena u policajca u hodniku iza. – Hvala vam na kafi, ali verovatno ne bi trebalo da budete ovde, zar ne?

Uzvratila mi je osmeh i okrenula se ka vratima, zaustavljajući se ispred njih. – Sve će biti u redu, sigurna sam.

Vrata su se zatvorila za njom, i čuo sam okretanje ključa u bravi. Razmišljajući kako je utešno što ovde imam makar jednog saveznika, pijuckao sam *caffe latte* – koji je imao mnogo bolji ukus nego kafa u mojoj staroj policijskoj stanici – i grickao sam kroasan. Negde pred kraj, primetio sam da je nešto napisano na tankoj papirnoj salveti u koju je kroasan bio umotan. Pogledao sam pažljivije i video da je to rukom pisana poruka. Svestan postojanja špijunke na vratima, ustao sam i okrenuo sam joj leđa, dok sam odvajao salvetu od kroasana i ravnao papir na dlanu, da bih pročitao poruku. Bila je kratka ali ohrabrujuća.

Nema ništa konkretno protiv vas. Samo je očajan. Poslala sam poruku svom rođaku Marku. Uskoro ćete izaći. Hrabro!

Reč *coraggio* ne znači samo hrabrost na italijanskom. Znači *ne brini, sve će biti u redu*. To je nešto što biste rekli detetu koje ide na ispit ili nekom ko ide kod zubara. Bilo je definitivno ohrabrujuće znati da je obavestila rođaka tako da će, ovako ili onako, firentinsko odeljenje za ubistva znati šta se događa. Drugo je pitanje šta će moći da urade.

Paola Inočenti je bila vrlo ljubazna, ali i hrabra kad mi je doturila tu poruku i poslednje što sam želeo jeste da upadne u nevolju, pa sam oprezno odvojio deo papira na kojem je poruka bila ispisana od ostatka salvete, obavio ga oko poslednjeg komada kroasana, i ubacio u usta. Bilo je pomalo žilavo, ali nije imalo neprijatan ukus i, uz pomoć još gutljaja kafe, uspeo sam da progutam dokaz. Dok mi je silazio niz grlo, pomislio sam koliko bi bilo korisno da je moj labrador ovde. Kad govorimo o gutanju dokaza – ili bilo čega drugog – on je nezamenjiv. Pomisao na Oskara navela me je da shvatim koliko je postao važan deo mog života, i nedostajalo mi je njegovo društvo. Nadao sam se da ćemo se uskoro ponovo videti.

Zasad sam mogao samo da čekam.

12.

Utorak predveče

Sat u sobi za ispitivanje pokazivao je tačno šest i trideset, kad je inspektor Vinči ušao i svalio se na stolicu naspram mene. Uniformisani policajac koji me je doveo iz ćelije sad je stajao nepomično iza mene. Na stolu se nalazio aparat s poznatim nizom dugmića, kako bi razgovor mogao da bude snimljen i ogledalo na zidu iza inspektora kroz koje je kamera verovatno snimala razgovor. Na moje iznenađenje, nije pritisnuo dugme za početak snimanja. Samo me je mrko gledao.

– Gospodine Armstrong, imate vrlo moćne prijatelje.

To je zvučalo obećavajuće. – Drago mi je što to čujem, inspektore. A šta su vam rekli moji moćni prijatelji?

– Rekli su mi da niste ubili gospodina Farmera.

Sigurno obećavajuće. – Pa, u pravu su. Sigurno ga nisam ubio, za slučaj da i dalje sumnjate. Činjenica da su moji otisci bili po čitavoj kući može se pripisati tome što sam unajmljen da obezbeđujem vilu, i obilazio sam sve sobe. Možda sam čak dodirnuo oružje ubistva na zidu muzičke sobe, ali bio sam sa svedokom kad sam pregledao vitrinu s bodežima.

Klimnuo je glavom nekoliko puta. – Shvatam. Izgleda da sarađujete s firentinskim odeljenjem za ubistva. Oni su garantovali za vas. – Ton mu je bio neraspoložen... u najboljem slučaju.

– Radio sam s njima nekoliko puta, ali to i dalje ne dokazuje da sam nevin. Siguran sam da smo obojica u svoje vreme naišli na nepoštene policajce. Koliko znam, možda i vi imate nekoliko leševa u zamrzivaču kod kuće. – Lice mu se smrklo, ali ja sam nastavio. – U svakom slučaju, kao što sam rekao, nisam uradio to i, mada izgleda da vam iz nekog razloga nisam drag, ja sam na vašoj strani i želim da rešim ovo ubistvo koliko i vi. Spreman sam da vam pomognem na sve moguće načine.

Izraz lica mu je smekšao... trunčicu. – Hvala vam, ali to neće biti neophodno. Više volim da radim sâm.

– Imate li neke tragove?

Značajno je odmahnuo glavom. – To vas se ne tiče. Ja sam zadužen za ovu istragu i očekujem da zapamtite to.

Klimnuo sam glavom. – Razumem, inspektore. Smem li samo da pitam da li su vaši ljudi proverili pojedinosti o iznajmljenim kolima koja sam video parkirana u njivi iza vile?

Video sam ga kako razmišlja o tome pre nego što je nevoljno otvorio fasciklu koju je poneo. – Taj fijat 500 je juče, u sedamnaest sati, iznajmio Lorens Ričard Batler, s prebivalištem u Čikagu, SAD. Trenutno je odseo u hotelu *Imperijal* u Pizi i nameravam da odem i posetim ga.

– Da li vam je potreban prevodilac? Rado bih vam pomogao ako je potrebno.

Odmahnuo je glavom. – Ne, imamo svoje prevodioce. Možete da idete. – Ustao je i pokazao prstom na vrata. – To je izlaz.

Ustao sam. – Mogu li da smatram da više nisam pod sumnjom?

Razmislio je pre nego što je odgovorio. – Tako je. Želim vam prijatan dan, gospodine Armstrong. – Baš kao i Roki, ni ja nisam dobio izvinjenje, ali to me nije iznenadilo.

Prvo što sam uradio nakon što sam uzeo svoje stvari bilo je da izađem i pozovem Virđilija u Firenci.

– *Ciao*, Virđilio, izašao sam. Pretpostavljam da mogu tebi da zahvalim za to.

Čuo sam ga kako se kikoće. – Ne samo meni, nego i Marku Inočentiju i kvestoreu.

– Opa, baš si povukao debele veze. Kvestore, ni manje ni više. Kako si izveo to? – Kvestore je bio ono što bi se u Britaniji nazvalo komesarom ili šefom policije. Krupna zverka.

– Ima dugo pamćenje. Zna da ti dugujemo zbog svih tih situacija kad si nam pomogao. Takođe, nezvanično, tvoj prijateljski nastrojen lokalni inspektor iz Pize je poznat kao idiot. Izgleda da ga samo jedna brljotina deli od slanja u divljine Kalabrije ili pustare Sicilije. U svakom slučaju, moj kvestore je pozvao njegovog kvestorea i drago mi je što si sad slobodan čovek. Kako izgledaju ćelije u Pizi? Verovatno neprivlačne kao i ove ovde.

Sad kad sam izašao, mogao sam da dozvolim sebi velikodušnost. – Sve je bilo u redu i svi su bili ljubazni. Čak je i inspektor malo smekšao na kraju. Kad kažem „smekšao", mislim da je od Džingis Kana postao Ivan Grozni. U svakom slučaju, hvala ti mnogo na pomoći, i zahvali se i Marku. Njegova rođaka je vodnica ovde i mnogo mi je pomogla. I naravno, zahvali se svom velikom šefu. Žao mi je što sam vam zadao dodatni posao.

– Čuo sam da je neki krupan finansijer ubijen tu. Ako ti nisi to uradio – a izgledaću prilično glupavo ako jesi – ko je to mogao biti? Da li si bacio oko na nekog?

Dao sam mu kratak opis događaja i rekao mu da sam pozvao Pola u Londonu. – Nadam se da on može da pronađe nekakav motiv za ubistvo među ljudima koji borave u vili. Postoji mala mogućnost da je to izveo neko spolja, a inspektor Vinči razgovara s tim čovekom u ovom trenutku, ali kladim se da je to uradio neko iznutra. Držim palčeve da Pol pronađe nešto.

Zatim sam pozvao Anu, ali javila se govorna pošta i mislio sam da je najbolje da joj ne ostavljam poruku da sam upravo izašao iz pritvora i zato sam prekinuo vezu i odlučio da probam malo kasnije.

Tek što sam stavio telefon u džep, jedna otmena, crvena alfa se zaustavila kraj mene i prozor se otvorio. Pogledao sam i video da je to vodnica Inočenti.

– Čula sam da vas je inspektor pustio. – Značajno me je pogledala. – Na osnovu onog što sam čula, imate prijatelje na visokim položajima.

Pružio sam ruku i ona ju je srdačno stegla obema rukama. – Ne samo na visokim položajima. Moram da vam se zahvalim na poruci. To je prvi put da sam bio u ćeliji i bilo je lepo znati da je neko na mojoj strani.

– Nema na čemu. Prenela sam informaciju o iznajmljenim kolima jednom od svojih ljudi i verujem da inspektor upravo razgovara s tim tipom. Nadajmo se da će nam to dati neki trag, jer forenzičari nisu ništa pronašli. Vaši otisci su bili na dršci bodeža, ali ubica je očigledno nosio rukavice jer su bili pomalo zamrljani. Sad rade autopsiju i detaljan pregled tela, za slučaj da se pojavi nešto neočekivano, ali ako to ne bude dalo rezultate, onda ćemo biti u problemu.

– Da li je patolog ustanovio vreme smrti?

Klimnula je glavom. – Rekao je u periodu od tri sata, između deset uveče i jedan ujutro.

To je značilo da sam bio u pravu kad sam pretpostavio da je Farmer ubijen dok je išao na spavanje, nakon koktela od alkohola i droge. – Po načinu na koji je ležao na krevetu i izrazu lica, stekao sam utisak da je spavao kad je napadnut. Mnogo je pio i, ako mene pitate, šmrkao je kokain. Da li je patolog rekao nešto o tome?

Ponovo je klimnula glavom. – Rekao je baš to. Čak i bez autopsije, kazao je da je celo telo smrdelo na alkohol i bilo je ostataka kokaina u njegovim nozdrvama. Kazao je da je taj tip verovatno bio toliko stondiran da se samo svalio na krevet. Nije bilo znakova otpora i posekotina na šakama od pokušaja da odbije sečivo, tako da je ubica samo trebalo da zarije nož u njega.

– Što znači da je svako mogao to da uradi, ne obavezno neki krupan, jak muškarac.

– Tako je, ali to mora da je bio neko s jakim želucem; hladnokrvno ubistvo nije za plašljivce. Problem je što nam to ne pomaže da smanjimo broj sumnjivaca, zar ne? – Pogledala je na sat. – Sad završavam smenu. Hoćete li da vas odvezem nekud? Natrag do vile?

– Samo ako vam je usput. Mogu da idem taksijem.

– Sve je u redu. Idem da pokupim sina od babe, a ona živi van grada.

Ušao sam u kola i odvezla me je kroz večernji saobraćaj do vile. Razgovarali smo i otkrio sam da ima muža, koji je bio lekar u lokalnoj bolnici, i četvorogodišnjeg sina. Ispričao sam joj malo o svojim prošlim problemima kad mi je posao u Londonu ugrozio brak, ali ona je zvučala vrlo optimistično u vezi sa svojim brakom.

– Đani i ja imamo vrlo zahtevne poslove, ali nekako se snalazimo. To što imamo dva para baba i deda u gradu da nam čuvaju dete predstavlja veliku prednost.

Bilo je lako razgovarati s njom i uskoro sam joj ispričao više o svom pisanju i kako sam se zaljubio u Toskanu i odlučio da se preselim ovamo. Ona mi je, s druge strane, rekla koliko voli Englesku i kako sanja da ode i živi tamo jednog dana. Ljudi su baš čudna bića.

Ostavila me je ispred vile i, nakon što sam joj se ponovo zahvalio, a ona otišla da pokupi svog sina, ušao sam na glavnu kapiju i otišao do bočne strane vile. Kad sam stigao do kuhinjskih vrata i kucnuo na njih, čuo sam Oskarov poznati lavež, mešavinu zavijanja i zevanja, koji je označavao da je shvatio ko je s druge strane vrata. Otvorio ih je jedan visok muškarac, koji je izgledao viši jer je na glavi imao belu kuvarsku kapu.

Oskar se, žestoko mašući repom, uspravio na zadnje noge i stavio mi prednje šape na stomak, očigledno srećan što me vidi koliko i ja njega, mada sam bio siguran da bi, da je mogao da bira gde ću ga ostaviti, kuhinja bila na vrhu spiska. Kuvar je izgledao zadovoljno što me vidi.

– Vi mora da ste glavni inspektor Armstrong. Drago mi je što ste se vratili. – Engleski mu je bio veoma tečan, mada se po naglasku odmah čulo da je Francuz.

– Sad sam samo Den. A vi mora da ste Emil. Hteo sam da dođem sinoć i čestitam vam na zapanjujućem obroku, ali bio sam sprečen. Mnogo vam hvala.

Skromno se osmehnuo, ali taj kompliment mu je očigledno prijao, jer se osmeh proširio. – Zadovoljan sam što ste uživali u obroku, a pretpostavljam da je Oskar uživao u ostacima jagnjetine. – Čuvši svoje ime, Oskar je prišao kuvaru i protrljao mu koleno glavom.

– Put do labradorovog srca vodi preko želuca.

– Dakle, Dene, drago mi je što ste se vratili jer se sad nadam da ćete odvesti svog divnog psa iz moje kuhinje. Molim vas.

– Naravno, sanitarna inspekcija to sigurno ne bi odobrila.

Slegnuo je ramenima kao pravi Francuz. – Ne radi se o tome. Samo ne volim da me neko pažljivo posmatra dok kuvam, a otkako sam krenuo da spremam večeru, on me prati u stopu. Kunem se da osećam njegov pogled na potiljku kad god dodirnem hranu.

Morao sam da se nasmejem tome. Uhvatio je Oskara na delu. Zahvalio sam mu se što je trpeo mog četvoronožnog prijatelja i izveo sam Oskara u šetnju po imanju. Iz radoznalosti, pošao sam do male kapije na kraju zida, probijajući se kroz gusto žbunje, dok nisam video da je ponovo zaključana. Kako ide ona poslovica o kumu i crkvi? Staza kroz žbunje je sad bila malo šira i mom uvežbanom oku izgledalo je da su forenzičari bili tu. Pitao sam se da li su pronašli neke otiske prstiju na kapiji... osim mojih. Ponovo sam pomislio na mali fijat koji sam video i zapitao sam se kako je prošao razgovor s vozačem. Pretpostavio sam da je Vinči rekao svojim ljudima da provere čovekov identitet i ponadao sam se da će to otkriti neku veliku, mračnu tajnu... kao da je taj čovek plaćeni ubica, na primer. Zar to ne bi bilo dobro?

A ako se ispostavi da to nije bio on? U tom slučaju, jedina logična pretpostavka jeste da je ubica i dalje u *Vili Gregori*. Pitanje je bilo, ko je to?

13.

Utorak uveče

Na putu do stana, čuo sam kako me neko doziva i video sam Malkolma Derbija i Melani kako sede ispod ukrašene senice od kovanog gvožđa, prekrivene belim ružama. Na prvi pogled, bilo je to prijatno, romantično okruženje, ali na osnovu govora tela, ponovo sam stekao utisak da stvari među njima nisu sjajne. Izgledala je prilično nesrećno, ali lice joj se razvedrilo kad je videla Oskara. Krenuo sam za njim preko besprekornog travnjaka i gospodin Derbi mi je mahnuo da sednem dok se moj pas trudio da se popne u krilo njegovoj ženi.

– Dobro nam došli nazad, glavni inspektore, pretpostavljam da ste istraživali ćelije u lokalnoj policijskoj stanici. – Ton mu je bio veseo, ali imao je duboke bore oko očiju.

Klimnuo sam glavom. – Malo manje luksuzne od *Vile Gregori*.

Osmeh mu je nestao. – Kažite mi nešto: da li je to i vaše profesionalno mišljenje, ili samo ja imam utisak da je inspektor Vinči koristan koliko i drvena peć?

Morao sam da se osmehnem tome. To je bio jedan od omiljenih izraza moje bake. – Bojim se da je izgubio iz vida činjenicu da se većina policijskog rada zasniva na saradnji, s drugim policajcima, forenzičarima i balističarima, ili na prihvatanju pomoći od neutralnih pojedinaca. Vidi sebe kao nekog ko sve sâm radi. Rekao sam mu kako želim da otkrijem ubicu i ponudio sam mu svoju pomoć, ali bojim se da me je odbio.

– Kad smo kod toga: šta mislite da se još jednom vratite u ulogu glavnog inspektora i pokušate da otkrijete šta se dogodilo? Na osnovu onog što sam dosad video, ne verujem da inspektor Vinči može to da izvede. – Video sam ga kako oprezno gleda prema vili. – Farmerova smrt je pokvarila ovu nedelju u potpunosti, ali ne samo ovu nedelju. – Zvučao je i izgledao veoma zabrinuto. – Nadao sam se da ću dobiti pristanke ljudi ovde kako bismo mogli da pređemo na sledeću fazu našeg novog projekta. Sad je sve propalo. Osim činjenice da je Farmer potencijalno predstavljao polovinu potrebnog ulaganja, sasvim je jasno – i razumljivo – što ostali sad samo žele što pre da odu odavde i raziđu se. Čim im inspektor Vinči dozvoli da odu, siguran sam da ih više nećemo videti.

Saosećao sam s njim. Bio sam siguran da je utrošio mnogo vremena i novca na okupljanje potencijalnih finansijera, i ako je sve propalo, to bi bio veliki udarac. Međutim, osećao sam kako treba da ga upozorim da ne očekuje čuda.

– Unajmili ste me da vodim računa o bezbednosti i rado ću videti šta mogu da iskopam. U stvari, već sam razgovarao s bivšim kolegom iz Skotland jarda i on istražuje prošlost svih ljudi u vili, za slučaj da pronađemo neku mračnu tajnu. – Bez sumnje je bio dovoljno pametan da shvati kako to uključuje i njega i suprugu, ali nije to pomenuo. – Samo ću reći da, ukoliko inspektor Vinči ili ja uspemo da otkrijemo ubicu, to neće promeniti stvari što se tiče vaših ostalih investitora. Ubistvo je ubistvo, i mogu da razumem kako jedva čekaju da odu odavde i trajno se udalje od prilike za ulaganje koju ste mislili da im ponudite.

Tužno je klimnuo glavom. – To je, naravno, potpuno tačno. Šta god da se dogodi u narednih nekoliko dana, bojim se da ćemo morati da se vratimo na početak i pokušamo da spremimo nov predlog za novu grupu mogućih investitora. Pirs je zakucan za kompjuter u ovom trenutku, pokušava da stvori zanimanje među ljudima kojima se nismo dosad obratili. – Nemoćno je frknuo. – Ko god da je ubio Farmera, kao da je ubio čitav projekat.

Kad je to rekao, nešto mi je palo na pamet. Da li je to značilo da onaj ko je izvršio ili naručio Farmerovo ubistvo, nije obavezno imao nešto protiv njega lično nego je shvatio da će, ubijajući osobu koja bi sigurno bila veliki deoničar, možda ubiti i projekat? Da li je moguće da je Farmerovo ubistvo bilo samo neka vrsta cinične poslovne manipulacije? Zasad sam ostavio tu ideju da se krčka u pozadini i usredsredio sam se na trenutna pitanja.

– Sigurno ću dati sve od sebe da otkrijem ko je ubio Džonatana Farmera. Shvatio sam da je inspektor Vinči usred razgovora s čovekom koji je viđen nekoliko sati nakon ubistva, u iznajmljenim kolima parkiranim nedaleko odavde. Zadnja kapija je bila otvorena, tako da je možda ušao tuda i izvršio ubistvo, ali uveren sam da je mogao to da uradi samo uz pomoć nekog iznutra. Ako sigurno želite da se bavim ovim, biće mi potrebno vaše odobrenje da sednem i razgovaram sa svim gostima... uključujući vas dvoje, nažalost. Siguran sam da se to nikom neće svideti, ali objasniću im da pokušavam da utvrdim ko je gde bio u koje vreme. Onda ću pitati svakog da li je video ili čuo nešto ili nekog što bi moglo da pomogne u istrazi. Na taj način ću moći da stvorim sliku kako je ubica mogao da dobije pristup Farmeru i ostane neprimećen. Da li vam to odgovara?

Klimnuo je glavom. – Nema problema. Radite ono što morate.

– Sjajno. Možda biste bili dovoljno ljubazni da kažete svima da ste me zamolili da uradim to, pa će možda biti spremniji na saradnju. Nema potrebe da naglašavam, ako neko od njih odbije da razgovara sa mnom, ja tu ne mogu ništa. Dani glavnog inspektora Armstronga davno su prošli.

– Sigurno ću reći svima večeras; verovatno je najbolje za večerom. Hoćete li nam se pridružiti? Večera je u osam.

– To je vrlo ljubazno, ali ne, hvala. Ne želite da vas gnjavim. – Zastao sam i malo razmislio, a onda se predomislio. – U stvari, kad bolje razmislim, verovatno bi bila dobra ideja da vam se pridružim večeras. To će mi omogućiti da pogledam lica ljudi za stolom. Video sam nekoliko hladnokrvnih ubica u životu, i retki od njih su bili u stanju da izgledaju opušteno, smireno i pribrano nekoliko sati nakon ubistva... posebno na ovako primitivan i varvarski način. Samo još nešto: pitao sam se da li je moguće da zamolite Rokija da večeras posluži hranu na okruglom stolu. Tako ću moći da vidim svačije lice. Nikad se ne zna, možda uočim nešto. – Slegnuo sam ramenima. – Vredi pokušati. U stvari, da li biste mogli da odložite objavu da ću ispitivati ljude do kraja obroka, u nadi da će se naš ubica uljuljkati u lažnom osećaju sigurnosti? A onda, kad im se budete obratili, recite da ću razgovarati sa svima sutra ujutro. Ja ću sesti i spremiti spisak imena i spisak vremena za vas, kako bi ljudi znali kad želim da razgovaram s njima. Recimo da ću obavljati razgovore u malom salonu. Da li je to u redu?

Klimnuo je glavom. – Zvuči mi dobro. Tako ćemo uraditi, gospodine Armstrong. – Oklevao je. – Da li bi vam smetalo da vas zovem Den? Znate da sam ja Malkolm, a ovo je Melani. Mislim da ne moramo da razgovaramo zvanično, posebno nakon onog što se dogodilo.

– Den je u redu, hvala. Sad moram da idem i sperem zatvorski smrad sa sebe. Vidimo se kasnije.

Oskar i ja smo se vratili u stan, gde je on odmah otišao do svoje kosti i nastavio da je glođe. Svukao sam se i istuširao, osećajući se mnogo bolje nakon toga. Imao sam lud dan i, mada sam smatrao razumnim da prihvatim Malkolmov poziv za večeru sa ostatkom grupe, u normalnim okolnostima bio bih oduševljen da pojedem laganu večeru, odem u kratku šetnju sa Oskarom i legnem rano. Kao što me je bivša žena često podsećala, nisam više bio dvadesetogodišnjak.

Večera je ponovo poslužena na terasi. Otišao sam do vile i promolio glavu kroz kuhinjska vrata negde pre osam, držeći koleno čvrsto ispred Oskara, čiji se nos trzao iako je proveo sat vremena smanjujući kost na delić prvobitne veličine. Antonela i Roki su bili tu i izašli su da razgovaraju sa mnom, dok je Emil izgledao zauzet kuvanjem.

Antonela me je zagrlila. – Tako mi je drago što je policija shvatila svoju grešku i pustila vas, Dene. Stvarno ne znam šta taj glupan misli da radi: prvo Roki, a onda vi. – Utišala je glas. – Da li stvarno mislite da je neko iz ove vile mogao da ubije tog mladića?

Mada sam devedeset odsto bio siguran da je odgovor da, odlučio sam da se ne izjašnjavam. – Moguće je, ali postoji i mogućnost da je neko prošao kroz onu kapijicu.

– Ali bila je zaključana, makar kad sam proveravao u nedelju! – Roki je odlučno odmahnuo glavom. – A pored toga, čak i da je neko uspeo da preskoči zid ili otvori kapiju, kako je mogao da uđe u vilu? Prozori u prizemlju su bili zatvoreni, a kad sam jutros proveravao, nisu bili provaljeni. To se odnosi i na vrata. – Pogledao je svoju ženu. – Jedini način da ubica uđe bio bi uz pomoć nekog odavde, pa čak i ako ta osoba nije ubola žrtvu, to znači da je neko odavde saučesnik u ubistvu.

Klimnuo sam glavom, ohrabren onim što je rekao. Da su on ili njegova žena ubeđeni ili podmićeni da puste ubicu, sigurno ne bi govorio tako. Naravno, to je mogla da bude prevara, ali nekako sam već odbacio to dvoje i kuvara, baš kao što sam odbacio Malkolma Derbija, kao moguće sumnjivce. Napokon, Derbi mi je upravo rekao da nastavim istragu, što bi bilo čudno da je on ubica. Takođe, nisam video Melani ili Juženi kao ubice, mada sam sinoć stekao utisak da nijedna od njih nije volela žrtvu. Kladio sam se na švajcarski bračni par, kanadskog naftnog tajkuna, Gasa Korniša, Pirsa, opersku pevačicu – ili nekog plaćenog ubicu koga je poslao njen podmukli muž, a kojem je ona pomogla – ili, nažalost, Virdžiniju. Samo sam se molio da se ispostavi da to nije bila ona... zbog njene mame i, naravno, zbog sebe.

– Mislim da ste u pravu, Roki. Sad moramo da otkrijemo ko je to bio. Kad sam bio mlad detektiv, naučio sam da razmotrim svaki slučaj iz tri ugla: da li je počinilac imao motiv, sredstva i priliku? Drugim rečima, osim u slučajevima potpuno nasumičnih ubistava, ljudi uvek ubijaju iz nekog razloga... ne obavezno prihvatljivog, naravno, ali prihvatljivog za ubicu. To znači da ovde postoji neko ko je imao motiv da ubije gospodina Farmera. Što se tiče sredstava, svako od nas je mogao da uzme jedan od noževa iz muzičke sobe i ubode ga. Da bismo otkrili ko je imao priliku, sutra ujutro ću sesti sa svima i videti gde su bili sinoć. Tražiću nekog ko je imao priliku da uđe u Farmerovu sobu, ubode ga i ode neprimećeno, ili ko je mogao da pusti pravog ubicu. – Oboje su mudro klimnuli glavom i mahnuo sam im, i otišao na terasu.

Obradovao sam se kad sam video okrugli sto s jedanaest pribora za jelo. Koliko sam video, svi su se već okupili na terasi. Većina ljudi se nije trudila da se dotera za ovu priliku, mada je pratilja Antoana

Dižardena, Jůženi, nosila suknju koja je bila malo duža od kaiša, i tesnu bluzu koja je malo toga prepuštala mašti. Srećom, Oskar, koji je obično voleo dame, nije pokušao da ode i pozdravi je, a i bolje je tako, s obzirom na dužinu njene suknje i visinu njegove hladne, vlažne njuške.

Uzeo sam čašu hladne mineralne vode s poslužavnika na stočiću sa strane. Hteo sam da budem siguran da će mi mentalne sposobnosti ostati na vrhuncu ove večeri, za slučaj da neko od prisutnih kaže ili uradi nešto što bi moglo da ga inkriminiše. Dok sam je pijuckao, Pirs je prišao da razgovara sa mnom.

– Čuo sam šta vam se juče dogodilo. Šta se, dođavola, događa? Da li je taj inspektor potpuno poludeo? Pitam se koga li će uhapsiti sledećeg. – Rekao je to polušaljivim tonom, ali osetio sam pravu zabrinutost iza njegove opuštenosti. Da li to znači da mladi Pirs, ispod svoje crne spoljašnjosti, krije nešto? Slegnuo sam ramenima.

– Ne znam ništa više od vas, Pirse. Inspektor Vinči radi na uvrnute i čudne načine. Čuo sam da trenutno obavljaju detaljnu autopsiju, što možda dovede do nekih novih informacija, ali zasad mogu sa sigurnošću da kažem kako mi izgleda da je neko iz vile izvršio ubistvo ili omogućio nekom spolja da uđe i izvrši ga.

Izraz na njegovom licu promenio se od zabrinutosti do neskrivenog straha. – Kažete da je ubica možda i dalje među nama? – Pogledom je preleteo preko lica ostalih, kao i ja, ali nisam primetio nikakve tragove krivice. Ako je ubica bio stvarno neko od tih ljudi, onda su ona ili on to veoma uspešno prikrivali.

14.

Utorak uveče

Roki je došao da nam kaže kako je večera poslužena i svi smo zauzeli mesta za stolom. Pomišljao sam da napravim plan sedenja koji bi mi omogućio najbolji pogled na ljude koje sam smatrao najsumnjivijima, ali, kako se ispostavilo, nije bilo potrebe. Odabrao sam da sednem levo od Melani i desno od Pirsa. Tako sam mogao da vidim lica gotovo svih prisutnih, u izvesnoj meri, a posebno lica kanadskog para, švajcarskog bračnog para i Gasa Korniša. Virdžinija je bila jasno vidljiva iza Malkolma, desno od mene, ali nisam mogao da vidim celo njegovo lice, a isto se odnosilo i na Elenor Lenard, koja je sedela s druge Pirsove strane.

Antonela je donela italijansko predjelo. Ne francusko... italijansko. Očigledno je Emil prihvatio činjenicu da je sad u Italiji i rezultat je bio spektakularan. Napravio je svoju verziju brusketa, dodajući komade hleba prekrivene ukusnom mešavinom morskih plodova, uz malo guščje džigerice i rendanih tartufa, kao i tradicionalne toskanske dodatke u obliku seckanog paradajza i pileće jetrene paštete. Poslužio ih je uz salatu od sveže artičoke i izbor salama i šunke. Dok sam žvakao te poslastice, povremeno sam bacao grisine Oskaru – uglavnom da ne bi balavio po Melaninim cipelama – i gledao oko sebe. Da li sam večerao sa ubicom i, ako jesam, ko je to bio?

Juženi i Gas su se upustili u razgovor – pa, da budem iskren, uglavnom je on govorio, a ona je povremeno klimala glavom – i oboje su izgledali relativno opušteno. Antoan Dižarden je veći deo večeri proveo šaljući i primajući SMS-ove. Izgledao je napeto, ali nisam ga dovoljno dobro poznavao da bih rekao da li je to normalno ili nešto više. Večeras je gospodin Baumgartner – „zovite me Erih" – ponovo dao sve od sebe da popije sva vina iz podruma i nastavio je da priča šale i anegdote kao sinoć. Možda sam bio previše strog, ali morao sam da razmišljam o tome da je, manje od dvadeset četiri sata ranije, ovde izvršeno ubistvo. Blizina nasilne smrti ume svakog da uznemiri. Njegova žena, koja je sedela kraj njega, i koja je verovatno imala neko ime ali se odazivala samo na gospođa Baumgartner, grickala je hranu, pijuckala mineralnu vodu i povremeno mrko gledala muža. To je uglavnom radila i sinoć, i nisam video nikakvu promenu njenog izraza lica, koja bi nagovestila krivicu.

Tu su bile Elenor Lenard i Virdžinija, i obe su izgledale veoma zabrinuto. Naravno, rekao sam sebi, znale su da su u kući u kojoj se dogodilo surovo ubistvo, a obe su sigurno bile dovoljno inteligentne da shvate kako sad možda sede za stolom sa ubicom. Elenor, ili „gospođica Lenard", kako ju je Malkolm zvao, izgledala je kao da joj je neprijatno. Dan je bio vreo, a veče toplo, ali to nije moglo da objasni graške znoja na njenom čelu. Da li postoji neki zlokobniji razlog za to? Što se tiče Virdžinije, izgledala je potpuno slueno. Lice joj je bilo bledo, oči crvene, a divna kosa, koja je bila pažljivo očešljana sinoć, sad je bila skupljena u punđu na potiljku. Nije bilo sumnje, izgledala je sumorno.

Naravno, rekao sam sebi, ne samo što je spavala u sobi pored ubijenog nego je bila i bliska – mada nisam znao koliko – sa žrtvom. Bilo je vidljivo da je plakala. Da li je to bio bol zbog gubitka dobrog šefa, ljubavnika, ili neka vrsta izražavanja žaljenja zbog nečeg što je uradila? Bilo mi je drago što Ana nije tu večeras jer sam bio siguran da bi naslutila kako sumnjam u njenu ćerku. Moja veza sa Anom odvijala se veoma dobro, ali nisam bio u zabludi da, ukoliko bi naslutila da razmišljam kako je njena ćerka ubica, to ne bi unapredilo naše odnose.

Na kraju su ostali Melani i Pirs. Setio sam se načina na koji je sinoć izgledalo da ga ona privlači, ali nisam video kako ga simpatije prema šefovoj ženi čine sumnjivim za ubistvo nekog nepovezanog milijardera. A što se tiče Melani, gotovo da nisam sumnjao u nju, ali na trenutak sam odlučio da razmotrim i drugu stranu. Bila je privlačna žena i verovatno sličnih godina kao žrtva. Da li je moguće da su njih dvoje bili u nekoj vezi? Šta ako je on bio u vezi s njom i odbacio ju je? Da li bi to bio dovoljan motiv da ga ubije? Ozbiljno sam sumnjao u to, ali shvatio sam kako je bolje da proverim koliko je poznavala žrtvu pre nego što sutra ujutro budem razgovarao s njom.

Nakon predjela je doneta mešana salata s vrlo francuskim vinegretom, a onda riba u glatkom sosu od buđavog sira, uz pečene mlade krompire začinjene ruzmarinom. Uživao sam u svakom zalogaju i radovao sam se unapred Emilovom desertu, kad me je neki glas s druge strane stola zaustavio u razmišljanju.

– Hej, ljudi, jeste li videli ovo? – Bio je to Antoan Dižarden, koji je pokazivao svoj telefon. – Nalazimo se na svim naslovnim stranama.

– Šta? – Malkolm Derbi je zvučao zaprepašćeno koliko i ja. I dalje sam razmišljao kako su, zaboga, novinari saznali vest, a onda je on postavio pitanje koje me je mučilo. – Kako su, dođavola, saznali? – Okrenuo se prema meni i upitno me pogledao. – Imate li neke ideje, Dene?

Razmislio sam pre nego što sam odgovorio. – Pretpostavljam da je moguće da je inspektor Vinči odgovoran. Sigurno ima neobičan detektivski stil. Da sam na njegovom mestu, ne bih rekao ni reč novinarima pre nego što bih imao neke konkretne tragove, i ne pre nego što budem imao počinioca u pritvoru. – Pogledao sam prisutne, primećujući samo iznenađenje i brigu. Da li je tu vest novinarima preneo Adolfo, drvena peć? S druge strane, da li je to uradio neko od ljudi za stolom? Sigurno nije. Tad mi je palo na pamet da je tu bio i čovek u srebrnom fijatu. Možda ta kola nisu pripadala plaćenom ubici nego nekom novinaru koji je nekako saznao za ovaj sastanak i došao po udarnu vest. Pa, ako je tako, izgleda da je postigao svoj cilj.

Pogledao sam lica oko stola i na gotovo svim sam video bes. Elenor Lenard je izgledala posebno zgranuto, i bio sam siguran da sam video strah na njenom licu. Strah od koga ili čega? Muža, možda. Bio ga je glas da je povučen i da voli privatnost, pa možda to što vidi ime svoje žene kao osobe umešane u ubistvo na naslovnim stranama, ili možda sumnjive osobe, ne bi bilo dobro primljeno u Grčkoj.

Njen strah je možda imao veze sa očekivanom muževljevom reakcijom. Dok sam gledao iskosa, učinilo mi se da sam video tračak krivice na Pirsovom licu, ali pošto je sedeo pored mene, nisam mogao dobro da vidim pre nego što se okrenuo. Da li je možda dopunjavao svoju platu prodajom informacija nekom iz medija?

Desert je bio domaći krem od karamela, uz domaće rolnice punjene šlagom. I dalje sam intenzivno razmišljao o posledicama curenja vesti i jedva sam probao desert, mada sam bio siguran da je bio ukusan. Ono što me je sad ozbiljno brinulo bilo je što je vila imenovana u članku, i postojala je realna opasnost da međunarodna rulja novinara i paparaca počne da nas opseda. Do zore će nebo iznad biti ispunjeno dronovima, koji snimaju sve što se događa ovde, i taj zid od tri metra možda više neće biti nepremostiva prepreka.

Čim sam pojeo desert, izvinio sam se i ustao, tiho podsećajući Malkolma da najavi kako će se razgovori obaviti ujutro, čim ja napustim sto. Nakon vrlo kratke šetnje sa Oskarom, vratio sam se u stan i izvadio laptop, odlučan da uradim nešto što je trebalo da uradim ranije. Inspektor Vinči mi je rekao da se čovek u srebrnim kolima zove Lorens Batler, a pretraga na *Guglu* gotovo trenutno je otkrila američkog novinara istog imena. Otvorio sam njegovu stranicu na *Fejsbuku* i shvatio da je to naš čovek. Opisao je sebe kao slobodnog istraživačkog novinara, a njegove objave sastojale su se od desetina novinskih članaka s njegovim potpisom – iz novina u Sjedinjenim Državama, Kanadi i Velikoj Britaniji – iz poslednjih nekoliko godina. Još nije bilo pomena *Vile Gregori*, ali verovatno je još slavio svoj uspeh.

Kad sam pogledao naslovne strane sutrašnjih novina, na većini sam video arhivske fotografije Džonatana Farmera, a u nekoliko tabloida pronašao sam fotografije vile, mada nisam video i njeno ime. Uvećao sam te slike i pažljivo ih pogledao. Koliko sam video, bile su napravljene iz izvesne daljine – sasvim moguće s vrha zida negde oko kopije Krivog tornja. Bio sam pomalo iznenađen. Sigurno je Batler, ako je uspeo da prođe kroz kapijicu u dvorište, mogao da napravi neke fotografije iz veće blizine i, uistinu, fotografiše prepoznatljiva lica ljudi na terasi. Na ovoj fotografiji videlo se samo nekoliko prilika na terasi, a nijedna nije bila prepoznatljiva. Šta je to značilo? Možda na kraju nije ušao kroz tu kapiju? Ali ako on nije, ko jeste? Ili je, uistinu, to samo bio način odvlačenja pažnje, koji je smislio pravi ubica?

Nemoćno sam frknuo i zavalio se u stolicu. Oskar je podigao pogled sa svoje kosti i upitno me pogledao. Odmahnuo sam glavom.

– U redu je, kuče, možeš da se posvetiš hrani.

Umiren, vratio se na posao. Što se tiče mene, tu nemoć nije izazvala samo činjenica da su sad svi znali da je Farmer ubijen i da su uključena neka velika imena. Drugi razlog za nemoć bio je što sam se uzaludno nadao da je vozač srebrnog fijata imao neke veze sa ubistvom. Sad je izgledalo da to verovatno nije istina, i sve više je izgledalo da je ubica neko od ljudi iz vile. Naravno, to nije bilo potpuno sigurno. Setio sam se tipa po imenu Džeremi Bent, od pre desetak godina, koji je živeo u skladu sa svojim prezimenom.[1] Taj samozvani novinar je izvršio niz pljački širom Londona s ciljem da se pokaže kao sjajan u svom poslu, kao neko uvek ispred rivala sa otkrićem i pričom. Konačno smo ga uhvatili, ali protraćio nam je mnogo vremena i bili smo srećni kad je otišao u zatvor na izvestan broj godina.

I dalje sam razmišljao o tome zašto je ta mala kapija bila otvorena. Ako se u naredna dvadeset četiri sata ne pojave kompromitujuće fotografije, bio sam sve više uveren da čovek iz srebrnog fijata nije prošao tuda. Da li je kapija bila otvorena da bi plaćeni ubica ušao, ili ju je otvorio pravi ubica iznutra, samo da ometa istragu?

Telefon mi je zazvonio i video sam da je to Ana. Javio sam se i potrudio da zvučim opušteno i veselo... što nije bilo lako nakon popodneva u pritvorskoj ćeliji.

– *Ciao, bella*. Kako si? Pokušao sam da te pozovem ranije ali bila si nedostupna.

– Bila sam zauzeta, ali sam dobro. Zanima me kako stoje stvari kod tebe?

Ukratko sam joj prepričao današnje događaje i bila je očekivano zaprepašćena, posebno kad sam joj rekao da sam proveo nekoliko sati u ćeliji.

---

[1] Engl.: *bent* – nepošten, iskvaren. (Prim. prev.)

– Taj inspektor mora da je potpuni idiot! Kako bi neko mogao tebe da optuži za ubistvo?

– Ubica ima svuda, čak i u policiji, ali drago mi je što misliš da ja to ne bih mogao da uradim. Nadam se da i tvoja ćerka misli isto.

– Kako je ona? Pokušala sam da je pozovem nekoliko puta večeras, ali nije se javila.

– Imali smo zajedničku večeru i pretpostavljam da je ostavila telefon u svojoj sobi ili isključila zvono. Pretpostavljam da je sad ponovo u svojoj sobi. Zašto je ne bi ponovo pozvala? – Nisam hteo da je brinem, ali mislio sam kako je bolje da je pripremim za ono što je čeka. – Izgledala je prilično smrknuto večeras, jadnica. Od svih ljudi ovde, ona je najbolje poznavala ubijenog, i siguran sam da je i dalje u šoku. – Voleo bih da pitam Anu da li zna koliko je Virdžinija bila bliska sa svojim šefom, ali uplašio sam se. Kako se ispostavilo, na osnovu onog što je njena mama zatim rekla, to ne bi mnogo pomoglo.

– Nikad ga nisam upoznala, a ona nije mnogo pričala o njemu, ali na osnovu nekih komentara, nije joj se sviđao. Kazala je da je, iako genijalan, bio uobražen, nepopravljiv ženskaroš i mislila je da se drogira.

– Bojim se da je patolog potvrdio da je sinoć uzimao kokain sa alkoholom. – Dao sam sve od sebe da zvučim umirujuće. – Gotovo je sigurno bio u nesvesti kad je uboden, tako da nije ništa osetio.

Na trenutak je izgledalo da sam zvučao suviše umirujuće. – O, Dene, kako možeš tako mirno da pričaš o tako varvarskom činu? To je grozno.

– Znam, znam, izvini, ali čovek se navikne na sve. U svakom slučaju, zašto ne bi pozvala Virdžiniju? Siguran sam da bi joj dobro došlo malo majčinske podrške. Mada smo danas malo razgovarali, očigledno joj nisam previše drag, inače bih otišao i pokušao da je lično utešim. Daj joj moj broj telefona i kaži joj da me pozove ako joj nešto treba ili želi da razgovara o nečem. Obećao sam gospodinu Derbiju da ću dati sve od sebe da pronađem počinioca. Kaži joj da se ne brine.

– Uradiću to, ali budi oprezan, Dene. Ako je ubica i dalje u vili, i zna da ti njuškaš naokolo, možda postaneš naredna žrtva.

Stvarno to nisam smatrao ozbiljnom mogućnošću sve dosad, i razmislio sam nakratko o tome, nevoljno prihvatajući kako postoje izgledi da je u pravu. Dao sam sve od sebe da zvučim još više umirujuće kad sam odgovorio.

– Biću dobro. Znaš me, Ana; imam devet života... kao mačka. – Pogledao sam Oskara u trenutku kad sam rekao reč na „m", ali on je uskoro usmerio pažnju ka ostatku jagnjeće kosti.

– Ne šali se s tim stvarima, Dene. Čuvaj se.

– Hoću, obećavam.

15.

Utorak kasno uveče

Dvadesetak minuta kasnije Oskar je iznenada ostavio ostatke kosti i ustao. Krenuo je prema stepenicama, kad sam začuo kucanje na vrata u prizemlju. Nije nasledio od svojih predaka mnogo tih gena pasa čuvara, tako da me je pogledao kao da kaže: *Hajde, de, otvori.*

Sišao sam u prizemlje i kad sam otvorio vrata zatekao sam Virdžiniju kako stoji ispred. Prijateljski sam joj se osmehnuo i pozvao sam je da uđe. Verovatno ju je mama ubedila da dođe i zatraži pomoć. – Uđi, idi na sprat. Oskar će se oduševiti kad te vidi, ali suviše je lenj da siđe kako bi te pozdravio.

Stajao sam na jednoj strani malog predvorja, dok je prolazila kraj mene i pela se do stana. Oskar je, dotad, shvatio da nas je posetila neka žena i počeo je energično da maše repom. Pratio sam Virdžiniju na sprat i zatekao sam je kako čuči nasred sobe i češka mog srećnog labradora. Odlučan da zadržim veseo ton, pokazao sam na Oskara.

– Ako ga pomaziš po ušima, biće ti prijatelj do kraja života. A možeš i da mu daš hranu. I to izgleda deluje. – Otišao sam do čajne kuhinje. – Želiš li nešto za piće? Upravo sam hteo da skuvam sebi čaj. Pravi engleski. Kupujem ga u jednoj prodavnici u Firenci.

Pogledala me je i sigurno mi se učinilo da sam video naznaku nervoznog osmeha na njenom licu. – Šolja čaja bi mi prijala, hvala.

Bavio sam se pravljenjem čaja dok je ona sedala na sofu, sa Oskarom srećno pruženim kraj njenih nogu. Namerno nisam ništa govorio dajući joj vremena da se opusti. Osim što je bila uznemirena zbog nedavnog ubistva, znao sam da joj nije lako da sedne i pije čaj s muškarcem koji je, u njenim očima, zamenio njenog oca. Kad sam skuvao čaj, poneo sam dve šolje i spustio sam ih na niski stočić, sedajući na stolicu naspram nje, kako se ne bismo gurali. Sačekao sam tridesetak sekundi pre nego što sam pokušao da zapodenem razgovor.

– Baš zanimljiv dan, zar ne?

Podigla je pogled sa čaja. – Mama mi je rekla da ste bili u zatvoru nekoliko sati tokom popodneva. Nisam znala... žao mi je.

– Ispostavilo se da je na kraju sve bilo u redu. – I dalje se trudeći da zvučim veselo, dodao sam: – A pored toga, uvek je dobro videti drugu stranu medalje. Bog zna da sam poslao dovoljno ljudi u zatvor u svoje vreme.

– Da li ste uživali da budete policajac?

Bio sam iskreno iznenađen. To je zvučalo kao pokušaj počinjanja razgovora. Nisam znao šta da očekujem kad sam joj otvorio vrata, ali to nije bilo ovo. Pokušao sam da iskreno odgovorim.

– To je težak posao. Radno vreme je surovo, a neke od stvari koje vidiš kao detektiv u odeljenju za ubistva još su surovije... i besmislenije. Ima nekih vrlo loših ljudi, ali zločine uglavnom izvršavaju sasvim normalni ljudi poput tebe i mene, koje su okolnosti naterale na to. – Video sam je kako klima glavom, izgleda saglasna, pre nego što je ponovo pogledala u pod, i obuzeo me je neki zlokoban osećaj. Da li je došla da olakša savest, možda da prizna ubistvo svog šefa? Dajući sve od sebe da odagnam takve misli, makar zasad, nastavio sam da pokušavam da odgovorim na njeno pitanje. – Kako ono kažu u filmovima? „To je prljav posao, ali neko mora da ga radi." To nije uvek prljav posao ali, da odgovorim na tvoje pitanje, uživao sam u tome jer sam mislio da radim nešto važno. To je važan posao, zar ne?

Ignorisala je moje pitanje i samo je sedela čitav minut pre nego što je podigla oči prema meni. – To sam mogla da budem ja.

Sedeo sam i čekao da kaže još nešto, ali očigledno joj je bilo teško, i pokušao sam da joj pomognem. – Šta si mogla da budeš, Virdžinija? Hoćeš da kažeš da misliš kako su mogli da ubiju tebe umesto Džonatana Farmera?

I dalje me je gledala u oči, ali video sam da joj misli lutaju. Na kraju je progovorila. – Ne, mislim da sam ja mogla da ga ubijem.

– Zašto to kažeš? – Trudio sam se da govorim tiho kako joj ne bih prekinuo tok misli. Nestrpljivo sam čekao njen odgovor, hrabreći se činjenicom da je izgledalo kako govori da nije izvršila ubistvo. Ali šta je mislila? Morao sam da sačekam još malo, ali kad je konačno progovorila, gledala je negde iznad mog levog ramena, u prazno. Kao da razmišlja naglas.

– Džon je bio čudovište. – Odmah je zaćutala i ispravila se. – Ne, to nije pošteno; mogao je da bude dobar, čak ljubazan, i nema sumnje da je verovatno bio jedan od najgenijalnijih ljudi koje sam upoznala u životu, ali imao je mračnu stranu, vrlo mračnu, posebno kada su u pitanju žene ili novac. – Zaćutala je ali nisam ništa rekao, dozvoljavajući joj da ne žuri. Nakon nekoliko trenutaka, trgla se i pogledala me je u oči. – Nisam glupa. Znam dobro zašto je Džon insistirao da pođem s njim ove nedelje. Da, govorim italijanski, ali njuškao je oko mene nedeljama, mesecima, otkako sam počela da radim za njega, i sigurna sam da je ovo video kao priliku da dovrši započeto.

– Misliš da te je doveo da bi imao seks s tobom?

Klimnula je glavom. – Bez sumnje, ali poruka koju sam pokušala da mu prenesem bila je da nisam zainteresovana. Sigurna sam da ima mnogo žena koje bi ga smatrale privlačnim, i mnogo žena koje bi smatrale njegove milione *veoma* privlačnim, ali, kao što sam rekla, ne i ja.

– Pa, svaka ti čast. – Trudio sam se da govorim tiho kako je ne bih prekinuo. Imao sam osećaj da znam šta će uslediti, tako da sam dao sve od sebe da je podstaknem. – Da li bi htela da mi ispričaš šta se dogodilo sinoć? – Nije pokušala da odgovori, i ponovo sam pokušao. – Primetio sam stolicu zaglavljenu između vrata njegove i tvoje sobe. Da li je pokušao da uđe u tvoju sobu?

To ju je očigledno iznenadilo i video sam kako je razrogačila oči. – Videli ste to?

Ponovo je zaćutala, i još malo sam je podstaknuo. – Šta se dogodilo s gornjim dugmetom tvoje pidžame? Da li si ga samo izgubila ili je otkinuto?

Video sam da sam rekao pravu stvar. – On je to uradio. – Duboko je udahnula i započela priču. – Otišla sam sinoć u svoju sobu, nedugo nakon što ste odveli Oskara u šetnju. Htela sam da legnem kad je neko pokucao na vrata... spoljna, ne između soba. Već sam bila zaglavila stolicu ispod njih, za svaki slučaj. Otključala sam vrata i odškrinula ih kako bih mogla da provirim i vidim ko je. Bio je to Džonatan. A onda je odgurnuo vrata, i uleteo unutra. Bio je očigledno stondiran i imao je zastrašujući pogled... oči su mu bile razrogačene, izbuljene. – I dalje je gledala pravo u mene, i prvi put sam video iskrena osećanja na njenom licu. – Ukočila sam se od straha; bila sam užasnuta, potpuno užasnuta.

– Mogu da zamislim. I šta se dogodilo s dugmetom?

Klimnula je glavom i pogledala u pod. – Pokušao je da mi strgne gornji deo pidžame i ogrebao me je pritom. Bila sam sigurna da će me silovati... – Glas joj je zamro i čuo sam uplašenu devojčicu u telu te odrasle žene. Iako nije bila moja ćerka, osetio sam kako pravi bes raste u meni.

– Ali nije...

Odmahnula je glavom i onda me ponovo pogledala, ovoga puta sa odlučnim izrazom koji me je tako mnogo podsetio na njenu majku, i gotovo sam ispružio ruke i zagrlio je. – Ne, nego šta nego nije. Išla sam na kurs samoodbrane u lokalnoj vežbaonici pre nekoliko godina, i znala sam šta da radim. Odmakla sam se jedan korak od njega i šutnula ga u međunožje što sam jače mogla. – Blesak zadovoljstva joj je prešao preko lica. – Presamitio se i pao na kolena, glasno dahćući. Uhvatila sam ga za kosu i naterala da puzi po podu dok nije izašao iz moje sobe i onda sam ga ostavila u hodniku, na sve četiri, zalupila vrata i zaključala ih.

Odupirući se porivu da je uhvatim za ruke i stegnem ih, zadovoljio sam se širokim osmehom. – Ista si majka, nego šta. Bravo. – Osećao sam se oduševljeno, ne samo zato što sam čuo priču o njenoj rešenosti i snalažljivosti nego i jer mi se sve više činilo kako nema šanse da je ona ubica. Ipak, morao sam da se uverim. – I jesi li ga videla ponovo?

– Ne, nije pokušao da se vrati. – Onda se izraz njenog lica promenio od zadovoljnog u nešto ozbiljnije. – Problem je, kao što sam rekla ranije, ono što sam osetila kad me je napao, i da sam imala nož u ruci, nemam nikakve sumnje da bih ga zarila u njega, bez imalo kajanja. – Na licu joj se pojavio užas. – Mogla sam lako da izvršim ubistvo. Možete li da zamislite kako sam se zbog toga osećala, kako se i dalje osećam?

Polako sam klimnuo glavom. – Možda će te iznenaditi, ali mogu da zamislim, ne samo zato što sam u svojoj policijskoj karijeri naišao na mnogo slučajeva ubistva u sličnim okolnostima nego jer sam se i sâm našao u takvoj situaciji. – Sad je bio red na mene da razmislim šta ću reći. Palo mi je na pamet da ću joj kazati nešto što je znala samo jedna osoba: vodnik Bruno Džejms, moj zapovednik u to vreme, pre trideset godina. Nikad to nisam nikom ispričao, čak ni svojoj bivšoj ženi ili Ani, ali nekako sam znao da moram da podelim to s Virdžinijom da bih joj pomogao i, ko zna, možda pomogao i sebi.

– Imao sam možda dvadeset pet godina, bio sam mlađi nego ti sad, i tek sam tri godine radio u policiji. Ljudi iz jednog stana na osmom spratu stambene zgrade u jugoistočnom Londonu pozvali su policiju jer su čuli vrištanje iz susednog stana. Kad smo stigli tamo, grupica ljudi bila je u hodniku, a vrištanje iz stana bilo je jezivo. Provalili smo vrata i zatekli poludelog narkomana kako bije i ubada neku devojku, staru oko dvadeset godina. Krv je bila posvuda, lice joj je bilo užasno povređeno, i videlo se da trpi veliki bol. Skočio sam na tog tipa i pokušao sam da mu oduzmem nož i, na tren, kad sam uspeo da ga oborim na pod i otrgnem mu nož, uzeo sam taj nož i zamalo sam ubo tog prokletnika. Pre nego što sam stigao išta da uradim, moj vodnik se sagnuo i nežno mi uzeo nož iz ruke. Da nije uradio to, iskreno, ne znam šta bi se dogodilo. – Potisnuo sam drhtaj kad sam se setio toga. – I da, mislim da znam kako se osećaš.

Dve stvari su se dogodile jedna za drugom. Prvo, osetio sam neki pokret kraj svojih nogu i jedna velika, crna šapa, praćena dlakavom njuškom, spustila mi se u krilo kad je Oskar shvatio da mi je potrebno malo pseće podrške. Nekoliko trenutaka kasnije, Virdžinija se nagnula napred i uhvatila me za ruke. Uputila mi je osmeh, pravi i iskren osmeh.

– Hvala vam, Dene.

To je bilo sve što je rekla, ali znao sam da smo došli do prekretnice.

Prema prećutnom sporazumu, ćutali smo dok smo pili čaj. Oskar, uveren da je uradio šta je trebalo, otišao je do kamina i nastavio da uništava ostatke jagnjeće kosti. Kad smo oboje poželeli da razgovaramo, pitao sam Virdžiniju da li je videla ili čula nešto tokom noći, ali nije mogla da mi pomogne. No rekla je da nije mogla da zaspi najmanje dva sata nakon onog što je preživela. Na osnovu onog što je patolog rekao, to je značilo da je ležala budna dok se odigravalo ubistvo s druge strane vrata, a nije ništa čula. Pod pretpostavkom da govori istinu – a sad sam bio znatno uvereniji da je tako – to je dodatno potvrđivalo pretpostavku da je žrtva ubijena dok je bila u nesvesti, tako da nije bilo vrištanja, povika ni zvukova borbe.

Kad je otišla, bio sam prilično uveren da sam se približio Aninoj odvažnoj ćerki i kako mogu da je uklonim sa spiska sumnjivaca, ali nisam bio ništa bliži otkrivanju identiteta ubice. Dok sam tonuo u san, uhvatio sam sebe kako razmišljam o onome što je Ana rekla. Da li je moguće da će ubica ponovo napasti i, ako je tako, da li bih ja stvarno mogao da mu budem meta?

16.

Sreda ujutro

U sredu je svanulo još jedno vedro i sunčano jutro. Uprkos mom strahu, nisam video ni traga nepoželjnim novinarima na kapiji niti dronovima na nebu iznad, i nadao sam se da će tako ostati. Oskar i ja smo otišli u malo dužu šetnju, ovog puta smo obišli polja oko zidova vile, i duboko sam udahnuo razmišljajući da će mi, ako ikad budem ponovo zatvoren, nedostajati ove šetnje u prirodi s četvoronožnim prijateljem. Na moje iznenađenje, kad sam se vratio na put, dvesta metara od glavne kapije, video sam dva policijska automobila kako izlaze iz dvorišta vile i vraćaju se u Pizu, sa upaljenim plavim svetlima. Požurio sam kroz kapiju i video jedna patrolna kola parkirana ispred glavnog ulaza. Nisam video nikog koga bih pitao šta se događa, pa sam krenuo ka kuhinji da pitam zašto se policija vratila. Roki mi je otvorio vrata i poštedeo me truda da pitam.

– Vidite ta policijska kola? On se vratio.

– Kad kažete „on"...

– Taj idiot od inspektora. On i njegovi ljudi su se pojavili ovde pre deset minuta i uhapsili su još jednu osobu. To je već treća! Ovog puta se šepurio i hodao naokolo kao petlić na vijagri.

To je zvučalo zanimljivo. Možda je autopsija otkrila neke značajne informacije. – I koga je sad uhapsio?

Njegov odgovor me je ostavio gotovo bez reči.

– Lepu crnokosu devojku; znate, pomoćnicu tipa koji je ubijen juče.

Osetio sam kako tupo zurim u njega. – Uhapsio je Virdžiniju? Zašto bi uradio nešto tako?

Slegnuo je ramenima. – Ko zna o čemu razmišlja naš prijatelj Adolfo? Možda su mu vile rekle, ili možda je odlučio da hapsi redom. Upravo sam rekao Antoneli da je verovatno ona sledeća.

Pogledao sam izbezumljeno oko sebe, a u glavi mi je kuvalo. Šta li je nateralo Vinčija da se okomi na Virdžiniju? To mora da je nešto što je otkriveno tokom autopsije. Setio sam se nečeg i pogledao Rokija. – DNK, kladim se da je to.

– Mislite da su pronašli njen DNK na Farmerovom telu? – Iznenađenje mu se pojavilo na licu. – Mislite da su on i ta devojka bili...

– Pokazao mi je nepogrešivi italijanski pokret stisnutom pesnicom, koji podrazumeva seksualni čin.

Odmahnuo sam glavom. – Ne, prema onom što mi je rekla sinoć, on je nije zanimao, ali sarađivala je s njim tako da je moguće da su na njemu pronašli njenu trepavicu ili dlaku. – A onda sam se setio nečeg. Kazala mi je da ju je ogrebao kad joj je pocepao gornji deo pidžame, pokušavajući da je siluje. Znao sam da je uobičajena praksa forenzičara da provere nokte žrtve i verovatno su pronašli nešto kože koju joj je zgulio. Bila im je potrebna samo mala količina. Policija je uzela uzorke DNK od svih u vili, u utorak ujutru, tako da im je bilo jednostavno da pronađu podudaranje.

Ovo je bilo ozbiljno. Bilo je jasno da je Virdžinija bila u najboljem položaju da izvrši to ubistvo. Zajednička vrata – otključana sa žrtvine strane – dala bi joj lak i neopažen pristup sobi. Pod pretpostavkom da su pronašli njen DNK na njemu, to bi jasno ukazalo na to da je Farmer bio u bliskom kontaktu s njom, a sud bi imao samo njenu reč da je on pokušao da napadne nju, a ne ona njega. Mogao bih da svedočim o onome što mi je ispričala sinoć, ali s obzirom na moju vezu s njenom majkom, to ne bi imalo veliku težinu. Prvi put je izgledalo da je inspektor Vinči izvršio hapšenje na osnovu dokaza. Pokušaj da se dokaže njena nevinost biće težak i po uznemirenosti koja mi se širila telom osetio sam još veći zaštitnički poriv prema njoj. Ali šta sam mogao da uradim?

Zahvalio sam se Rokiju na informaciji i krenuo sam kroz vilu, gotovo odmah naletevši na vodnicu Paolu Inočenti.

Osmehnula mi se. – Dobro jutro, komesare Dene. Jeste li čuli da inspektor misli kako je pronašao ubicu? – Na osnovu načina na koji je to rekla, stekao sam utisak da nije uverena da je njen šef pogodio ovog puta.

– Dobro jutro, da, Roki mi je preneo vesti. Problem je što se bojim da je inspektor ponovo pogrešio. Samo nagađam, ali hapšenje je obavljeno jer je autopsija otkrila DNK dokaze ispod žrtvinih noktiju?

Izgledala je iskreno iznenađeno... i zadivljeno. – Da, tragove kože koji pripadaju Virdžiniji Njuton. Zato je uhapšena, ali kako ste, za ime sveta, znali to?

Preneo sam joj ono što mi je Virdžinija rekla sinoć, o pokušaju silovanja i ogrebotini. – Poverovao sam joj. Bolje je da budem potpuno iskren i priznam da je ona ćerka moje devojke, tako da bih, u očima suda, bio nepouzdan svedok, ali iskreno joj verujem. Sad ću imati problema da dokažem njenu nevinost.

Saosećajno mi se osmehnula. – Moram priznati da je ni ja ne smatram ubicom, ali činjenica je da su DNK dokazi uverljivi.

Pogledao sam je u oči. – Pa, nemam mnogo mogućnosti. Pretpostavljam da inspektora ne zanima da dalje istražuje, tako da ja moram da otkrijem identitet pravog ubice.

– Ako mogu nekako da vam pomognem, hoću. – Bio sam ohrabren što je odgovorila tako brzo.

Nešto mi je palo na pamet. – To verovatno znači da ćete vratiti pasoše ljudima i dozvoliti im da odu?

Klimnula je glavom. – Idem u stanicu uskoro i nameravala sam da se vratim s pasošima pre ručka, baš kad inspektor završi ispitivanje svog najnovijeg sumnjivca.

– Postoji li neki način da odložite to do sutra? Nameravam da sednem i ispitam sve glavne sumnjivce ovog jutra, u nadi da ću iskopati nešto. Takođe, uz malo sreće, trebalo bi da mi se danas javi prijatelj iz Skotland jarda, tako da bih vam bio veoma zahvalan ako bi svi ostali ovde bar još jednu noć. Da li mislite da je to moguće?

Video sam je kako ozbiljno razmišlja. – Inspektor je otišao pre nekoliko minuta, govoreći da će, nakon ispitivanja, otići na ručak, a onda na partiju golfa... to je šifra za odlazak kući na dremku, i sumnjam da će se vraćati na posao do sutra ujutro. Rekao mi je da vratim pasoše danas, ali nije rekao tačno vreme. Šta ako ih vratim, recimo, oko devet ili deset uveče? I dalje ću ispuniti njegovo naređenje, ali nadajmo se da će tad biti prekasno za ljude da otputuju. Bojim se da je to najbolje što mogu.

– To je sjajno, hvala vam. Stvarno sam vam zahvalan. Smem li da vas zamolim za još jednu stvar i onda obećavam da ću vas ostaviti na miru? Kako je prošao razgovor sa američkim novinarom?

– Bez konkretnih rezultata, nažalost. Otvoreno je priznao da je pokušavao da špijunira ljude u vili, ali je insistirao da nije ulazio u dvorište. Kazao je inspektoru da nema pojma da postoji zadnja kapija, i rekao je da se samo popeo na neko drvo da slika preko zida. Prema rečima pozornika koji je bio s njima, inspektor mu je pretio na razne načine i uspeo je da ga uplaši, ali taj tip se držao svoje priče. Inspektor je, nevoljno, morao da ga pusti. Nema zakona koji brani hodanje po poljima ili penjanje na drveće. Ako iko u vili želi da ga tuži za ugrožavanje privatnosti, može to da uradi privatno. To ne spada u našu nadležnost.

Klimnuo sam glavom. Bila je u pravu, istraga se vratila na početak, što se tiče tog novinara. Naravno, bilo je očekivano da će poreći da se popeo preko zida ili prošao kroz kapiju, iz straha da će biti optužen za neovlašćen ulazak ili nešto gore, ali verovao sam njegovoj priči. Napokon, nisam video fotografske dokaze da je prišao bliže vili, a da je znao za otvorenu kapiju, siguran sam da bi je, kao posvećen istraživački novinar, upotrebio da uđe i napravi fotografije. Ali ostalo je pitanje kako je čuo za sastanak u ponedeljak uveče i kako je otkrio identitet učesnika. Očigledno je imao neki kontakt iznutra, ali to ne znači da je ubica. Nema sumnje da je došao ovamo da špijunira veoma važan sastanak, a otkriće jezivog ubistva o kojem je mogao da izveštava sigurno je bilo lep bonus. Takođe, kako je novinar iz Čikaga uspeo da dođe ovamo tako brzo? Verovatno je bio već ovde i čekao, što još više ukazuje da je njegova špijunska misija bila planirana uz pomoć nekog saučesnika... ali koga?

Što sam više razmišljao o tome, bio sam sve više siguran da je otvorena kapija bila ili navođenje na pogrešan trag, ili mesto gde je pravi ubica ušao i izašao... a to nije bio Lorens Batler. Zahvalio sam se Paoli Inočenti i ona mi je ponovo salutirala.

– Srećno sa istragom, komesare. Ako mislite da mogu nekako da vam pomognem, samo me pozovite. – Dodala mi je posetnicu sa svojim telefonskim brojem i ponovo sam joj se zahvalio. Nakon toga, izašao sam na terasu, gde sam zatekao Melani Derbi kako doručkuje sama. Oskar je prvi stigao do nje i gotovo ju je naveo da prospe kukuruzne pahuljice pokušavajući da joj se popne u krilo. Brzo sam prišao.

– Oskare, ostavi damu na miru.

Pogledala me je, mazeći labradora. – Zdravo, Dene, ne brinite se zbog Oskara, divan je. Jeste li čuli za Virdžiniju? Ne mogu da poverujem. U ponedeljak uveče, Pirs i ja smo se zabrinuli šta li Džonatan Farmer planira da joj uradi. Farmer je bio totalno odvaljen, tako da pretpostavljam da će se to računati kao samoodbrana.

Trudio sam se da izgledam samouvereno, iako se nisam osećao tako. Biće Virdžinijina reč protiv inspektorove. – Da, nadam se, ali nisam uveren da je ona to uradila.

– Niste?

Izgledala je iskreno iznenađeno, i morao sam da primetim da se njeno ponašanje promenilo u poslednja dvadeset četiri sata. Kad sam je upoznao, stekao sam utisak da u braku nije sve kako treba, ali Farmerova smrt ju je potresla do srži. Da li je to bila prirodna reakcija na smrt drugog ljudskog bića, ili nešto više od toga?

Njen glas me je trgao iz razmišljanja. – Ako to nije bila Virdžinija, ko je bio, i zašto? Zašto, Dene?

– To je ono što sam pokušavao da otkrijem, i nadam se da će mi jutrošnji razgovori sa svima pomoći da dobijem jasniju sliku. Kažite mi, koliko ste dobro poznavali Farmera? U ponedeljak uveče sam stekao utisak da vam nije drag.

– Da budem potpuno iskrena, mislila sam da je odvratan čovek.

– Znali ste ga dobro, dakle?

– Znala sam *o* njemu. – Pogledala me je u oči. – Oboje smo bili na Oksfordu u isto vreme, i čak i tad ga je pratio loš glas.

– Zbog čega?

– Bio je varalica! – Zazvučala je strastveno. – Varao je u svemu: na fakultetu, u vezama i na kartama. Izgleda da su on i neki drugi igrali poker u besmisleno visoke uloge, i niko nije mogao da ga pobedi. Svi su znali da vara, ali nisu mogli da dokažu. Čula sam da su ljudi gubili na hiljade funti. Jedan tip je pokušao da se ubije i, mada to nikad nije dokazano, pričalo se među studentima da je to bilo zbog kockanja s Farmerom.

– Kažete da ste znali *o* njemu; nikad niste bili bliski s njim?

Stresla se. – Nisam, hvala bogu. Jedna od mojih prijateljica je izašla s njim nekoliko puta i ponašao se grozno prema njoj. Ne, drago mi je što nisam imala nikakve lične kontakte s njim. – Ponovo me je pogledala. – Čudno je što mi ga je gotovo žao sad kad je mrtav. Bio je grozan čovek, ali niko ne zaslužuje da umre tako, zar ne?

– Dobro jutro, Dene. – Neki glas me je naveo da okrenem glavu i video sam kako se Gas Korniš pojavljuje kroz balkonska vrata, izgledajući uglađeno kao i uvek, u besprekorno ispeglanim sivim lanenim pantalonama i limun-žutoj majici s kragnom. Prišao mi je. – Zbog poslednjih događaja, pretpostavljam da nema potrebe da ispitate sve jutros.

Odmahnuo sam glavom. – Ne, voleo bih da se držimo plana. Inspektor je uhapsio Virdžiniju, ali mislim da je ponovo odabrao pogrešnu osobu.

Na trenutak je nestalo prijateljskog osmeha i nešto nalik na iznerviranost, ili nešto više, prešlo mu je preko lica. – Sigurno niste ozbiljni. Inspektor je kazao da imaju neoboriv DNK dokaz. „Neoboriv", rekao je.

Iznenada, video sam Ogastasa Korniša u novom svetlu. Ispod fasade uglađenog čoveka otmenog porekla, video sam nešto manje prijatno. Zašto je, pitao sam se, reagovao tako? Da li je to samo zato što nije želeo da uznemiravam njegove goste, ili je to značilo da ima nešto da sakrije? Već je bio na mom spisku glavnih sumnjivaca i bio sam rešen da ga ispitam što je detaljnije moguće, kad se kasnije sastanemo.

Odlučivši da ih ostavim da doručkuju, ubedio sam Oskara da ostavi svoju prijateljicu i na odlasku sam se ponovo obratio Kornišu.

– Vratiću se u svoj stan da se spremim za ispitivanje. Čini mi se da ste vi prvi? Vidimo se u deset. U redu?

Nije uopšte izgledalo da misli da je to u redu, ali nevoljno je klimnuo glavom.

Kad sam se vratio u stan, prvo sam pozvao Anu, ali uključila se govorna pošta jer je sigurno bila na predavanju. Umesto da joj ostavim poruku i kažem joj da joj je ćerka jedinica uhapšena zbog ubistva, zamolio sam je da mi se javi kad bude imala vremena. Što se tiče Virdžinije, bio sam sve više zabrinut i osećao sam se neuobičajeno bespomoćno, znajući da ne mogu mnogo da uradim. Bila je u ćeliji, a nisam mogao da je posetim jer nismo bili u srodstvu, i morao sam da pronađem ubicu. Koliko sam video, sad je meni zapalo da nađem počinioca, jer je Adolfo Vinči bio spreman da digne ruke od svega.

Stajao sam tamo nekoliko trenutaka, s telefonom u ruci, pitajući se da li da pozovem Virđilija, u nadi da će moći da se založi za nju, ali oklevao sam. Kao što je vodnica rekla, dokazi protiv Virdžinije su jaki i nisam hteo da stvaram probleme svom prijatelju ako je ovo izgubljen slučaj, i ispostavi se da je ona kriva. Ali da li je ona to stvarno uradila? Kad je otišla sinoć iz mog stana, bio sam uveren u njenu nevinost, ali znao sam da to neće biti lako dokazati. Na kraju, samo sam mogao da pozovem Linu, objasnim joj okolnosti i zamolim je da pronađe nekog dobrog advokata u Pizi i pošalje ga u policijsku stanicu da zastupa Virdžiniju.

Telefon je zazvonio, ali to nije bila Ana. Bio je to Pol iz Skotland jarda i održao je svoju reč, kazao je svojim ljudima da istraže ljude u vili, i otkrio je neke zanimljive stvari.

– Mislim da imam dve-tri zanimljivosti za tebe, Dene. U stvari, mislim da imam više tragova nego što ti je potrebno. Počnimo od tipa koji je organizovao sastanak. Malkolm Derbi izgleda kao uspešan poslovni čovek koji je vredno radio da bi došao na čelo nove kompanije u okviru Granstokovog carstva. Međutim, moji ljudi su mi rekli da se umuvao u tu novu kompaniju nakon ozbiljnog seksualnog zlostavljanja jedne od koleginica na prethodnom radnom mestu. Priča se da joj je dao veliku svotu za ćutanje, što nije oduševilo starog Granstoka, a posledica je da je ovo poslednja prilika za Derbija.

To je bilo zanimljivo. Takođe je objašnjavalo zašto njegova žena nije izgledala oduševljeno. Međutim, što se mene tiče, zbog toga je bilo još manje verovatno da bi želeo da ubije svog glavnog investitora. Ipak, moraću pažljivo to da istražim. – Sjajno, Pole, to bi moglo da bude korisno. Nešto o njegovoj ženi? Kazala mi je da je studirala sa žrtvom.

– Ništa, nažalost. Udala se za Derbija pre tri godine i, koliko znamo, zadovoljna je domaćica. Nije navedeno neko drugo zanimanje.

– Imaju li dece?

Usledila je pauza dok je pregledao beleške. – Jok, nemaju.

– A šta je sa švajcarskim bračnim parom? Jesi li pronašao išta o njima?

– Ništa što bi ti mogao da iskoristiš. Bojim se da je otkrivanje informacija o ljudima koji se bave finansijama i bankarstvom izuzetno teško, i još je teže kad govorimo o Lihtenštajnu. Tamo ima više finansijskih kompanija nego što možeš da zamisliš, a moje kolege iz Odeljenja za finansijske prevare kažu mi da praćenje tragova vodi do zamršene mreže ofšor kompanija. Baumgartnerova kompanija se zove *Mauren investicije*, i internacionalno je poznata. Samo mogu da ti kažem da Erih Baumgartner ima šezdeset jednu godinu, a njegova žena, Birgit, sedamdeset. Moji ljudi nisu pronašli ništa sumnjivo o njima ali, ponavljam, nemamo mnogo informacija. Zamoliću svoje ljude da nastave da kopaju, ali nisam optimista.

To je značilo da je veseli budući alkoholičar Erih Baumgartner bio njen trofejni muž, i morao sam da se osmehnem. Sigurno je mogla da prođe bolje ako je tražila mlađeg frajera, ali možda ju je privukao njegov novac. S druge strane, setio sam se kako me je bivša žena uvek kritikovala, tako da su se možda ipak venčali iz ljubavi, a ja sam samo cinični, stari pandur. Ali, bilo kako bilo, nisam video da ijedno od njih ima neki motiv da ubije Džonatana Farmera.

Pol je, u međuvremenu, nastavio sa izveštajem. – Kanadski par nije par.

– To je poslovni dogovor?

Zakikotao se. – Sigurno poslovni, ali nema veze s vađenjem nafte. Juženi Laroš je prostitutka iz Montreala, u Kanadi. Izgleda da ju je Antoan Dižarden poveo zbog druženja, da se tako izrazim.

– Vidi, vidi, vidi, to objašnjava mnogo toga. Mislim da ona zaslužuje dodatnu istragu. Mnogo ti hvala na tome. Šta je sa Antoanom Dižardenom, imaš li nešto o njemu?

– Ništa sumnjivo. Njegova porodica je jedna od najbogatijih na planeti i, kao sin jedinac i trenutni generalni direktor porodične firme, naslediće sve to u skorije vreme. To nas dovodi do Elenor Lenard, operske pevačice, i tu stvari postaju zanimljivije. Nedavno se udala za nekog trostruko starijeg grčkog milijardera i, zamisli, kladio bih se da ju je privukao njegov novac, jer ga ona nema.

– Ali sigurno je zaradila milione tokom karijere?

– Jeste, ali ih je potrošila. Sve je to pod velom tajne, ali jedan moj prijatelj novinar mi kaže da je izgleda mnogo uložila u neki sumnjivi investicioni fond koji je obećao sjajnu dobit, ali je propao, odnoseći svu njenu ušteđevinu. Izgubila je sve.

– Hmm, pitam se ko li je bio iza te prevare? Anina ćerka, koja je radila za Farmera, rekla mi je da je imao mračnu stranu kad govorimo o ženama i finansijama. Ako se ispostavi da je on stajao iza te prevare, onda je iznenada operska pevačica imala jak motiv da ga ubije.

– Pozvaću svog prijatelja i pitati može li da sazna nešto više o toj kompaniji. Uzgred, biće ti drago kad čuješ da nismo pronašli ništa negativno o Virdžiniji Njuton ili Derbijevom pomoćniku, Pirsu Kuper-Stivensonu.

– Mnogo ti hvala, Pole. – Gledao sam imena u beležnici. – A vlasnik vile, Ogastas Korniš? Ima li tu nečeg sumnjivog?

– Ništa nismo pronašli. Nasledio je to mesto od svog oca i bije ga glas da je plejboj, ali izgleda da nije opasan.

– Da li je imao neke kontakte sa žrtvom?

– Nismo ih pronašli. To je sve što imamo zasad, ali nastaviću da osluškujem. Kakvo je stanje tamo? Jesi li bliže pronalasku ubice?

Dao sam mu kratak opis poslednjih događaja i zvučao je vrlo saosećajno. – Taj inspektor Vinči zvuči kao pravi tupan. Sigurno ne veruješ da je Virdžinija umešana u ubistvo, zar ne?

– Ne, naravno da ne. – Ali uhvatio sam sebe kako ponovo razmišljam o svemu. Instinkti su mi govorili da ona nije umešana, ali, kao što je vodnica rekla, DNK dokazi su uverljivi i ona je imala najbolju priliku i motiv u vidu samoodbrane. Da, kazala mi je šta se dogodilo u njenoj sobi, uključujući to što ju je ogrebao, ali to je možda bila samo dobro smišljena obmana. Mogao sam da zamislim užas na licu njene majke da može da pročita moje misli, i zato sam, trudeći se da ostanem pozitivan, zahvalio srdačno Polu na pomoći i prekinuo vezu.

Dok sam razmišljao o pojedinostima jutrošnjih razgovora, setio sam se onog što mi je upravo rečeno. Pol je bio u pravu: dao mi je informacije koje bi mogle da otkriju motiv za ubistvo kod nekoliko ljudi s kojima treba da razgovaram. Tu je bila glamurozna operska pevačica, koja je možda želela osvetu zbog gubitka novca u finansijskoj prevari, koju je možda organizovao ubijeni. Tu je bila kanadska prostitutka i veliki znak pitanja o njenom odnosu sa Antoanom Dižardenom. Poveo ju je da se malo zabavi, ili je došla s nekom zlokobnijom namerom? Setio sam se onog što je Gas Korniš rekao prve večeri o tome kako u grupi ima sumnjivih ljudi, tako da možda postoji neka prljava tajna kod švajcarskog para ili čak Malkolma Derbija, koji očajnički želi da se iskupi u očima svemoćnog Aleksandra Granstoka.

Imao sam osećaj da će jutrošnji sastanci biti prosvetljujući.

17.

Sreda ujutro

Razgovor s Gasom Kornišem odigrao se u takozvanom malom salonu – koji je bio dvostruko veći od moje dnevne sobe – u deset sati, kako je dogovoreno, ali nije trajao dugo. Prvo sam ga pitao šta je mislio kad je rekao da nemaju svi učesnici sastanka besprekoran ugled. Mrko se osmehnuo.

– Nema potrebe da vam pričam o Farmeru, siguran sam. Ne postajete toliko bogati ako niste neverovatno srećni ili spremni da koristite sve raspoložive prilike. Siguran sam da postoji dosta ljudi širom sveta koji se osmehuju jutros nakon što su uzeli novine i pročitali da je ubijen. Pametan tip, ali potpuno nemoralan.

– Rekao bih da ga niste voleli.

Pogledao me je u oči. – Nisam ga dobro poznavao, i ono što sam znao nije mi se sviđalo, ali to ne znači da sam ga ubio.

– Naravno; a šta je sa ostalima? Šta je sa švajcarskim parom?

– Koliko znam, Erih i Birgit posluju zakonito, ali priča se da imaju neke sumnjive klijente.

– Pričamo li o pranju novca?

– Stvarno nisam siguran, ali ne bih se iznenadio. Sinoć je Erih bio ponovo pijan... – bože, taj se baš naliva – i hvalio se kako njegova kompanija posluje s vladarima polovine afričkih zemalja. Ne znam da li je to istina, ali ne bi me iznenadilo.

– Da li Elenor Lenard spada u kategoriju sumnjivih?

Odmahnuo je glavom. – Siguran sam da je *ona* u redu, ali njen muž, matori Aristotelis, sigurno ima neke mračne tajne.

– Na primer?

– Šverc oružja, ili kako se to već danas zove. Razgovarao sam s ljudima koji su uvereni da se njegovi brodovi koriste za prevoz oružja nekim od najgadnijih režima na svetu. Ali ne mogu da dokažu to.

– Možda vam je to rekao vaš prijatelj, italijanski ministar pravde?

Samo se zagonetno osmehnuo, i nastavio sam dalje. – Šta je sa Antoanom Dižardenom? Da li njega poznajete odranije?

– Dugo poznajem Antoana, i on je u redu. Sigurno ga ne bih svrstao u kategoriju sumnjivih tipova. Ne samo zato što se njegov tata nikad nije bavio ničim nezakonitim. Porodica Dižarden je jedna od najpoznatijih u Kanadi i oni su stubovi montrealske zajednice. Takođe su povezani s Katoličkom crkvom, i izgleda da su bili na audijenciji kod dvojice papa. Zato sam siguran da je Antoan čist. – Pogledao je preko ramena iako su vrata bila zatvorena, a soba prazna. – Mada, ozbiljno sam zabrinut za njegov ukus za žene. Juženi je lepa kao lutka, ali možete li je zamisliti kako razgovara s papom? Verovatno bi se matori šlogirao.

Osmehnuo sam se i nisam ništa rekao. – A Malkolm Derbi, i njega dobro poznajete? Pirs mi je rekao da je Malkolm bio ovde za Božić?

– Malkolm i ja smo išli zajedno u školu. Prijatelji smo od ranog detinjstva, još od jezuitskog internata u Jorkširu. Dotad nije živeo u Engleskoj, i sa sedam godina mu je sigurno bilo teže nego meni. Mislim da ima probleme u poslovnom i privatnom životu, ali morate njega da pitate o tome.

– A šta je s vama, Gase? Kako se vi uklapate u sve ovo? Kažete da niste dobro poznavali Farmera?

– Samo sam čuo za njega. A što se tiče uklapanja, činim Malkolmu uslugu dozvoljavajući mu da koristi vilu po sniženoj ceni, ali osim toga, kao što sam vam rekao, ja sam samo zemljoposednik.

– Imate li neku pretpostavku ko je mogao da ubije Farmera?

– I dalje ne verujete da je to bila Virdžinija, zar ne? Bio bih spreman da se opkladim da je to bila ona, ali ne kažem da je to bilo hladnokrvno ubistvo. Najverovatnije ubistvo iz nehata, ili kako god se zove to kad se branite od napada. Mislim da smo svi videli o čemu je Farmer razmišljao u ponedeljak uveče, i žao mi je te devojke, ali njen DNK je bio svud po njemu, a to je prilično inkriminišuće, zar ne? Ako to nije bila ona, onda ne znam ko je.

– Na kraju, možete li mi reći šta ste radili u ponedeljak uveče?

– Nakon večere sam otišao do bazena s Juženi i Antoanom, ali onda sam otišao u svoj stan, pa na spavanje.

– Može li iko da potvrdi to? Jüženi, možda?

Odmahnuo je glavom. – Ne, samo je otišla u svoju sobu.

I to je bilo sve što je rekao.

Sledeća na spisku bila je Elenor Lenard. Nije mi trebalo mnogo vremena da otkrijem kako se boji svog muža. Izgleda da je već video naslove i, prema izrazu njenog lica, nije bio zadovoljan. Nežno sam joj pomenuo finansijske probleme i izgledala je zaprepašćeno.

– Znate za to?

Nisam znao tako mnogo, ali klimnuo sam glavom i nadao se da će ona reći nešto više. Uz malo podsticaja, na kraju mi je rekla ono što sam pretpostavljao.

– Moj muž me je poslao ovamo na poziv Aleksandra Granstoka... poznaju se prilično dobro. Počeo je da me koristi kao svoju izaslanicu. – Nije mi promakla ogorčenost u njenom glasu. Očigledno je brak sa starim milijarderom imao neke loše strane. – Moj posao je da slušam i onda mu podnesem izveštaj. Nisam znala ko su investitori u ovom novom projektu, i kad sam videla Džonatana Farmera, došlo mi je da odmah napustim vilu.

– Zato što... – Nastavio sam da govorim tiho i oprezno.

– Zato što je svinja koja mi je na prevaru uzela sve pare. – Pogledala me je pravo u oči, s molećivim izrazom na licu. – Znam kako vam to sigurno izgleda, ali kunem vam se da ga nisam ubila. Ne mogu da kažem da mi je žao što je mrtav, ali, istovremeno, to mi neće vratiti novac. – Tužno je odmahnula glavom. – Zbog njega mi se ceo život okrenuo naglavačke. Mrzela sam ga zbog toga, ali nisam mogla da dokažem. Imao je kompanije u vlasništvu drugih kompanija, registrovane na sumnjive ofšor kompanije. Moji advokati su istraživali to, ali nisu ništa pronašli i ostala sam bez novca. Ali morate mi verovati, sigurno nisam razmišljala o ubistvu.

I verovatno se, kad je potpuno ostala bez novca, udala za grčkog milijardera. Promenio sam temu. – Recite mi, da li je moguće da je

Baumgartnerova kompanija možda bila uključena u istu prevaru u kojoj ste vi izgubili novac?

Odmahnula je glavom. – Stvarno ne znam, ali sumnjam u to. Na osnovu onog što mi je muž rekao, to je vrlo uspešna kompanija s dosta finansijskog znanja. Sigurna sam da nikad ne bi dozvolili da budu nasamareni kao ja. Pored toga, koliko sam čula, manje su cenili Farmera nego ja.

– Zašto? Jeste li sigurni da ih Farmer nije prevario?

– Mogu da poverujem sve u vezi s Farmerom, ali pretpostavljam da bi ga se Erih klonio. Bolje je da pitate njega ili njegovu ženu. – Lice joj se smrklo. – Ona je odlučna osoba; možda je ona pravi ubica. Mislim da je sposobna za svašta.

Znao sam na šta je mislila, ali naravno da neprijatno ponašanje ne znači automatski da je Švajcarkinja ubica.

Gospođica Lenard je pogledala na sat. – Da li je to sve što vas zanima?

– Da, hvala vam, cenim vašu iskrenost. Još nešto: da li ste otišli pravo u krevet nakon večere u ponedeljak i da li ste videli ili čuli nešto sumnjivo?

– Da, otišla sam pravo u krevet i ne, nisam videla niti čula nikog. Otišla sam u svoju sobu i zaključala vrata. Nije mi se sviđalo kako me je Džonatan Farmer gledao.

Pre nego što je stigla do vrata, postavio sam joj isto pitanje kao svima. – Samo još jedna stvar: ako Virdžinija nije ubila Farmera, i vi ga niste ubili, možete li se setiti nekog ko je mogao to da uradi?

Samo je ćutke odmahnula glavom i uhvatila kvaku.

Moja sledeća sagovornica bila je Juženi. Danas je na sebi imala šorts koji je izgledao kao da je nacrtan na njoj. Oskar, koji je verovatno sanjao o hrani ili vevericama, pogledao ju je sa zanimanjem kad je došla i mahnuo sam mu prstom, upozoravajući ga da ostane na mestu. Hladna labradorska njuška na zadnjici sigurno joj ne bi popravila raspoloženje, a bilo je jasno da ono već nije bilo dobro. Ignorisala je moj znak da sedne i stala je ispred mene, s rukama na kukovima.

– Znate da nemate nikakva ovlašćenja da me ispitujete. Niste policajac i, osim toga, nisam uradila ništa pogrešno.

Klimnuo sam glavom. – U pravu ste, Juženi, nemam pravo da vas ispitujem, i ako želite da ćutite, to je vaš izbor. Ali pre nego što odete, možda biste mogli da zadovoljite moju radoznalost. Nekad sam radio u londonskoj policiji i zamolio sam svog prijatelja da proveri vaše ime u kompjuteru. Upravo me je pozvao da mi kaže kako niste zaposleni kod Antoana Dižardena, kao što smo mislili, mada možda vas dvoje imate neki drugačiji poslovni dogovor. Možete li mi reći da li je to istina?

Već je bila krenula ka vratima, ali video sam kako je zastala. Stajala je nekoliko trenutaka, okrenuta leđima, a onda je opustila ramena, vratila se i sela na stolicu koju sam joj ranije pokazao. – Pa šta ako sam ovde u drugoj ulozi? To je između Antoana i mene. – Ponašala se prilično prkosno i video sam da je odlučna, ali mogao sam da čujem i malo zabrinutosti u njenom glasu.

Klimnuo sam glavom. – Naravno da jeste, ali zanima me zašto je vas odabrao za pratilju.

– To nema veze s vama. – I dalje se ponašala odlučno, ali imao sam posla i s mnogo čvršćim ljudima.

– Dobro, ako ne želite da mi odgovorite, samo ću preneti informaciju inspektoru. Možda ćete videti da on ima mnogo agresivniji način ispitivanja.

Gledala me je nekoliko sekundi pre nego što je razočarano klimnula glavom. – Antoan i ja se poznajemo gotovo dve godine. Bio je dobar prema meni, i ponekad me vodi na putovanja.

– Hvala vam.

Naravno, bila je u pravu. Kakav god dogovor da su imali, to nije imalo veze sa mnom i, važnije, gotovo sigurno nije imalo nikakve veze sa ubistvom Džonatana Farmera. Otkud onda ta zabrinutost u njenom glasu i pogledu? Dobio sam trenutno nadahnuće i iskušao sreću.

– A šta je s vama i Lorensom Batlerom, novinarom? Kakva je vaša veza s njim?

Bila je dobra glumica, a to je sigurno bilo potrebno za posao kojim se bavila, ali i dalje nije mogla da prikrije zaprepašćenje i krivicu koji su joj se pojavili na licu u deliću sekunde, pre nego što je oborila pogled i odgovorila. – Koji Lorens? Ne znam nikakvog Lorensa.

Nagnuo sam se prema njoj i utišao glas. – Slušajte, Jiženi, znam da ste vi obavestili novinara o ovom sastanku i o Farmerovom ubistvu, i prilično sam siguran da Antoan neće biti oduševljen ako mu to kažem. – Čekao sam dok nije podigla pogled i pobrinuo sam se da vidi odlučnost na mom licu. – Rekao sam *ako* mu kažem. To može da ostane među nama, ali moram da znam sve. Bez sranja, samo istina. To je vaša odluka. – Zavalio sam se i čekao, dok je ona razmišljala šta da radi. Na kraju je donela odluku i uzdahnuo sam sa olakšanjem.

– Lari – Lorens – i ja radimo zajedno tri godine. Dajem mu informacije koje saznajem od klijenata, a on mi plaća za to.

– Kažete da ste mu, čim ste pozvani da doputujete ove nedelje, rekli gde ćete biti i on je došao da ih špijunira?

Odmahnula je glavom. – Uglavnom, ali nisam znala imena dok nisam stigla ovamo. U stvari, ni Antoan nije znao. Kad je video tog Farmera na terasi u ponedeljak uveče, mislila sam da će se šlogirati. Ne znam šta se dogodilo, ali znam da nisu bili u dobrim odnosima. – Shvatajući šta je upravo rekla, iznenada je zaćutala i mahnula manikiranim prstom ispred mog lica. – Nemojte me shvatiti pogrešno. Ne kažem da Antoan ima išta sa ubistvom. On ne bi ni mrava zgazio.

– Jeste li sigurni u to?

Usledila je kratka pauza pre nego što je odgovorila. – Slušajte, ovo je u poverenju, u redu? Antoan nije mogao da ubije Farmera jer je imao druge obaveze u ponedeljak uveče.

– Kakve?

– Antoan i Gas su želeli da idem s njima na plivanje i, posle, kad sam legla, znam da su njih dvojica otišli u Gasov stan. Ušla sam u Antoanovu sobu u utorak ujutru i nije spavao u svom krevetu.

– Antoan i Gas... Kažete... – S obzirom na to da sam radio u policiji trideset godina, prekorio sam sebe u mislima. Sigurno je da sam primetio nešto. Napokon, ružičasti smoking je trebalo da mi kaže mnogo toga. Zadivljeno sam slušao dok je Jiženi nastavljala.

– Dogovor je bio da idem sa Antoanom kao dimna zavesa. Vodi me na razna mesta, samo da bi usrećio svoju porodicu. Oni su verski fanatici i odrekli bi ga se i, važnije, ostavili bez nasledstva kad bi znali da je gej. Kao što rekoh, zato sam došla ovamo, kao fasada. Mnogo mi je drag i to je laka lova. – Na trenutak joj je osmejak prešao preko lica. – Prevarila sam vas, zar ne? Dobra sam, znate.

Stvarno je bila dobra. Obećao sam joj da neću otkriti njenu tajnu i ona je otišla, izgledajući srećnije nego pre. Kad su se vrata zatvorila za njom, zapitao sam se zašto mi Gas Korniš nije rekao istinu o tome šta se dogodilo u ponedeljak uveče. Prirodna stidljivost, ili nešto zlokobnije? Da li su se on i Antoan Dižarden urotili da ubiju Farmera?

Situacija je postajala zamršenija.

18.

Sreda kasno ujutru

Razgovori s Pirsom i Melani bili su brzo završeni. Pirs mi je stalno govorio kako ne veruje da je Virdžinija mogla da ubije Farmera, i zvučao je iskreno zabrinut za nju. Ne, nije video niti čuo ništa sumnjivo, i nakon kratkog razgovora s Malkolmom otišao je pravo u svoju sobu, ali onda je proveo dva sata na kompjuteru, radeći za svog šefa, pre nego što je legao oko jedan ujutro. A što se tiče Melani, kad sam je video, nisam pominjao slučaj seksualnog zlostavljanja protiv njenog muža i počeo sam od osnovnih pitanja, nakon kojih nisam saznao ništa novo. Mada sam bio uveren da mi je ranije rekla istinu, pokušao sam da saznam malo više o onom što se dogodilo na Oksfordu pre mnogo godina.

– Pomenuli ste nekog studenta koji je igrao karte s Farmerom i izgubio toliko da je pokušao samoubistvo. Možete li se setiti njegovog imena?

Morala je da zastane i razmisli. – Ed... Edvard Smajt. Bio je na doktorskim studijama iz klasičnih nauka. Sećam se kako sam čula da je bio iz neke otmene porodice, ali ne mislim da je imao mnogo novca. Zato je, kad je izgubio toliko, zapao u akutnu depresiju.

– Jeste li se čuli s njim otad?

Odmahnula je glavom. – Da budem iskrena, jedva sam ga poznavala. Mislim da sam čula kako se zaposlio na nekom univerzitetu, ali bojim se da ne znam mnogo više od toga.

– A vaša prijateljica, koja je izlazila s Farmerom, ali se on loše ponašao prema njoj?

– Loti Makenzi. Da, još se čujem s njom i sretnemo se jednom ili dvaput godišnje kad dođe u London. Živi u Edinburgu s mužem i troje dece.

– Vi nemate decu?

Ponovo je odmahnula glavom. – Nažalost, ne. Želeli smo decu, i dalje ih želimo, ali jednostavno se nije dogodilo.

Na kraju sam je pitao za ponedeljak uveče i rekla mi je da nije čula niti videla ništa sumnjivo i otišla je u krevet nakon večere. Ubrzo joj se pridružio muž, koji je radio nešto u prizemlju.

To je, naravno, značilo da je Malkolm mogao da izvrši zločin ali, opet, nisam video logiku u ubijanju zlatne koke. Farmer je potencijalno bio glavni investitor. I pored toga, kad sam uveo Malkolma, zamolio sam ga da ponovi šta je radio u ponedeljak uveče, i njegova priča je odgovarala onome što su rekli njegova supruga i Pirs. Došao je u sobu malo kasnije jer je razgovarao s Pirsom o rasporedu za utorak. Nakon toga, bio sam prilično uveren – mada ne sto odsto – da mogu da isključim sve troje iz istrage.

Zatim je ušao Antoan Dižarden, koji je ponovio ono što je Juženi kazala o noćnom kupanju, nakon čega su se njih troje vratili u vilu. Pitao sam ga da li iko može da potvrdi gde je proveo noć, a on je odmahnuo glavom.

– Samo sam otišao na spavanje. Verovatno sam previše popio.

Pogledao sam ga pravo u oči. – Ne volim kad me ljudi lažu tokom istrage ubistva, gospodine Dižardene. – Uvredio se, ali nije ništa rekao. Na osnovu onog što je Juženi rekla, znao sam da laže kako bi sprečio da roditelji saznaju za njegovu seksualnu orijentaciju, što bi moglo da ima kataklizmične posledice za njegovu budućnost, ali ako je mogao da laže o tome, mogao je da laže i o ozbiljnijim stvarima kao što je... ubistvo. – Pitaću vas ponovo, gospodine Dižardene, može li iko da potvrdi gde ste bili u ponedeljak uveče? – Nisam hteo da pomenem Juženi, pa sam improvizovao. – Vidite, slučajno sam primetio, u utorak ujutro, da niste spavali u svom krevetu.

Izraz zaprepašćenja, gotovo trenutno praćen kajanjem, pojavio mu se na licu. – U pravu ste. Nisam proveo noć u svojoj sobi. Bio sam s Juženi.

Nije mi se sviđalo to što i dalje laže – pod pretpostavkom da sam mogao da verujem Juženi, i zato sam odlučio da podignem ulog. – To nije ono što mi je Gas Korniš rekao. – Video sam kako mu se obrazi crvene i požurio sam da ga umirim. – To kako živite je vaša stvar i obećavam da će sve što mi kažete ostati među nama. Pokušavam da otkrijem ko je počinio užasno ubistvo, i ako nastavite da me lažete, bićete sve više sumnjivi. – Video sam kako mu je to došlo do glave i ponovo sam ga gurnuo u pravom smeru. – Ponovo pitam: može li iko da potvrdi gde ste proveli noć između ponedeljka i utorka?

Oborio je glavu i bilo mi ga je žao. U današnje doba, delovalo je arhaično i posebno surovo od njegovih roditelja da insistiraju da bude nešto što nije. Kad je progovorio, zvučao je snužedno... i uplašeno. – Da, proveo sam noć s Gasom, i ne bih mogao da ubijem drugo ljudsko biće, čak ni ološa kakav je bio Farmer. – Pogledao me je i na licu je imao molećiv izraz. – Rekli ste da će to ostati među nama, zar ne? Imam vrlo jake lične razloge što čuvam tajnu o svom odnosu s Gasom.

Klimnuo sam glavom. – Naravno, vaša tajna je bezbedna. Kao što sam rekao, pokušavam da uhvatim ubicu, ništa više.

Izgleda da su ga moje reči ohrabrile, i upitno me je pogledao. – Ne mislite da je Virdžinija uradila to, zar ne?

– Ne, ne mislim. Recite mi, ako ona to nije uradila, i vi to niste uradili, i Gas nije to uradio, znate li ko je mogao to da uradi?

Polako je odmahnuo glavom. – Farmer je bio vrlo uspešan čovek, ali nije uvek igrao po pravilima. – Onda je rekao gotovo isto što je ranije rekao Gas Korniš. – Siguran sam da ima mnogo ljudi koji su se obradovali kad su pročitali da je mrtav. Međutim, ne verujem da su ga mrzeli toliko da bi odlučili da ga ubiju. Stvarno ne znam. Ono što mogu da vam kažem jeste da mi je bio odvratan, ali nisam ga ubio.

– Hvala vam, to je sve zasad.

Ostao mi je samo švajcarski bračni par, koji je trebalo da dođe na razgovor u jedanaest. Jedanaest je došlo i prošlo, a nije bilo ni traga ni glasa od njih. Sačekao sam još deset minuta i izašao da ih potražim. Zatekao sam gospođu Baumgartner u salonu, kako sedi i pije čaj od nane. Kad sam je pitao da li bi htela da pređemo u drugu sobu, odgovor joj je bio očekivano kratak.

– Ne.

– Voleo bih da mi pomognete da otkrijem ko je ubio Džonatana Farmera. Neću vam oduzeti mnogo vremena.

Nadmeno je odmahnula glavom. – Policija je već uhapsila krivca. Ne vidim razlog zašto bih vam dozvolila da gurate nos u naša posla.

Pokušao sam da smislim bolji razlog da je ubedim, kad me je prekinula buka u hodniku, a onda su se vrata otvorila i pojavio se inspektor Vinči, namrštenog lica. Oskar, koji je tiho dremao ispred praznog kamina, pogledao je ogorčen izraz na njegovom licu. Inspektor je dojurio do mene i grubo me ubo prstom u grudi. Ne volim da me ljudi bockaju i morao sam da se oduprem porivu da mu slomim prst.

Potrudio sam se da izgledam srdačno i pokušao sam da ga smirim. – Dobro jutro, inspektore. Kako napreduje istraga?

– *Nema* istrage. Istraga je zatvorena. Uhapsio sam počinioca i to je sve. Ono što me zanima jeste zašto ste očigledno zanemarili moja uputstva i izgleda da sprovodite neku vrstu paralelne istrage, za koju niste ovlašćeni.

Zapitao sam se ko mu je to rekao. Video sam da vodnica Inočenti stoji pored vrata iza njega, izgledajući nezainteresovano, ali zanimalo me je da li mu je ona prenela to. Nekoliko sekundi kasnije, identitet izvora se otkrio kad se inspektor okrenuo prema gospođi Baumgartner i jedva primetno joj se naklonio.

– Hvala vam, gospođo Baumgartner, što ste me pozvali. Ne volim kad ljudi izigravaju detektive amatere.

Gospođa Baumgartner je uspela da napregne mišiće lica dovoljno da napravi nešto nalik osmehu. – Hvala vama što ste došli ovako brzo, inspektore. Moj muž i ja smo vam zahvalni.

Zanimljivo je bilo što je razgovarala s njim na tečnom italijanskom, mada s primetnim nemačkim naglaskom. Sve dosad nisam znao da govori taj jezik. Nisam imao više vremena za razmišljanje, jer me je inspektorov debeli prst ponovo ubo u grudi.

– Nema više pitanja. Gosti mogu da idu. Vama bi bilo bolje da povedete svoju smrdljivu džukelu i napustite Pizu što je pre moguće, pre nego što vas ponovo pritvorim. Da li je... to... jasno?

Između poslednje dve reči, ponovo me je ubo prstom i moram da priznam da sam bio vrlo blizu da ga odalamim. Kako se ispostavilo, moj verni pseći prijatelj je iznenada otkrio da poseduje gen psa čuvara, prišao je ispektoru otpozadi i zalajao čudesno glasno i zvonko. Inspektor je poskočio kao oparen, i okrenuo se, pokušavši da šutne labradora. Oskar je izbegao udarac, vešto kao neki matador, a krupajlija je izgubio ravnotežu i pao na pod. Kad je udario u pod, čuo se nepogrešiv zvuk hica. Usledila je kratka zapanjena tišina, a onda je Adolfo Vinči vrisnuo od bola nakon čega se, srećom, onesvestio.

Upucao je sebe u stopalo.

Gospođa Baumgartner je skočila na noge i udaljila se od ranjenog detektiva kome je krv šikljala iz gležnja. Kleknuo sam kraj njega i pogledao izbliza. Na osnovu količine krvi koja je isticala, izgledalo je kao da je metak probio arteriju. Vodeći računa o bezbednosti, oprezno sam izvadio veliki pištolj ispod njegovog sakoa, iz futrole pod levim pazuhom. Plavičasti dim i dalje se izvijao iz duge cevi, dok sam oprezno spuštao pištolj na pod, kako više nikog ne bi ugrozio. Obrativši pažnju na ranu, podigao sam Vinčijevu nogavicu, izuo mu cipelu i skinuo čarapu i video da je moćni metak napravio veliku štetu. Pogledao sam prema vratima i video kako vodnica Inočenti ide ka meni, očiju razrogačenih od neverice. Podigao sam ruku.

– Moraću da podvežem ranu, vodnice. Uradiću to dok vi budete zvali hitnu pomoć, važi?

– Da, komesare. – Okrenula se i brzo izašla.

Skinuo sam svoj kaiš i obavio ga oko inspektorove potkolenice, zatežući ga što sam više mogao i zakopčavajući ga. Dok sam radio to, pogledao sam gospođu Baumgartner, koja je stajala tamo, gledajući lokvu krvi na podu. – Molim vas, idite i pronađite Antonelu ili Rokija. Kažite im da ponesu neki peškir. – Nije se pomerila, i dalje je zurila u ranjenog detektiva, tako da sam podigao glas. – Gospođo Baumgartner, peškir. Odmah!

Poruka je konačno stigla do nje i otišla je do vrata i nestala.

19.

Sreda popodne

Stajao sam na stepenicama pored ulaznih vrata pored vodnice Inočenti, i gledao sam rotaciona plava svetla kola hitne pomoći kako se udaljavaju prilazom. To je bilo vrlo zanimljivo jutro. Prema rečima bolničara, metak je pogodio Vinčijevu potkolenicu pod izvesnim uglom, lomeći nekoliko kostiju, i uspeo je da preseče dve arterije. Moj improvizovani podvez je pohvaljen i, prema njihovim rečima, verovatno je spasao inspektorov život. Nadao sam se da će mu neko reći to. To će mi ga možda skinuti s grbače.

Pogledao sam Paolu Inočenti. – Šta će se dogoditi sad? Da li vi preuzimate istragu?

Klimnula je glavom. – Razgovarala sam s nadređenima i rekli su mi da, pošto već imamo sumnjivca u pritvoru, neće imenovati drugog višeg oficira, i rečeno mi je da privedem stvari kraju. – Pogledala je preko ramena, ali niko nije slušao. – Šta želite da uradim, komesare?

Osmehnuo sam joj se. – Molim vas, zovite me Den. Pa, sad je to vaš slučaj, šta vi predlažete da uradimo?

– Kako su protekli jutrošnji razgovori? Jeste li saznali nešto?

I ja sam se osvrnuo da vidim da li nas neko sluša, a onda sam pokazao rukom prema vrtu, za svaki slučaj. – Siguran sam da bi Oskaru prijala kratka šetnja. Zašto ne odemo da udahnemo svež vazduh?

Otišli smo do parkinga i krenuli šljunčanom stazom koja je prolazila između živopisnih ružičasto-crvenih žbunova oleandera, i bila je oivičena brižljivo potkresanom, niskom živicom, i seli smo na klupu, a onda sam joj prepričao jutrošnje razgovore i ona je zapisivala nešto u svoju beležnicu. Kad sam stigao do kraja, morao sam da priznam da nemam čvrste tragove.

– Biće mi potrebno malo vremena za ozbiljno razmišljanje, ali i dalje sam uveren da je ubica neko s kim sam razgovarao jutros. Samo moram da razmislim o tome. Nadam se da ću to uspeti da uradim tokom popodneva. Trebalo bi da steknem neku sliku o tome šta se dogodilo. Možete li da se pridržavate plana da im vratite pasoše tek večeras? – Klimnula je glavom i nastavio sam, stvarno razmišljajući naglas. – Mislim da su najverovatniji sumnjivci Elenor Lenard, Gas Korniš, Antoan Dižarden i njegova devojka ili Baumgartnerovi.

Ispričao sam joj kako nisam mogao da razgovaram sa Švajcarcima jer su odbili da sarađuju. Paola je sad iskazala inicijativu.

– *Vi* možda nemate ovlašćenje da ih ispitate, ali ja imam. Sad je gotovo vreme ručka. Verovatno su u trpezariji ili na terasi. Idemo da razgovaramo s njima. Šta vas zanima?

Rekao sam joj da me zanima tačan odnos između njih i žrtve i da li je istina da se nisu slagali s njim. Ako je tako, zanimalo me je zašto. Paola je klimnula glavom i vratili smo se u vilu. Kao što smo očekivali, zatekli smo većinu gostiju u trpezariji, jer su radije ostali u hladu nego da izađu na vrelo podnevno sunce. Švajcarski bračni par je stajao u uglu i tiho razgovarao, a ja sam krenuo za vodnicom Inočenti prema njima. Nisam joj rekao da gospođa Baumgartner dobro govori italijanski, tako da im se Paola obratila na prilično dobrom engleskom.

– Imam još nekoliko pitanja za vas. Neće trajati dugo, ali je važno.

Video sam kako se Švajcarci zgledaju i gospođa Baumgartner je pokušala da se pobuni, ali vodnica ju je sprečila. – Molim vas pođite sa mnom, sinjora, počećemo od vas. – Ne dajući njenom mužu priliku da se umeša, odvela je gospođu Baumgartner iz prostorije, hodnikom i do malog salona. Krenuo sam za njima i zatvorio vrata za nama, gledajući sa zanimanjem kad je Paola sedala u fotelju i pokazala onu naspram sebe. – Sedite, molim vas. – Gospođa Baumgartner se nije pomerila, a zbog tog vidljivog otpora, Paola se okrenula prema meni, prelazeći na italijanski.

– Gospodine Armstrong, bila bih vam zahvalna da prevedete ovo što ću reći. Kažite gospođi da možemo to da uradimo ovde, ili ću je uhapsiti zbog odbijanja saradnje u istrazi ubistva i odvesti je u stanicu gde ćemo obaviti to u sobi za ispitivanje. Kažite joj da mi je svejedno. Izbor je njen.

Potiskujući osmeh, preveo sam te reči, a gospođa Baumgartner je, vidno neraspoložena, konačno sela kako joj je rečeno. Seo sam na stoličicu pored njih, Oskar se svalio kraj mojih nogu, a Paola se osmehnula izuzetno uverljivo.

– Zovete se Birgit Baumgartner i živite u Volishofenu, u Švajcarskoj?

Odgovorila je na italijanskom. – Tako je, i nema potrebe da se mučite s tim osnovnoškolskim engleskim ili da koristite usluge ovog gospodina. – Način na koji je izgovorila reč „gospodin" jasno je govorila da me ne smatra takvim. – Živela sam i radila dvadeset godina u Luganu, tako da možemo da razgovaramo na italijanskom, posebno ako će to ubrzati stvari.

Bio sam zadivljen načinom na koji je Paola prešla preko te prilično otvorene uvrede i posegla za svojim niskim udarcem, u ime nas dvoje, kad je prešla na italijanski. – Imate sedamdeset godina, i tehnički ste penzionerka. Da li i dalje radite?

Kad bi pogled mogao da ubije, Paola bi se pretvorila u prah na licu mesta, ali ostala je odlučna i još više porasla u mojim očima. Starija žena je, nevoljno, klimnula glavom.

– Radim vrlo odgovoran posao.

Paola je prihvatila taj odgovor i nastavila. – Kad smo razgovarale juče ujutro, rekli ste mi da ste u ponedeljak, nakon večere, otišli pravo u krevet i niste videli niti čuli nikog i ništa sumnjivo? Da li je to istina?

– Da. – Švajcarkinjin ton je bio leden.

– A vaš muž je bio s vama i može da potvrdi to?

– Da.

– Zanima me koliko ste dobro poznavali Džonatana Farmera. Da li ste poslovali s njim?

– Ne. – I dalje ledeno.

– A lični odnosi? Da li ste ga sreli pre ove nedelje?

– Da, jednom, nakratko.

– U kojim okolnostima?

– Upoznala sam ga na jednom međunarodnom finansijskom forumu u Njujorku, pre tri godine. Razmenili smo nekoliko rečenica.

– Rečeno mi je da su odnosi među vama bili loši? Da li je to istina?

Odmahnula je glavom. – Ne, ko god da vam je rekao to pogrešio je. Moj muž i ja smo jedva poznavali tog čoveka, a sigurno ne dovoljno dobro da bi nam bio drag ili mrzak.

Odlučio sam da proverim to. – Kažete da niste imali nikakve poslovne veze i bliske kontakte s Farmerom?

Uputila mi je pogled kakav je obično rezervisan za nešto što skinete sa đona cipele. – Razgovaram s vodnicom, ne s vama.

Paola joj se prijateljski osmehnula. – Zbog mene, da li biste mogli da potvrdite to još jednom?

Ta žena je frknula i ustala. – Držim se onog što sam dosad rekla. Sad, ako nemate više besmislenih pitanja, mogu li smatrati da smo završili?

– Da, i hvala vam na saradnji. Možete li zamoliti muža da uđe?

Gospođa Baumgartner je ukočeno izašla iz sobe i, iz radoznalosti, pratio sam je na diskretnoj udaljenosti. Kad je stigla do trpezarije, provirio sam kroz odškrinuta vrata i video je kako ide pravo prema mužu. Provela je gotovo minut napeto razgovarajući s njim vrlo tiho i zapitao sam se šta li mu govori.

Kad se udaljio od svoje žene i pošao prema vratima, odmakao sam se od vrata i pohitao prema salonu. Kad sam stigao tamo, okrenuo sam se i ostavio otvorena vrata, očekujući njegov dolazak. Veselo mi se osmehnuo kad me je video i osmehnuo se vodnici kad ju je video. Za razliku od supruge, izgledao je veoma spremno na saradnju... mada mi je pandurska antena rekla da postoji zabrinutost iza ljubazne fasade.

Saosećajno je pogledao vodnicu. – Bilo mi je žao kad sam čuo za inspektora. Moja žena i ja se nadamo da rana nije previše teška. Molim vas, prenesite mu moje najlepše želje za brz oporavak. – Bio sam prilično siguran da je Paola razumela sve, ali ipak sam brzo preveo. Erih je sigurno izgledao ljubazno, a Paola mu se osmehnula.

– Naravno da hoću i hvala vam na brizi. Sedite, molim vas.

Razlika između njega i njegove žene bila je naglašena i zapitao sam se, ne prvi put, šta ih je spojilo, ljubav, novac ili nešto treće? Seo je i zavalio se, prekrštajući noge. Izgledao je kao da je seo na sofu da gleda televiziju, ali ipak sam osetio napetost u njemu. Opet, možda je to bilo samo jer smo ga ispitivali u vezi sa ubistvom.

– Zovete se Erih Baumgartner i živite sa svojom suprugom, Birgit, u Volishofenu, u Švajcarskoj? – Govorila je na italijanskom i prevodio sam njena pitanja i njegove odgovore.

Klimnuo je glavom. – Imali smo sreću da nađemo kuću koja gleda na jezero. Ne znam da li vam je poznato Ciriško jezero, ali vrlo je lepo.

– Sigurna sam da jeste. Kažite mi, molim vas, koliko dugo ste u braku?

– Preko petnaest srećnih godina, imam zadovoljstvo da kažem. – Dok sam prevodio, morao sam da obuzdam svoju nevericu da je iko život s tom aždajom mogao da opiše kao srećan, ali morao sam da priznam da zvuči iskreno. Ako je glumio, bio je prilično dobar.

– Juče ujutro ste mi rekli da ste otišli u krevet u ponedeljak nakon večere, i da niste čuli niti videli ništa neobično. Da li je to tačno, ili ste se setili nečeg u međuvremenu?

Uputio joj je samoprekoran osmeh. – Da budem iskren, vodnice, bojim se da sam previše popio u ponedeljak uveče, i ne sećam se mnogo toga, osim da sam se vratio u svoju sobu s Birgit i zaspao.

– Hvala vam. Sad bih želela da vas pitam nešto o žrtvi. Da li ste poznavali Džonatana Farmera?

– Upoznao sam ga jednom, nakratko, na nekom skupu u Njujorku, pre dve-tri godine. I ne, nisam ga dobro poznavao.

– Da li ste ikad poslovali s njim ili njegovom kompanijom?

Na trenutak, nešto mu se pojavilo na licu... nekakvo nezadovoljstvo, ali možda je bilo još nečeg ispod površine. – Nisam, ali iako ga nisam *poznavao* previše dobro, njegova kompanija, ili bolje rečeno njegovo carstvo, imala je sumnjivu reputaciju. Mi smo ugledna firma i ne radimo s takvim ljudima.

Nakon još nekoliko bezazlenih pitanja, vodnica mu se zahvalila, a on je otišao, i dalje se osmehujući i ponavljajući neiskrene dobre želje da brz oporavak inspektora Vinčija. Čekao sam dok nije zatvorio vrata za sobom i pogledao vodnicu u oči.

– Šta mislite o Erihu?

– Ljigavac. – Upotrebila je italijansku reč, *viscido*, koja opisuje sluz koju puž ostavlja za sobom. – Ako bih želela iskren finansijski savet, verovatno bih se pre obratila vašem psu nego njemu.

Klimnuo sam glavom. – Naravno, ali da li verujemo da bi mogao da bude ubica?

– Ko god da je ubo Farmera, uradio je to vrlo precizno i odlučno, i odmah mu je probo srce. Ako je Baumgartner bio pijan kako tvrdi, mislim da to nije mnogo verovatno.

Klimnuo sam glavom. – Koliko znam, on i Farmer su bili podjednako pijani te noći, tako da verovatno govori istinu. – U tom trenutku, telefon mi je zazvonio i video sam da je to Ana. – Žao mi je, Paola, ali moram da se javim. To je moja devojka, majka žene koju je vaš inspektor uhapsio.

Paola mi se saosećajno osmehnula, a ja sam se javio.

– *Ciao*, Ana.

– *Ciao*, Dene, šta se događa? Ostavio si mi poruku da te pozovem. – Zvučala je srećno... zasad.

Duboko sam udahnuo i dao sve od sebe da joj prenesem novosti što sam opreznije mogao, da je njeno jedino dete u pritvoru u policijskoj stanici u Pizi, pod sumnjom za ubistvo. Razumljivo, Ana je bila zaprepašćena i uspaničena. Nakon mnogo objašnjavanja i tešenja, uključujući to da sam organizovao advokata za Virdžiniju, dogovorili smo se da je sačekam na železničkoj stanici u Pizi u tri i pet. Proverio sam s Paolom da vidim može li Ana da razgovara sa svojom ćerkom, i ona je potvrdila da će se pobrinuti za to. Na kraju poziva, pogledao sam Paolu, koja je pogledala na sat i tužno se osmehnula.

– Osim ako ne postoji još nešto što mislite da treba da uradimo ovde, bolje je da se vratim u stanicu. Otići ću do Virdžinije Njuton i reći joj da će je majka posetiti i da inspektor više ne radi na slučaju.

Takođe ću sesti i razgovarati s nekim od svojih kolega, i ozbiljno razmisliti o svemu. Nadam se da ćemo uspeti da pronađemo pravog ubicu. – Na trenutak me je pogledala u oči. – Iskreno se nadam da ćemo pronaći nešto, jer jaki dokazi govore da je Virdžinija Njuton kriva. Ako dovedete njenu majku u kvesturu popodne, možete da je ostavite da razgovara s ćerkom, a vi dođite u moju kancelariju. Možemo zajedno da razmislimo o svemu još jednom. Možete li se setiti još nečeg?

Polako sam klimnuo glavom. – Dve stvari, ako vi ili vaše kolege budete imali vremena. Najpre najvažnije, shvatam da je inspektor proverio ko će naslediti Farmerovo carstvo.

Na moje zaprepašćenje, Paola je odmahnula glavom. – Predložila sam to inspektoru juče ujutru, ali koliko znam, nije to uradio. Bio je uveren da je rešio slučaj i nije video svrhu da „traći vreme". To su bile njegove reči.

Podigao sam obrve do nebesa. – Kako je, zaboga, uspeo da tako dugo ostane na tom poslu?

Video sam je kako ponovo oprezno gleda oko sebe. – Niste jedini koji ima prijatelje na visokim položajima. Njegov otac je bio gradonačelnik Pize gotovo deset godina, dok nije umro prošle godine. Prigovori – a bilo ih je mnogo – uvek su odbacivani ili je krivica prebacivana na druge policajce. – Utišala je glas. – Položila sam inspektorski ispit prošle godine, ali pošto radim većinu posla za njega, zadržao me je kao svoju vodnicu.

Široko sam joj se osmehnuo. – Iznenađen sam što niste pomislili da ga upucate u stopalo.

Uzvratila mi je osmeh. – Ne mislite da nisam... i ne samo u stopalo. U svakom slučaju, provera testamenta mi je na vrhu spiska kad se vratim u stanicu. A šta vas još zanima?

– Pitam se da li biste mogli da proverite jesu li Dižarden ili Baumgartnerovi ikad poslovali sa žrtvom. Oni tvrde da nisu, ali ako postoji način da ih vaši ljudi provere, bio bih vam zahvalan.

– Videću šta mogu da uradim. Da li je to sve? – Klimnuo sam glavom, a ona mi je ponovo salutirala. – *Arrivederci*, Dene.

Zahvalio sam joj se srdačno na pomoći i razmišljao, nakon što je otišla, da bismo dosad verovatno rešili slučaj da je na čelu istrage od početka bila ona, umesto Prljavog Harija. Pogledao sam na sat. Bilo je nekoliko minuta posle pola jedan. Za deset sati, svi sumnjivci će dobiti svoje dokumente i nisam sumnjao da će ih odmah upotrebiti da se udalje od ovog mesta što brže mogu.

Imao sam deset sati da rešim ubistvo...

20.

Sreda popodne

Do tri sata, imao sam vremena da dobro razmislim. Namerno sam izbegao da ručam sa ostalima i pojeo sam sendvič u svom stanu, i bilo je lepo sedeti u miru i tišini i razmišljati o događajima od ove nedelje... zasad. Moja glavna briga bila je da pronađem motiv za ubistvo. Prema mom iskustvu, postojala su dva glavna motiva, a uvek se ispostavljalo da su to novac ili seks. Da li je Farmera ubila neka ljubomorna žena ili ljubomorni muž ili partner? S druge strane, da li je ubijen zbog finansijskih prevara? Njegov ugled ženskaroša i nemilosrdnog poslovnog čoveka činio je oba scenarija podjednako mogućim.

Naravno, ima i drugih motiva za ubistvo. Vekovima su se ljudi ubijali u dvobojima zakazivanim zbog sitnih uvreda, a ljudi svakog dana ubijaju jedni druge zbog religije, rase, političkih uverenja ili seksualne orijentacije. Ljude ubijaju jer su videli nešto što nije trebalo, a i osveta je često jak motiv, kao i zavist ili ambicija. Palo mi je na pamet da Pirs izgleda kao ambiciozan čovek, tako da je možda shvatio da će ubijanjem glavnog investitora u šefovom novom projektu možda uspeti da uništi sve, i tako ostavi Malkolma Derbija bez posla? Međutim, izgledi da čovek mlađi od trideset godina bude postavljen za generalnog direktora važne kompanije nisu mi delovali realno, pa sam odbacio tu teoriju.

Bio sam siguran da su mnogi ljudi zavideli Farmeru na milionima, ali većina ljudi ovde u vili ima više nego dovoljno svog novca da ne mora da ubije zbog njega. Pitao sam se šta li piše u testamentu. Virdžinija mi je rekla da je Farmer bio neženja i bez ozbiljne partnerke, i zanimalo me je ko će naslediti novac. Bilo bi zanimljivo čuti to, ali hoćemo li dobiti informaciju pre nego što svi napuste vilu?

Odlučio sam da ostavim Oskara kod Antonele umesto da ga vodim u vreo, pretrpan centar Pize, i ostavio sam ga da sedi u kuhinji kraj nje, sa srećnim izrazom gastronomskog iščekivanja na licu. Nadao sam se da mu neće dati previše hrane ili će mu želudac pući.

Brzo sam stigao u grad i uspeo sam da pronađem parking prekoputa stanice, koja je bila puna turista svih nacionalnosti, meštana i uobičajenih sumnjivih likova koji se muvaju oko železničkih stanica. S rukom na novčaniku, za svaki slučaj, otišao sam da sačekam Anu i bilo mi je drago što je voz stigao na vreme. Upravo sam stigao na peron kad je voz došao, i ona je potrčala prema meni čim me je videla. Zagrlio sam je čvrsto. Bila je očigledno vrlo uznemirena i dao sam sve od sebe da je umirim. Nije se rasplakala, ali video sam da je blizu. Kad smo se razdvojili, uzeo sam njenu malu putnu torbu i otišli smo stepenicama do prolaza ispod pruge i izašli na glavnu ulicu. Odatle smo krenuli ka kolima.

Odmah sam počeo da je smirujem. – Dobra vest je da je onog tupavog inspektora zamenio neko ko je mnogo efikasniji, i uveren sam da ćemo nas dvoje otkriti šta se dogodilo.

– Ali Virdžinija je i dalje u pritvoru?

– Da, zasad, ali nadam se ne još dugo.

Ana me je poznavala dovoljno dobro da bi uočila moje oklevanje. Stegla mi je ruku i naglo me zaustavila nasred ulice, gledajući me u oči. – Ona je nevina, Dene, veruješ u to, zar ne?

– Naravno da verujem. Niko u tvojoj porodici ne može da bude ubica. – Uhvatio sam je za ruku i povukao je do trotoara. – Osim tebe, možda. Onaj tamo vozač autobusa je gotovo morao naglo da zakoči da bi nas izbegao i ružno nas je pogledao.

– Ne šali se, Dene, moram da znam da veruješ u nju.

– Iskreno verujem da nije uradila to, ali to ne zavisi od mene. Nesrećna činjenica je da je DNK dokaz jedini koji postoji u ovom slučaju, i to joj ne ide u korist. Zato je policija drži u pritvoru. Pokušaj da se ne brineš i reci joj da ne gubi nadu. Kad stignemo u kvesturu, dok ti budeš razgovarala s Virdžinijom, sastaću se s policajkom koja je preuzela istragu i uveren sam da i ona veruje da je Virdžinija nevina.

Krenuli smo kombijem, prešli reku Arno i ušli u uske ulice na putu do centra starog grada. Tu nije bilo mesta za parkiranje blizu kvesture i morao sam da vozim gotovo do Trga čuda da bih pronašao mesto. Nakon malo muke, uspeo sam da uguram veliko vozilo u uzak prostor između mercedesa s nemačkim tablicama i sitroena s francuskim, i otišli smo pešice do policijske stanice. Bilo mi je drago kad sam video da nas očekuju, i jedan policajac je odveo Anu da vidi svoju ćerku, dok su mene odveli u kancelariju na čijim je vratima pisalo *Inspektor A. Vinči*. Vrata su bila otvorena i Paola mi je mahnula da uđem čim me je videla.

– Uđite i sedite, Dene. Da li je vaša devojka otišla da obiđe svoju ćerku?

– Da, hvala što ste omogućili to. Ima li nekih novosti?

– Nemam nove informacije. Pozvali smo Farmerove advokate i zahtevali pojedinosti o njegovom testamentu, ali znate kako je s tim velikim advokatskim firmama; nikud ne žure. Ta firma se nalazi u Los Anđelesu, tako da verovatno sad ustaju iz kreveta. Ako budemo imali sreće, možda budemo saznali nešto usred noći. Što se tiče finansijskih poslova Kanađanina i Švajcaraca, nema ničeg novog, osim što se time bave stručnjaci iz finansijske policije iz Rima, na osnovu hitnog zahteva.

– Moramo da čekamo.

– Nažalost. A šta je s vama? Da li ste uspeli da sednete i razmislite?

– Sigurno sam dosta razmišljao, ali bez velikog uspeha; makar sam eliminisao neke ljude. Što više mislim o tome, sve više sam uveren da je to bio posao iznutra, tako da se usredsređujem na ljude u vili, a ne na nekog nasumičnog ubicu spolja. Mislim da je ona otvorena kapija bila samo pokušaj odvlačenja pažnje od pravog krivca. Mislim da mogu mirne duše da precrtam Rokija i Antonelu sa spiska sumnjivih, a prilično sam siguran da gospodin i gospođa Derbi i Pirs Kuper-Stivenson nemaju nikakve veze s tim, mada ih ne bih potpuno isključio. Melani Derbi mi je rekla da je studirala s Farmerom, i ko zna šta se tad dogodilo između njih?

– Ali to je bilo pre deset-petnaest godina. Sigurno je prilično neverovatno da iznenada odluči da sad uradi nešto?

– Upravo tako. Ne vidim kako bi ona mogla da bude ubica, ali zadržimo zasad nju, njenog muža i Pirsa na spisku, uz upitnik pored. Stekao sam utisak da je Pirs naklonjen Melani, tako da je možda angažovala njega da uradi njen prljavi posao, ali sumnjam u to. Ne verujem da je operska pevačica, Elenor Lenard, sposobna za ubistvo, ali prilično je jasno da se njen muž u Grčkoj kreće u sumnjivim krugovima, tako da je moguće da joj je naredio da omogući plaćenom ubici da uđe i uradi to. Naravno, ako se to dogodilo, to nosi mnogo problema, pre svega, kako je znala da postoji zadnja kapija, s obzirom na to da je dobro sakrivena iza žbunja? Kad sam prvi put obišao dvorište iznutra, nisam je uočio, a tražio sam upravo tako nešto. To ukazuje na poznavanje okoline. A uz desetak ljudi koji su se muvali naokolo u ponedeljak uveče, teško mi je da poverujem kako se neka nepoznata osoba ušunjala i išunjala neprimećeno.

Klimnula je glavom. – To i ja mislim. Ostavimo Elenor Lenard na spisku, ali uz znak pitanja. Iskreno, za tu kapiju su znali samo zaposleni i vlasnik, što znači Ogastas Korniš, ako isključimo Antonelu i Rokija.

Nešto mi je palo na pamet. – Malkolm Derbi i njegova žena su bili tu za Božić, kad je bilo manje lišća na drveću i žbunju. Možda su tad videli kapiju i smislili plan, ali ne znam zašto. – Nisam mogao da zaustavim nemoćno frktanje i ona se kiselo nasmejala.

– Korak napred, dva koraka nazad. Dakle, to nam ostavlja kanadski par i švajcarski par. Pored Korniša, to je pet glavnih sumnjivaca, koji su imali priliku i sredstvo, i četvoro drugih manje verovatnih sumnjivaca. Očajnički nam je potreban motiv, ali loša vest je da možda nećemo dobiti vesti od žrtvinih advokata ili finansijske policije do kasno noćas ili sutra ujutro, a dotad će se oni najverovatnije vratiti odakle su došli. – Bespomoćno je slegnula ramenima. – Naravno, i dalje možemo da istražujemo i kad oni odu, ali to će nam otežati stvari.

Bilo mi je drago što vodnica misli isto kao ja, i deli moju želju da rešimo slučaj brzo. A onda mi je nešto palo na pamet. – Pošto su Gas Korniš i Antoan Dižarden u intimnoj vezi, pretpostavljam da je moguće da je Antoan ubio Farmera, a onda je Korniš izašao i otvorio kapiju kako bi nas zbunio. S druge strane, ako je Kanađanin unajmio plaćenog ubicu, Korniš je mogao da mu otvori kapiju i pusti ga. – Pogledao sam je i tužno se osmehnuo. – Toliko mogućnosti, ali bez motiva.

– Osim Virdžinije Njuton, žene koja je u pritvoru, koja nam je već rekla da ju je žrtva napala – i ima ožiljak kao dokaz – mada tvrdi da je delovala u samoodbrani i samo ga je šutnula. Uzgred, rekla sam patologu da proveri i potvrdio mi je da na međunožju postoje modrice, mada je to ne oslobađa. – Slegnula je ramenima. – Znam da to nije ono što želite da čujete, ali to je istina.

Klimnuo sam glavom. – Da, naravno, shvatam i hvala vam što ste proverili njenu priču. Zahvalan sam vam što ste prihvatili ideju da je možda nevina, iako vaš inspektor nije sumnjao u to.

– Takođe imam osećaj da nije kriva, ali dok ne pronađemo dokaze za to, imam samo to: osećaj.

– Kako je inspektor Vinči? Jesu li javili nešto iz bolnice?

– Dve smrskane kosti – metak mu je razneo gležanj – i moraće da ostane u bolnici neko vreme. Da budem iskrena, sreća je što niko drugi nije povređen. Nakon što mu je prošao kroz nogu, metak iz te njegove bazuke probio je rupu u debelim drvenim vratima i zabio se u zid u hodniku. Uzgred, hirurg koji ga je operisao saglasio se da je vaš podvez spasao inspektorov život. Moraće da mu imobilišu nogu ispod kolena nekoliko nedelja, i kažu da ne znaju hoće li biti trajne štete.

– Uplašio sam se kad sam video ranu. Zašto je, zaboga, nosio takvo oružje koje može da ispaljuje metke kroz vrata? Makar će vam to dati nekoliko nedelja da upravljate stvarima ovde i pokažete svojim pretpostavljenima šta su propustili što su vas zadržali kao vodnicu.

Osmehnula se. – Bilo bi mi drago ako bih počela rešavanjem slučaja u *Vili Gregori*.

– Što se toga tiče, jedino rešenje koje sam smislio je da pokušamo malo da zakuvamo stvari. Pokušao sam da smislim neki način da ohrabrimo ubicu ili ubice da se otkriju.

– Da, ali kako? Zasad su vrlo dobro sakrivali svoje tragove.

– Uistinu, tako da moramo da smislimo scenario koji će ih uplašiti i navesti na delovanje.

– Kakvo delovanje?

Uhvatio sam sebe kako razmišljam o Aninom jučerašnjem upozorenju. – Većina ljudi s kojima sam razgovarao jutros misli da je inspektor obavio svoj posao i uhapsio pravu osobu. Što se njih tiče, jedina osoba koja i dalje istražuje jesam ja, i ne znaju zašto. Pretpostavljam da je najbolji način da uznemirim ubicu to da ga uverim kako hapšenje može da izbegne jedino ako me ubije.

– Shvatate li šta govorite? – Paola je zvučala iskreno zabrinuto za mene. – Govorite da razmišljate da ugrozite svoj život kako biste pronašli pravog krivca? – Polako je odmahnula glavom. – Već smo imali jedno ubistvo u *Vili Gregori*, Dene; poslednje što nam je potrebno je još jedno.

– I ja mislim tako – posebno ako sam ja žrtva – ali teško mi je da smislim neki drugi plan. Ići ću da razmislim o tome i pozvaću vas kasnije, ako se ičeg setim. – Pogledao sam na sat i ustao. – Isteklo je vreme za Aninu posetu Virdžiniji. Bolje je da odem dole i nađem se s njom. Kao što možete da zamislite, u užasnom je stanju.

Saosećajno je klimnula glavom. – Mogu da zamislim. Nijedna majka ne želi da misli da bi joj dete moglo biti optuženo za tako užasnu stvar, ali, naravno, sva ubistva izvršavaju nečiji sinovi i ćerke. Nadajmo se da možemo da smislimo nešto ili dobijemo neku novu informaciju do večeras. I ja ću nastaviti da razmišljam i, ako mi se ne javite, bojim se da ću morati da dođem u deset sati i podelim svima njihove pasoše.

Rukovali smo se i napustio sam njenu kancelariju odlučan da uradim sve što mogu da dokažem Virdžinijinu nevinost, ali da li sam stvarno spreman da ugrozim svoj život?

21.

Sreda popodne

Zatekao sam Anu na trotoaru ispred, s nakvašenom papirnom maramicom u ruci, odsutnu duhom. Vratili smo se do kombija bez reči i video sam jednu poslastičarnicu malo dalje, s letnjom baštom na trotoaru. Nekoliko minuta kasnije, sedeli smo ispod suncobrana nedaleko od Krivog tornja – pravog, ne imitacije iz *Vile Gregori* – s dva najveća sladoledna kupa koja sam u životu video. Oprezno sam započeo razgovor.

– Kako je Virdžinija? Da li ju je advokat posetio?

Klimnula je glavom. – Kazala je da je bio vrlo ljubazan i rekla mi je da ti se zahvalim što si organizovao to.

– Ali može li da je izvuče?

– Rekao je da to zavisi od sudije, ali upozorio ju je, zato što je strana državljanka, da verovatno neće biti puštena uz kauciju. – Na trenutak je izgledalo da će se ponovo rasplakati, ali uspela je da se uzdrži. Sačekao sam nekoliko trenutaka i pokušao sam da je dodatno ohrabrim.

– Pa, daću sve od sebe da rešimo sve pre nego što se pojavi pred sudijom. Da li je mnogo uznemirena?

Ana me je pogledala, crvenih očiju, držeći i dalje praznu kašiku. – Nisam sigurna da je „uznemirena" prava reč. Očigledno je vrlo zabrinuta i uplašena, ali i besna, ne toliko na policiju, mada ima vrlo loše mišljenje o inspektoru koji je sâm sebe upucao, koliko na to što je Džonatan Farmer gnjavi i posle smrti.

Zamalo sam je pitao zašto je Virdžinija toliko mrzela svog šefa, ali to ne bi pomoglo i verovatno bi pokvarilo uživanje u sladoledu za oboje. Šta je bilo – bilo je, i morali smo da krenemo dalje. Uzeo sam punu kašiku sladoleda od breskve i bele čokolade, vešto zahvatajući kandiranu trešnju vrhom kašike i uživajući u tome, pre nego što sam išta rekao. Sladoled je bio izvrstan i podstakao sam Anu da proba svoj, što je konačno uradila, ali bez ikakvog znaka uživanja. Očigledno joj hrana nije bila previše važna sad, i razumeo sam je. Pokušao sam da zamislim kako bih se osećao da je moja ćerka u istoj poziciji. Bilo je to strašno.

Nakon još dva osvežavajuća zalogaja, vratio sam se problemu. – Sad moram da sednem i razmislim kako da otkrijem pravog ubicu pre nego što svi odu sutra ujutro.

Pogledala me je. – Zašto ne bi razgovarao sa mnom o tome? Jedva čekam da čujem o toj vili i ljudima tamo i, nikad se ne zna, razgovor s nekim neupućenim mogao bi da ti pomogne.

Osmehnuo sam joj se. – Razgovor s nekim pametnim kao što si ti sigurno je razumna ideja. – Pogledao sam po okolnim stolovima i pomislio kako je najbolje da budemo diskretni. – Pojedi sladoled i hajdemo do Trga čuda. Čudo je ono što nam je sad potrebno.

Kad smo se približili centru staroga grada, uska ulica postajala je sve zakrčenija pešacima, dok su turisti iz svih krajeva sveta išli prema Krivom tornju. Na trgu kraj glavne kapije u ogromnim gradskim zidinama, bilo je bezbroj raznih prodavnica i tezgi na kojima se prodaju suveniri od prefinjenih do besmislenih. Majice sa slikom Krivog tornja su u redu, ali plastični Galileo – najčuveniji stanovnik Pize – koji svetli i svira bio je potpuno neverovatan.

Na kraju smo stigli do svog odredišta i ušli u široko, travnato prostranstvo Trga čuda, prepunog ljudi. Ispred nas se nalazio pravi Krivi toranj, spektakularno visok i nagnut pod nemogućim uglom, s belom mermernom fasadom koja blista na prolećnom suncu i, iza njega, zaprepašćujuća, okrugla, mermerom prekrivena krstionica i ogromna katedrala.

Kad smo se vraćali, morao sam da razmišljam o kontrastu između te izvanredne lepote ovog starog mesta i bednog kraja jednog ne tako sjajnog ljudskog bića nekoliko kilometara dalje, u *Vili Gregori*. Ubistva nikad nisu lepa, ali u gradu ovakve lepote izgledala su još ružnije.

Opisao sam Ani ljude u vili, i izneo svoje sumnje. Postavila je nekoliko pitanja, ali inače nije ništa govorila dok nisam završio. Kad sam stigao do kraja svog izlaganja, promislila je pre nego što je progovorila.

– Vidim zašto policija misli da je to bila Virdžinija. – Osetio sam olakšanje što joj je glas zvučao mirno. – Dok ne dobiješ informacije o žrtvinom testamentu i finansijskom poslovanju – što je ona budala od inspektora trebalo da uradi juče – ima vrlo malo dokaza osim njenog DNK ispod Farmerovih noktiju. Vidim i problem kako zadržati sumnjivce u vili duže od narednog jutra, tako da ti ostaje vrlo malo vremena. Šta nameravaš da uradiš večeras da bi, kako si rekao, isterao ubicu na čistac?

– Tu mi je potrebna tvoja pomoć. Imaš li neki predlog? Počnimo od najvažnijeg pitanja: šta misliš, ko je ubica?

– Stvarno ne znam. Ili Švajcarci ili Kanađanin, ako ih je Farmer prevario. Vlasnik vile je lagao dosad, ali možda ima nešto drugo da sakrije. Bez sastanka s njima, to je teško, ali ne bih odbacila ni žene. Ta operska pevačica ga je očigledno mrzela, a ta žena – Melani, zar ne? – koja je studirala s njim i tvrdila da se loše ponašao prema ženama, možda je govorila o sebi i samo se pretvarala kad je kazala da se to dogodilo njenoj prijateljici. Švajcarkinja mi zvuči kao gadna babuskara, ali to ne znači da je ubica. A što se tiče prostitutke, ona nema moralni kompas, tako da je moguće da je bila spremna da, ako ne izvrši ubistvo, onda da otvori kapiju i pusti ubicu.

– Ali kako je znala da je kapija tamo?

– Da, to je istina, ali mislim da je mogla to da uradi kao i, uistinu, bilo ko drugi. U suštini, ako se ne pojave neki neverovatni novi dokazi, imaš samo jedan izbor.

– A to je?

– Moraš da uplašiš ubicu i nateraš ga da se otkrije.

Klimnuo sam glavom. – To je zaključak do koga sam i ja došao, ali pitanje je, kako? Mogu večeras da kažem kako sam pronašao neke nove dokaze i da ću ih predati policiji ujutro, u nadi da će ubica pokušati da ukloni mene i te nove dokaze. Postavićemo zamku i pobrinuti se da policija uhvati ubicu na delu... ako je moguće pre nego što me ubije. Problem je što niko neće verovati da bih čekao do jutra da predam policiji nešto tako eksplozivno.

– Da li bi mogao da večeraš s njima i, na kraju, iznenada da skočiš na noge kao da ti je nešto sinulo i otrčiš u svoju sobu, govoreći svima kako si rešio slučaj? – Na osnovu njenog tona, bilo je jasno da nije bila uverena. A nisam ni ja.

Polako sam odmahnuo glavom. – Da li je to uverljivije? Moramo da prihvatimo da bi ubica mogao da prozre tako nešto.

– Ne, u pravu si. Pretpostavljam da je to loša ideja. – Tad smo već bili s druge strane katedrale, i hodali smo kraj visokih gradskih zidova. Ana je zastala u prijatnom hladu i oslonila leđa na hladan kamen, a minut kasnije iznela je predlog. – Zavadi pa vladaj: moramo da smislimo kako da večeras svi sumnjivci pomisle da si im na tragu. Na osnovu našeg razgovora, to bi mogao biti gotovo svako od njih, ali pretpostavljam da su Švajcarac i njegova žena, Kanađanin s prostitutkom ili bez nje, i vlasnik vile, gospodin Korniš, glavni sumnjivci. Umesto da objaviš nešto za večerom, mogao bi nekako da porazgovaraš sa svima pojedinačno i natukneš im nešto, kako bi pomislili da moraju da deluju.

– To je ono o čemu sam i ja razmišljao. To neće biti lako, ali moram da smislim kako da me svako od njih čuje da govorim nešto ili vide da radim nešto što mogu da protumače kao direktnu pretnju, ali ne previše očiglednu. Ne mogu da priđem svakom od njih i kažem: „Prilično sam siguran da ste vi ubica, a znaću tačno za nekoliko sati.“ To mora da bude nešto lukavije od toga. – Osmehnuo sam joj se. – To je lakše reći nego uraditi.

Ana mi nije uzvratila osmeh. – A onda ćeš, verovatno, sedeti i čekati da ubica pokuša da te ubije kako bi te ućutkao. – Pogledala me je s nevericom. – Znam da ozbiljno shvataš svoj posao, Dene, ali zar to nije previše, čak i za tebe? Ubica je pokazao da je vrlo efikasan. Šta će se dogoditi ako pronađe način da ubije i tebe?

– Shvatam. Kao što kažeš, bilo bi vrlo neprijatno da me ubije. – Pokušao sam da okrenem na šalu, ali ona je i dalje izgledala zabrinuto i uozbiljio sam se. – Nemam nikakvu nameru da budem ubijen tako da moram, nakon što ubici posejem seme sumnje u glavu, smisliti neku klopku. Sešću s vodnicom Inočenti i pobrinuti se da ona i njeni ljudi čekaju, spremni da se uključe.

– Pod uslovom da ubica zagrize mamac i upadne u klopku. – Sad je izgledala veoma zabrinuto. – Šta ako je dovoljno pametan da prozre to i uhvati te nespremnog? To mu je dosad polazilo za rukom.

– Samo ću morati da se pobrinem da ne dođe do toga. – Uhvatio sam je za ruku, i ohrabrujuće sam je stegao. – Ne brini, imam Oskara da me čuva.

Odmahnula je glavom. – Znam da te mnogo voli – kao i ja – ali šta ako se ubica pojavi sa šniclom na firentinski način? Znam da ti je Oskar najbolji prijatelj, ali oboje znamo kakva je gladnica. Ako bi morao da bira između dobre hrane i zaštite nekog ljudskog bića...

Ponovo sam joj stegnuo ruku i prihvatio sam opušteni ton, iako se nisam osećao tako. – Zna šta je važno. Čuvaće mi leđa.

Ana i dalje nije izgledala uvereno. – Ne moram da se vratim u Firencu do prekosutra, tako da ću otići s tobom u vilu i odsesti tamo. Dva para očiju bolje vide od jednog.

Poslednje što sam želeo bilo je da se nešto dogodi Ani, i odmahnuo sam glavom i dosetio se diplomatskog odgovora. – To je vrlo lepo, ali biće bezbednije za mene ako ti ne budeš tamo. – Kad sam video nerazumevanje na njenom licu, potrudio sam se da joj objasnim. – Ako budem sâm, brinuću se samo za *sebe*. Ako ti budeš sa mnom, koliko god želela da pomogneš, deo mene će se brinuti da ti se nešto ne dogodi, i možda ću biti dekoncentrisan. Ne, hvala na ponudi, ali najbolje je da nađeš neki hotel blizu policijske stanice i budeš spremna da otrčiš i preneseš ćerki dobre vesti kad uhvatim ubicu. Pozvaću te čim budem imao neke vesti.

Nema potrebe da naglašavam, to je nije zadovoljilo i bilo mi je potrebno neko vreme pre nego što je nevoljno priznala da je bolje da radim samostalno, pod budnim okom policije i svog psa... sa šniclom ili bez nje.

Nastavili smo da razgovaramo dok nisam shvatio kako moram da pomerim kombi pre nego što mi naplate kaznu za nepropisno parkiranje. Dok smo se vraćali prema kombiju, pozvala je jedan mali hotel koji je znala i, srećom, imali su sobu za nju. Odvezli smo se pravo tamo, i ostavio sam je ispred glavnog ulaza. Ne želeći da izađe iz vozila, pružila je ruke i uhvatila me za mišice i privukla k sebi, sve dok nam lica nisu bila jedno uz drugo.

– Obećaj mi da ćeš se čuvati, Dene. Kao što sam rekla, ubica je dokazao da je vrlo snalažljiv i ne znam šta bih radila da ti se nešto dogodi. – Video sam suze u njenim očima i očajnički sam pokušavao da smislim nešto ohrabrujuće što bih joj rekao, a ona se nagnula i poljubila me je žestoko u usta, pre nego što se odmakla, dok su joj suze tekle niz obraze. – Taj posao nije vredan života, Dene. Volim te mnogo i ideja da bih mogla da te izgubim je suviše grozna da bih pričala o njoj.

Slobodnom rukom sam joj obrisao suze s lica. – Biću oprezan, obećavam, ali dugujem tebi i Virdžiniji da rešim ovo i povratim joj ugled. Pokušaj da ne brineš. Pozvaću te čim uradim to.

I dalje nije izgledala uvereno, ali je konačno otvorila vrata i izašla. Bez reči se okrenula i otišla odlučno prema hotelu, ali video sam po njenim ramenima da se ponovo rasplakala. Znao sam kako se oseća. Nisam hteo da zaplačem, ali znao sam da bih lagao ako bih rekao kako nisam bio ozbiljno zabrinut šta će se događati narednih nekoliko sati.

22.

Sreda predveče

Nakon što sam ostavio Anu ispred hotela, odvezao sam se do vile i pokupio Oskara iz kuhinje. I njemu i meni bila je potrebna duga šetnja; u mom slučaju, da razmislim šta ću da radim večeras, a u njegovom da potroši makar deo kalorija koje je uneo u poslednjih četrdeset osam sati. Skrenuli smo levo od glavne kapije i prošli pored mesta gde sam video srebrni fijat, sve dok nismo stigli do ruba guste borove šume regionalnog parka. Dok smo hodali peščanom stazom kroz borik, stalno sam mu govorio da se čuva otrovnica, ali nisam bio uveren da je razumeo ozbiljnost situacije. Zbog toga sam davao sve od sebe da ostanemo na stazi ili blizu nje, a kad bi mi doneo štapove ili šišarke i spustio ih kraj mojih nogu, trudio sam se da mu ih bacam duž staze, a ne u senovito žbunje. Srećom, nismo naišli na veverice ili bi nestao u žbunju da bi ih uhvatio, bez obzira na to šta se tamo krije.

Sve vreme sam razmišljao o najboljem načinu da uplašim ubicu da pokuša nešto večeras. Ponovo sam nabrojao imena u mislima i postepeno sam počeo da smišljam niz situacija koje su uključivale te pojedince, a u kojima bih mogao da im nagovestim neke prikrivene informacije. Mada nas je borova šuma sa obe strane štitila od direktne sunčeve svetlosti, vazduh je bio vrlo topao i obilno sam se znojio kad smo stigli do raskršća gde su se šumske staze račvale u čak pet smerova. Danas, po jakom suncu, bilo je lako orijentisati se prema suncu i senkama, ali mogao sam da zamislim kako bi lako bilo, nekog oblačnog zimskog dana, izgubiti se ovde. Pošto smo bili tako blizu ovećeg grada, bilo je neobično biti u tako izolovanom okruženju. Nije mi promaklo da bi to bilo savršeno mesto za ubistvo i podsetio sam sebe da ne dolazim ovamo dok ubica u vili ne bude uhvaćen.

Nakon jednočasovne šetnje, Oskar i ja smo se vratili u vilu i prvo što je uradio bilo je da popije punu posudu vode, dok sam ja stajao i tuširao se mlakom vodom, i postepeno se rashlađivao. Osvežen i presvučen, vratio sam se u dnevnu sobu i seo s bocom hladne mineralne vode i beležnicom i olovkom. Dok je Oskar ležao kraj mojih nogu, zadovoljno hrčući, polako sam i oprezno smišljao plan dok mi nije postalo jasno šta treba da uradim.

Kad sam bio uveren da sam smislio najbolje moguće rešenje, pozvao sam vodnicu Inočenti. Saslušala je pažljivo to što sam imao da kažem i, nas dvoje smo uobličili plan da uhvatimo ubicu. U suštini, ja ću izneti neke nagoveštaje glavnim sumnjivcima, tokom večeri. A onda, kad padne mrak, reći ću svima da ću odvesti Oskara u šetnju po imanju, u nadi da će ubica iskoristiti priliku da se došunja za mnom i napadne me. Pre toga će Roki otvoriti zadnju kapiju, a vodnica i njen tim će se uvući neopaženo i zauzeti strateška mesta u vrtu, čekajući da izađem i, nadajmo se, da me ubica napadne. Vodnica će biti na vrhu lažnog Krivog tornja, opremljena dvogledom za noćno osmatranje, odakle će moći da upravlja operacijom i komunicira sa mnom preko slušalice koju će mi potajno dodati kad mi bude vratila pasoš.

To nije bilo savršeno, ali moraće da bude dovoljno.

U pola osam, Oskar i ja smo otišli u kuhinju da iznesem plan Rokiju i Antoneli. Kako bi plan upalio, znao sam da mi je potrebna njihova pomoć i bio sam siguran da mogu da računam na njih. Bilo mi je drago što je Emil otišao u vrt da udahne malo vazduha i bio sam nasamo s njima. Pošto sam pitao Rokija da li može da otvori zadnju kapiju, zamolio sam njih dvoje da malo glume za mene i klimnuli su glavom. Antonela je, posebno, izgledala doraslo izazovu.

– Samo nam recite šta treba da radimo, Dene.

Uputio sam joj širok osmeh. – Hvala, Antonela. Evo kako ćemo: ja ću pokušati da uverim sve sumnjivce da će biti uhapšeni i da je jedini način da to izbegnu da me ućutkaju. – Video sam kako se na njenom licu pojavljuje isti zabrinut izraz kao na Aninom, i dao sam sve od sebe da je umirim. – Kad Roki otvori kapiju, policija će se rasporediti po vrtu i ne bi trebalo da budem u ozbiljnoj opasnosti. – Nadao sam se da sam u pravu, ali nisam imao mnogo izbora, i zato sam progovorio tonom za koji sam mislio da je ohrabrujući. – Želim da vas dvoje posejete sumnju kod dvoje Švajcaraca. Da li ste znali da gospođa Baumgartner govori italijanski? – Oboje su odmahnuli glavom. – U stvari, vrlo tečno govori italijanski, ali ne zna da vi to znate, tako da želim da smislite neku situaciju da budete dovoljno blizu kako bi ona mogla da čuje šta govorite, ali da veruje kako ne znate da vas je razumela. Da li je to jasno?

Antonela je žustro klimnula glavom. – Baš uzbudljivo. Naravno da možemo to, zar ne, Roki?

Grmalj je klimnuo glavom. – Šta želite da kažemo, Dene?

Mnogo sam razmišljao o tome i pogledao sam u beležnicu. – Možete da kažete to svojim rečima, ali želim da šapućete – dovoljno glasno da vas ona čuje – kako ste čuli da ja mislim da su oni krivci i da ću rano ujutro, otići pravo u policiju da iznesem svoje sumnje vodnici. Tako ćemo ih, ako bude sreće, poslati u zatvor. Mislite li da možete to?

Antonela i Roki su pogledali jedno drugo, a onda je ona odlučno klimnula glavom. – Naravno, Dene. Prepustite to nama. – Kratko su razgovarali pre nego što su započeli predstavu. Pre početka, pokazala je na frižider na drugom kraju prostorije i dodala malo didaskalija zbog mene.

– Recimo da je frižider švajcarski bračni par. – Okrenula se ka mužu i počela da govori glasnim šapatom, dovoljno glasnim da je frižider i ja čujemo. – Slušaj, Roki, to su oni tamo. Oprezno, nemoj da te primete da ih gledaš. Čuo si šta je Den rekao: rano ujutro, policija će ih uhapsiti.

– Da li su oni stvarno ubili gospodina Farmera? – Video sam da je Roki ukapirao o čemu se radi i zvučao je prikladno zaprepašćeno.

– To je Den rekao. Onaj glupi inspektor nije želeo da čuje za to, ali kaže da je vodnica znatno razumnija. Kazao je da će pronaći dokaze preko noći i onda će krenuti u kvesturu rano ujutro i predati to vodnici. Onda će sve biti gotovo za te Švajcarce. – Nakon što je mrko pogledala nezainteresovani frižider, okrenula se ka meni i progovorila normalnim glasom. – Da li je to ono što ste želeli, Dene?

– Savršeno. Ni Šekspir ne bi to bolje napisao.

Zahvalio sam im se i precrtao imena dvoje Švajcaraca u svojoj beležnici. U pratnji labradora, koji je bio nimalo iznenađujuće neraspoložen da napusti izvor toliko dobre hrane i koji je stalno čežnjivo gledao preko ramena prema kuhinji, otišao sam do terase da potražim naredne kandidate za širenje dezinformacija. Zatekao sam Juženi na travnjaku, kako razgovara telefonom, i pohitao sam do nje, a kad me je videla da dolazim, odmah je prekinula vezu i okrenula se ka meni.

– Ima li nekih novosti? – Večeras je na sebi imala prozirnu belu haljinu, s dekolteom koji je dosezao gotovo do struka.

Prihvatio sam podjednako ozbiljan ton. – Nisam siguran, ali stvari ne izgledaju dobro za Gasa Korniša.

Izgledala je zapanjeno. – Gasa? – Bilo je neverice u njenom glasu. – Da li pokušavate da mi kažete da mislite kako je on ubio Farmera? Rekla bih da on ni mrava ne bi zgazio. Zašto tako mislite?

– Upravo sam u procesu pronalaženja dokaza, ali sve više sam uveren da je on naš ubica, možda uz pomoć i podsticaj Antoana Dižardena.

– Mora da se šalite. – Zvučala je potpuno odlučno. – Ali zašto? Koji bi razlog imali da ubiju Farmera?

– Osveta, Juženi, jednostavno. Sve više mi se čini da su obojica izgubila dosta novca u nekoj prevari koju je organizovao ubijeni. – Melodramatično sam pogledao oko sebe, proveravajući da nas neko ne sluša, kao da dodajem ozbiljnost svojim rečima. – Samo sam hteo da znate da ću saopštiti sve činjenice policiji rano ujutro, i jedan ili obojica bi mogli da budu uhapšeni nakon toga. Savetovao bih vam da odete odavde što je pre moguće, kako ne biste bili upetljani u to.

Ostavio sam je tamo i vratio se prema vili i oduševio sam se kad sam zatekao Pirsa samog na terasi, i zato sam počeo sa izvršenjem plana M.

– Zdravo, Pirse, drago mi je što sam vas zatekao. – Namerno sam govorio tiho i nekoliko puta sam oprezno pogledao preko ramena, za dodatni utisak. – Možda imam neke loše vesti za vas.

– Zašto, šta se dogodilo? Nadam se da se nije nešto dogodilo Melani? Ona je dobro, zar ne?

Njegova očigledna briga za nju samo je potvrdila ono što sam već naslutio, i zato sam požurio da iskoristim tu očiglednu naklonost prema šefovoj ženi. – Da, dobro je... zasad. Stvar je u tome što sve više izgleda da su Melani ili Malkolm ubice.

Izgledao je zapanjeno. – Šta, mislite da su oni ubili Farmera? To je ludost... – Oči su mu gotovo iskočile iz glave i odlučio sam da dodam malo melodrame.

– Samo tiho, Pirse. – Brzo sam se osvrnuo i pogledao po terasi, da bih naglasio kako je to velika tajna. – Da li ste znali da su ona i Farmer studirali zajedno? – Nije mi bilo potrebno odmahivanje glavom da bih video da mu je to novost. – Nešto se dogodilo na *Oksfordu* pre mnogo godina, i čekam da mi prijatelji iz Skotland jarda jave šta je to bilo, i izgleda da bi to moglo da obezbedi motiv za ubistvo.

– Ubistvo? Niste valjda ozbiljni... ne Melani...

– Znaću sigurno ujutru. Bilo kako bilo, hteo sam da vas upozorim da, ukoliko vidite kako policija odvodi nju ili Malkolma, znate razlog. – U tom trenutku, Elenor Lenard se pojavila kraj balkonskih vrata i zato sam utišao glas do zlokobnog šištanja. – Dakle, zadržite to za sebe, Pirse. Važi?

Nisam mu dao vremena da uradi išta više od zbunjenog klimanja glavom. Bio sam prilično siguran da će odmah otrčati kod voljene Melani i preneti joj šta sam rekao a ona će, nadao sam se, onda to preneti Malkolmu. Dve muve jednim udarcem.

Otišao sam do Elenor i primenio isti tajnoviti pristup. – Dobro veče, Elenor, moram da razgovaram s vama. Da li biste pošli sa mnom u kratku šetnju?

U pratnji Oskara, sišli smo niza stepenice i krenuli šljunčanom stazom do travnjaka. Dotad je Juženi nestala, nadao sam se da kaže Antoanu – a posledično i Gasu – ono što sam joj malopre rekao. Kad smo bili na priličnoj udaljenosti od kuće, okrenuo sam se prema Elenor, i dalje se trudeći da zvučim što tajanstvenije mogu. – Samo da vam kažem nešto nasamo. Moji kontakti u Skotland jardu kažu da su bezbednosne službe veoma zabrinute za poslove vašeg muža i da postoji sumnja kako je Farmer znao nešto što bi moglo da ga ugrozi. Znaću više ujutru, i preneću to odmah policiji.

Razrogačila je prelepe oči. – Šta to govorite? Sigurno ne mislite da je moj muž umešan u ubistvo?

– Ne on lično, ali ima neke nezgodne prijatelje. – Oštro sam je pogledao. – Ali vi to već znate, zar ne? – Video sam naznaku razumevanja u njenim očima i nastavio sam. – Ne bih želeo da postanete kolateralna šteta, i zato vam prijateljski savetujem da napustite vilu što pre možete. Čuo sam od policije da će vam svima vratiti pasoše kasnije večeras. – Dodirnuo sam nozdrvu prstom i značajno sam je pogledao. – Mali savet: idite odmah ujutru, pre nego što stvari postanu gadne.

Ostavio sam je tamo, sasvim sluđenu, i obišao vrt sa Oskarom, pre nego što sam se vratio na terasu. Nisam se iznenadio kad sam video da je i Pirs nestao... verovatno je bio zauzet prenošenjem Melani onog što sam mu rekao – a na njegovom mestu je stajao Gas Korniš. I dalje je izgledao uglađeno, ali ono što sam planirao da mu kažem sigurno će mu obrisati osmeh s lica.

– Zdravo, Gase, drago mi je što sam vas sreo. Antoan Dižarden vam je verovatno rekao da znam za vas i njega. – Izgledalo je kao da će reći nešto, ali podigao sam ruku da ga ućutkam. – To je vaša lična stvar i nema veze ni s kim drugim, ali samo sam hteo da vas upozorim kako deluje da je on možda umešan u Farmerovo ubistvo.

Njegovo preplanulo lice je prebledelo. – Antoan? Nemoguće. Ne bi mogao da bude umešan u ubistvo. Pored toga, zašto bi želeo da ubije Farmera?

– Zbog novca. Istražujem glasine da je Antoan izgubio milione u nekoj Farmerovoj prevari.

– Da li imate dokaz?

Odmahnuo sam glavom. – Ne još, ali trebalo bi da saznam više u narednih nekoliko sati. Problem je što policija ovde nije zainteresovana i ako ne budem mogao da ih ubedim rano ujutru, nedužna žena će završiti u zatvoru.

– To je užasno, ali nemoguće je da Antoan... – Glas mu je zamro do zaprepašćenja i ja sam dosolio.

– Tako stoje stvari. – Zvuk glasova iza mene naveo me je da govorim tiše. – U svakom slučaju, nemojte ništa da kažete Antoanu. Važi?

Okrenuo sam se i video kako ostali gosti počinju da izlaze kroz balkonska vrata i dolaze na večeru. Krenuo sam ka njima, odlučan, po svaku cenu, da me niko od njih ne uhvati nasamo, bilo da se žali zbog onog što sam nagovestio, bilo da preduzme neku drastičnu meru da me ućutka.

Izgledalo je da će veče biti uzbudljivo.

23.

Sreda uveče

Atmosfera za večerom bila je napeta. Namerno sam seo levo od Pirsa i desno od Gasa Korniša, i davao sam sve od sebe da ignorišem sva pitanja koja bi mogli da mi postave o mojim sumnjama. Video sam kako prisutni gledaju u mene, neki zaprepašćeno, a drugi neprijateljski.

Gospođa Baumgartner je izgledala kao da će eksplodirati. Vena iznad desnog oka joj je vidljivo pulsirala i video sam da je veoma emotivna – da li je bila besna, ogorčena ili je želela da me ubije, to nisam znao. Video sam samo jednu stranu Antoanovog lica iza Gasa i primetio sam da mu obraz podrhtava. S moje druge strane, Melani je uporno izbegavala moj pogled i gotovo da nije govorila tokom obroka. S njene druge strane, Juženi je bila uzdržanija nego inače i malo je govorila. Pitao sam se da li je prenela Antoanu ono što sam rekao, i da li su on i Gas razgovarali o tome. Nadao sam se da je tako.

Jedino dvoje ljudi koji se nisu uklapali u tu opštu sumnjičavost i nesigurnost bili su Malkolm Derbi i Erih Baumgartner. Sedeli su jedan kraj drugog i ćaskali su izuzetno opušteno. Činjenica da je Erih gotovo uvek imao čašu u ruci verovatno je pomogla da bude opušten – mada mi se činilo da sam uočio nekakvu zabrinutost, ili nešto više – a Malkolm se očigledno trudio da popravi raspoloženje oko stola, ali bez mnogo uspeha. Na osnovu njegovog relativno opuštenog držanja, pretpostavio sam da je Pirs preneo Melani moje sumnje o njenoj prošlosti s Farmerom, a ona to možda nije prenela mužu. Sve u svemu, međutim, vladali su opšti strah i sumnjičavost među ljudima za stolom. Moj plan da ih sve uznemirim je izgleda uspeo. Veliko pitanje je bilo da li će ubica zagristi mamac.

Obrok je ponovo bio izuzetan, ali pitao sam se koliko je ljudi, u tim okolnostima, uživalo u njemu. Uporno pokušavajući da odbacim misli o osuđeniku na smrt koji jede poslednji obrok, dao sam sve od sebe da uživam u Emilovom poslednjem *chef-d'oeuvre*. Večeras su za predjelo poslužene školjke flambirane brendijem, u sosu od kozjeg sira i cimeta. Rezultat je bio spektakularan. U čast italijanske lokacije, poslužio je izvrstan rižoto od morskih plodova pre glavnog jela. Večeras je glavna atrakcija izgledala veoma impresivno dok ju je Roki iznosio na srebrnom poslužavniku, dugačkom jedan metar. Na njemu se nalazila ogromna riba, veličine lososa, koju je Emil skuvao na pari i onda temeljno očistio od kože i kostiju pre nego što ju je prekrio kolutićima krastavca nalik na krljušt. Nisam siguran koja je to riba bila, ali meso joj je bilo belo, za razliku od ružičastog lososa, i bila je ukusna. Uz nju je poslužena salata od komorača, prepeličjih jaja i dimljene slanine, i to je bilo jedno od najukusnijih jela od ribe koje sam probao.

Tokom obroka, napeto sam čekao da me neko pogleda mrko s druge strane stola i počne da me optužuje za širenje glasina ili nešto još gore, ali srećom niko se nije odlučio za to. Nadao sam se da još ne znaju kako sam optužio svakog od njih pojedinačno, i verovatno su bili nespremni da otkriju takve stvari pred ostalima, iz straha da se ne obrukaju. A što se tiče ubice, stalno sam gledao lica oko sebe, ali nisam mogao da primetim ništa konkretno.

Negde pre deset, dok sam uživao u Emilovoj verziji *pečene Aljaske* s prelivom od šumskog voća, vodnica Inočenti je stigla s pasošima. Obišla je oko stola i podelila ih, a onda je stigla do mene. Dok sam uzimao svoj pasoš, stavila je aktovku ispred mene i osetio sam kako mi paketić sa obećanim uređajem za komunikaciju pada u krilo. Kako se vreme za akciju bližilo, bilo je ohrabrujuće znati da se plan izvodi tako savršeno. Zasad...

Nije ostala dugo, tek dovoljno dugo da se zahvali svima na strpljenju i saradnji, a onda je otišla. Dok sam jeo desert i čekao da mi stigne dupli espreso, mogao sam da zamislim kako se ona i njeni ljudi vraćaju na imanje kroz malu kapiju i zauzimaju mesta, spremni za narednu fazu večerašnjeg pokušaja da uhvatimo ubicu. Zasad niko nije ustao od stola, ali kad sam video da je gospođa Baumgartner ustala i odlučno lupnula muža po ramenu, brzo sam počeo da sprovodim svoj deo plana. Kad sam popio ostatak kafe, ustao sam i objavio svima kako vodim Oskara u večernju šetnju po vrtu. Nakon toga, sjurio sam se niza stepenice pre nego što je iko mogao da mi se obrati ili me prati.

Kad sam se udaljio od svetala vile, zavladao je mrkli mrak, i bilo mi je potrebno nekoliko minuta da mi se oči naviknu na tamu i da bih išta video. Bilo je suviše rano za mesec, a zvezde su tek počele da svetlucaju iznad mene, ali nisu bacale mnogo svetlosti. Stalno sam gledao prema terasi iza i video sam da se brzo ispraznila. Ostali su samo Antonela i Roki, koji su raspremali sto. To je moglo da znači da su svi otišli u vilu, ili da je ubica već u akciji, odlučan da me ućutka. Bilo je neprijatno znati da sam mamac u potencijalno smrtonosnoj zamci, ali znao sam da mi je to jedino preostalo. Još važnije, to je bio možda jedini način da spasem Aninu ćerku od zatvora. Svaka opasnost je za mene bila vredna toga, bez sumnje. Mada je pragmatični deo mene govorio da je to jedino što mi je preostalo, to nije pomoglo da mi se uspori puls.

Palo mi je na pamet, gotovo prvi put, da bih se, umesto fizičkog napada izbliza nožem ili toljagom, mogao naći ispred noćnog nišana ubice sa snajperom. Čim mi je ta misao prošla kroz glavu, dao sam sve od sebe da je odbacim – ali to nije bilo lako. Podsetio sam sebe da je policija pretražila vilu od krova do podruma dva dana ranije, tako da je bilo nemoguće da je neko od učesnika sastanka sakrio tako veliko oružje. Uvek je postojala mogućnost, iako malo verovatna, da je Farmerov ubica došao spolja i mogao bi ponovo da se vrati, spreman da ubije... ali ovoga puta ću meta biti ja.

Pažljivo sam pogledao svaki žbun, drvo i grm dok smo Oskar i ja polako obilazili imanje. Nisam ranije shvatio koliko je tiho ovde iza visokih ciglanih zidova. Čuo sam Oskara kako diše. Svici u krošnjama drveća navodili su me da okrećem glavu, ali zasad nisam video nikoga.

– Isuse!

Tišinu je iznenada prekinulo pucketanje u mom uvetu i zvuk Paolinog glasa koji dopire iz slušalice izuzetno jasno. Moram da priznam da me je taj zvuk prepao i shvatio sam koliko sam napet.

– Dene, čujete li me?

Tiho sam mrmljao u mali mikrofon. – Savršeno, hvala. Nemam ništa da prijavim. Šta je s vama?

– Ništa, osim obaveštenja da smo na položajima. Osam policajaca je u blizini, pa ako se išta dogodi, samo viknite i neko će doći za tren.

Zahvalio sam joj se i nastavio da hodam polako uskom stazom, napetih živaca i sa instinktom koji mi je govorio da budem oprezan. Dok sam radio to, ponovo sam razmišljao o sumnjivcima. U ponedeljak uveče, svi su imali priliku da ubiju Farmera, mnogi su imali motiv, a vitrina s bodežima na zidu obezbedila je pristupačno sredstvo za ubicu jakog želuca. Pitanje je bilo, ko je to bio? Da je samo inspektor Vinči obavio ispitivanje u utorak ujutro, možda bismo imali bolju predstavu o mogućim finansijskim ili ličnim vezama između gostiju i žrtve. Ipak, čak i bez svih činjenica, postepeno sam došao do zaključka da je moj sumnjivac broj jedan verovatno gospođa Baumgartner.

Čim se ta misao iskristalisala u mojoj glavi, počeo sam da sumnjam u svoje rasuđivanje. Mislio sam da je veoma neprijatna osoba, ali to ne znači da je ubica. Nisam sumnjao da bi, ukoliko bi imala priliku, verovatno imala petlje da ubije Farmera, a to se nije moglo reći za njenog veselog, pijanog muža. Ili možda jeste? Pomisao na njega iznenada me je podsetila na nešto što je Antonela rekla. Te prvi noći, kad je Erih naizgled pokušavao da isprazni vinski podrum vile, Antonela mi je rekla da je, kad je kasnije čistila, morala da obriše pod ispod njegove stolice jer je bio prekriven prolivenim vinom. Prolivenim ili namerno prosutim kako bi stalno praznio čašu? Da li je Erihovo opijanje bilo dimna zavesa koja je trebalo da prikrije činjenicu da nije bio pijan i onesposobljen? Da li je ta vesela spoljašnost švajcarskog finansijera prikrivala zlokobniji karakter?

Nastavio sam da hodam, povremeno podižući poneki štap i bacajući ga Oskaru da ga donese, ali trudeći se da se usredsredim na ono što je ispred i ono ili onog ko se nalazi iza mene. Stalno sam okretao glavu levo-desno i čak se vraćao nekoliko koraka unazad da proverim da li se neko šunja iza mene. Oskar je mirno nastavio sa šetnjom, i utešio sam se činjenicom da nije izgledao uznemiren senkama. Ako neko vreba, nadao sam se da će on reagovati, ali osim ako to slučajno nije neka veverica, mogla bi to da bude uzaludna nada.

Staza je postepeno obilazila oko travnjaka i prolazila kroz gusto žbunje koje je sakrivalo zadnju kapiju, sve dok nije stigla do kopije Krivog tornja koju je naručio Tomas Gregori. Sedeo sam nekoliko minuta na obližnjoj klupi, srećan što mogu da se odmorim. Znao sam da je vodnica sakrivena tačno iznad mene i to je bilo utešno, kao i čvrst zid koji sam osećao iza leđa. Postepeno sam usporio disanje i otkucaji srca su mi se prilično normalizovali. Osećao sam kako mi se hladan znoj suši na leđima i obrisao sam lepljive dlanove o pantalone. Šetnja po mraku dok čekaš da ubica iskoči s nožem ili nečim gorim bila je stresna razbibriga, i znao sam da ću se obradovati kad se završi.

Nakon nekog vremena, promrmljao sam u mikrofon. – Zasad nemam sreće. Napraviću još jedan krug i onda ćemo morati da priznamo da je eksperiment propao. – Dao sam sve od sebe da ne zvučim razočarano, ali mora da je to ipak čula.

– Jasno, ali nije sve gotovo. Držite otvorene oči i zapamtite da smo svud oko vas.

Ustao sam i krenuo ponovo stazom. Mada smo Oskar i ja bili napolju još dvadeset minuta, rezultat je bio isti. Nismo sreli nikoga i niko nije pokušao da me napadne. Bilo je jasno da ubica nije zagrizao mamac. Dok sam se vraćao prema svetlima vile, osećanja su mi bila pomešana. S jedne strane, morao sam da priznam kako osećam olakšanje što više ne rizikujem život, ali s druge je postojalo razumljivo razočaranje što plan nije uspeo. A onda sam shvatio da će, ako se u narednih nekoliko sati ne dogodi neko čudo, svi moji sumnjivci otići, i stvari će izgledati stvarno sumorno za Virdžiniju.

24.

Sreda uveče

Vodnica Inočenti je poslala svoje policajce kući i došla je u moj stan iznad stare štale. Potrudio sam se da zaključam vrata na dnu stepeništa pre nego što sam izašao, ali opet sam proverio svaki ćošak pre nego što sam se vratio do kuhinje i ponudio Paolu pićem. Zahvalila mi se ali je odmahnula glavom.

– Trebalo je da budem kod kuće pre više sati i stvarno moram da se vratim svojoj porodici. Žao mi je što plan nije upalio. Znali smo da rizikujemo, jer ubica dosad nije napravio nijednu grešku. I, naravno, sad kad ljudi imaju svoje pasoše, sigurna sam da će doći do opšte bežanije sutra ujutro.

Sumorno sam klimnuo glavom. – Siguran sam da ste u pravu. Makar, što se vas tiče, imate sumnjivca u pritvoru, iako je to možda samo optužnica za ubistvo iz nehata, u samoodbrani. – Mada je činjenica da je oružje ubistva namerno doneto iz prizemlja moglo da ukazuje na nameru, ali nisam to rekao. Bez sumnje će neki pametan tužilac uskoro shvatiti to, i to neće pomoći Virdžinijinim izgledima. – Samo mi je veoma žao Virdžinije jer sam još više uveren u njenu nevinost. – Pogledao sam vodnicu u oči. – I ne kažem to samo zato što sam porodično povezan s njom. Ko god da je ubio Farmera, potrudio se da prikrije svoje tragove i da inkriminiše Rokija pomoću roleksa, kao i da otvori zadnju kapiju da ukloni sumnju s ljudi u vili. I dalje sam uveren da je to neko odavde i kladim se na švajcarski par.

Počeo sam da joj pričam o barici vina ispod Erihove stolice te prve noći i ona je klimnula glavom. – Da, to *jeste* zanimljivo.

Razgovaraću sa svojim pretpostavljenima rano ujutro da vidim hoće li mi dozvoliti da pozovem gospodina i gospođu Baumgartner u kvesturu na ozbiljno ispitivanje, u nadi da će jedno od njih popustiti. – Pogledala me je u oči i tužno odmahnula glavom. – Ali ne bih računala na to. Ako je to jedno od njih, dobro su prikrili svoje tragove.

– Istina, ali sigurno bi vredelo pokušati. Ustaću rano i pobrinuti se da ih zadržim ovde dok mi se ne javite. Samo se nadam da će vaši pretpostavljeni pristati. Baumgartnerovi su važni ljudi i, kako izgleda, ministar pravde se zainteresovao za ovaj slučaj, tako da bi mogao da se opredeli za lako rešenje i drži se zatvorenika koga već imate. – Zahvalio sam se Paoli najsrdačnije na svoj pomoći i saradnji, uprkos negativnom rezultatu. Kazao sam joj da bih, da sam još u službi, bio srećan da radim s nekim kao što je ona.

Pocrvenela je i zahvalila mi se, pre nego što me je upozorila. – Trebalo bi da ste prilično bezbedni ovde na spratu, ali obavezno zaključajte vrata preko noći. Pozovite me ako vam budem potrebna. Imate moj broj. *Ciao*, Dene.

Nakon što je Paola otišla, otvorio sam nekoliko prozora i pustio svežiji vazduh jer je bilo zagušljivo, ali moj racionalni um mi je rekao da samo pokušavam da se oslobodim nagomilanog stresa. Sipao sam sebi čašu hladnog, belog vina iz frižidera i smestio se na sofu, dišući duboko. Nakon što sam ugasio svetla da oteram komarce, seo sam i pokušao da uđem u um ubice. Možda je moj plan bio previše naivan. Da li bi Farmerov ubica stvarno razmišljao da rizikuje još jednu istragu ubistva da bi ućutkao osobu koju smatra najvećom opasnošću? Očigledno je da bi još jedno ubistvo, dok je Virdžinija bila u pritvoru, bacilo ozbiljnu sumnju na opravdanost njenog hapšenja i vratilo bi istragu na početak. Nažalost, morao sam da priznam da bih, uprkos nadama, da sam na ubičinom mestu, verovatno prihvatio rizik da su novi dokazi previše slabi da utiču na stvari i samo bih otišao odavde što pre mogu.

Pogledao sam na sat. Začudo, bilo je tek malo posle jedanaest. Nekako sam mislio da je sredina noći. Poslao sam poruku Ani, i rekao joj da sprovodimo plan i da je sve u redu. Nakon toga sam poslao poruku Rokiju, i pitao sam ga da li je neko od gostiju već otišao, a dva minuta kasnije, dobio sam neželjene vesti da su Baumgartnerovi pozvali taksi odmah nakon večere i otišli, mada su ostali odlučili da provedu još jednu noć u vili, pre nego što ujutru odu. Sedeo sam bespomoćno i gledao poruku na telefonu. Sad su moji glavni sumnjivci otišli i verovatno su bili na putu za Švajcarsku i verovatno su s njima otišle sve nade za srećan kraj za sirotu Virdžiniju. Pomišljao sam da pošaljem poruku Paoli da vidi može li da ih zaustavi na aerodromu ili železničkoj stanici, ali bez ikakvih dokaza protiv njih, znao sam da nema šanse da to bude odobreno, pa sam digao ruke.

Sedeo sam u mraku i razmišljao o slučaju, ali svaki put sam bio prinuđen da prihvatim neželjeni zaključak da je jedina osoba protiv koje postoje čvrsti dokazi upravo Virdžinija. Mogao sam samo da zamislim kako će pojavljivanje pred sudom i suđenje uticati na nju i njenu majku. To će biti katastrofalno za obe, da ne pominjem sebe.

Kako je vreme prolazilo, mora da sam zadremao i probudila me je vlažna njuška koja mi je neprestano dodirivala nogu. Mesec je bio izašao i video sam kako Oskarove oči imaju zelenkast sjaj na mesečini. Pogledao sam na sat i video da je gotovo tri. Pogledao sam ga, pitajući se da li pokušava da mi kaže kako mora da se olakša, kad se okrenuo i potrčao prema vratima spavaće sobe. Bila su zatvorena i nije mogao da uđe, ali video sam ga kako prednjim šapama grebe drvo. Moj pospani mozak je ponovo proradio i nalet adrenalina je prošao kroz mene. Da li je Oskar čuo nešto? Da li je neko u kući?

Izuo sam cipele, ustao i tiho krenuo prema vratima spavaće sobe, zastajući usput da pokupim jednu afričku skulpturu sa stočića. Bio je to vešt prikaz jednog visokog, mršavog muškarca i imao je, s moje tačke gledišta, posebno privlačnu čvrstu, tešku osnovu. Okrenuo sam je u ruci kako bih je držao za glavu, i ta statua je izgledala kao toljaga, mada nisam bio u zabludi da će mi komad drveta koristiti ako napadač ima vatreno oružje.

Kad sam stigao do vrata, zastao sam i pažljivo oslušnuo, pokušavajući da shvatim šta je Oskar čuo. Držao je njušku blizu vrata i bio je nakostrešen. To je bilo vrlo neobično za mog inače veselog psa i čvršće sam stegnuo statuu. Uhvatio sam kvaku, znajući da ću izgledati prilično smešno ako zateknem neku od lokalnih mačaka koja je ušla kroz prozor. Duboko sam udahnuo i krenuo da pritisnem kvaku.

Ne znam šta se zatim dogodilo. Vrata su me iznenada udarila u lice, bacajući me unazad i okliznuo sam se i pao na jedno koleno. Dok se to dešavalo, neka figura je skočila ka meni i video sam kako mesečina obasjava zlokobno čelično sečivo. I dalje sam pokušavao da povratim ravnotežu, kad je došao spas, u vidu mog četvoronožnog prijatelja. Oskar je neuobičajeno divlje zarežao i skočio prema mom napadaču, štiteći me svojim telom dok me je taj čovek napadao, i moj napadač se sapleo preko trideset kilograma trenutno prejedenog psa i pao naglavačke na pod. Tad sam već bio ustao i bacio sam se na tu figuru, pribijajući je na pod kolenom oslonjenim na krsta. Uhvatio sam tu osobu za levu ruku i zavrnuo je iza leđa, dok sam slobodnom rukom uhvatio ruku s nožem i više puta je udario u drveni pod, dok nož nije ispao i čuo sam ga kako udara u kamin.

Ta osoba se vrpoljila ispod mene, ali uzalud. Znao sam da sad imam kontrolu. To nije bio mišićavko poput Rokija, već sasvim drugačija zverka. Na mesečini sam već video da je to bio šezdesetjednogodišnji švajcarski finansijer po imenu Erih. Pogledao sam i video zeleni sjaj psećih očiju. Stajao je metar dalje, izgledajući izuzetno oprezno, i osmehnuo sam mu se.

– Hvala, kuče. Još jedna usluga koju ti dugujem.

Sigurno mi se osmehnuo.

Čekao sam da Baumgartner prestane da se opire, a onda sam mu se obratio, dok sam mu držao levu ruku iza leđa i kolenom ga pritiskao na pod.

– Dobro veče, Erih. Čekao sam vas.

Čim sam to rekao, palo mi je na pamet da je to jedna od najotrcanijih rečenica koje sam mogao da odaberem. Ovo nije bio triler, a ja nisam bio 007 i, da nije bilo mog psa, možda bih ležao mrtav s bodežom u srcu, kao Džonatan Farmer. Obratio sam mu se grubim tonom i dodatno ga pritisnuo kolenom. – Zavarali ste me; sve ste nas zavarali. Svi smo bili uvereni da ste bili mrtvi pijani u ponedeljak uveče, a vi ste planirali surovo ubistvo.

– Molim vas, sklonite mi koleno s leđa i pustite mi ruku. Povređujete me. Jao. – Cvileo je od bola i prvi utisak mi je bio da ne zvuči kao surovi ubica.

Popustio sam pritisak, ali nastavio sam da mu se obraćam pretećim glasom. – Dobro, drago mi je što boli. Smatrajte se srećnim što vam nisam slomio ruku. Više nisam u policiji i ne moram da igram po pravilima. – Čak i dok sam govorio to, stresao sam se zbog tog holivudskog klišea, ali bio sam odlučan da ga uplašim nasmrt kako bih saznao istinu. – Pokušajte da zamislite koliko vas mrzim i prezirem. Bili ste spremni da dozvolite da nedužna devojka ode u zatvor za ubistvo koje ste vi počinili i pokušali ste da okrivite Rokija stavljajući Farmerov sat u njegov džep. Niste marili za osobu koju ste ubili, a ni za osobe kojima ste smestili. Samo ste mislili na sebe.

Nije odgovorio i samo je ležao tamo. Na osnovu pomeranja ramena, stekao sam utisak da možda jeca. Ponovo, to nije reakcija koju bih očekivao od hladnokrvnog ubice koji je onako bezosećajno i odlučno ubo Farmera, gledajući ga u lice. Počeo sam da sumnjam. Možda Erih ipak nije ubica.

Ali morao sam da idem po redu, narednih pet minuta sam nespretno skidao kaiš slobodnom rukom i vezivao mu zglavke. Nije pokušao da pruži otpor i čuo sam ga kako tiho jeca. To je bilo samo privremeno rešenje, ali dozvolilo mi je da ustanem. Ostavio sam ga da leži potrbuške na podu, upalio sam svetlo i onda sam mu prišao i zamahnuo afričkom statuom.

– Ležaćete tu, Erih, i nećete se pomerati. Ako se pomerite, doći ću i razbiti vas. Shvatite ovo ozbiljno.

Jedan pogled na njegovo suzno lice rekao mi je da nema potrebe da koristim improvizovanu toljagu. Izgledao je potpuno nemoćno, poraženo, odsutno. Tokom godina u policiji, prisustvovao sam hapšenjima mnogih ubica, ali da se neko donedavno naoružan i spreman da ubije toliko slomi bilo je u najmanju ruku neobično. Sumnje su mi se dodatno produbile.

Uzeo sam telefon i pozvao Paolu. Mogao sam da pozovem kvesturu i ne uznemiravam je, ali znao sam koliko bi joj značilo da obavi ovo hapšenje. Zvučala je pospano kad se javila, ali brzo se razbudila. Sve vreme dok sam joj objašnjavao šta se dogodilo, gledao sam čoveka na podu, ali nije se pomerao, i bespomoćno je zurio u prazno. Čim sam završio razgovor, setio sam se drugih važnih stvari. Prvo, uhvatio sam psa i srdačno sam ga zagrlio – a on me je zauzvrat ubalavio – a onda sam poslao kratku poruku Ani.

Ubica uhvaćen zahvaljujući Oskaru. Sve je u redu. X

25.

Četvrtak rano ujutro

Izvadio sam svoju jedinu kravatu i bolje sam vezao Baumgartnerove zglavke i onda sam mu kaišem vezao noge, potpuno ga onesposobljavajući, mada nijednom nije pokušao da se bori ili oslobodi. Podigao sam ga, posadio na sofu, i seo na stolicu naspram njega. Spustio sam telefon na stočić između nas i pritisnuo dugme za snimanje zvuka, odlučan da uradim ovo po propisima... baš kao u stara vremena.

Baumgartner je jadno uzdahnuo. Suze su prestale, ali bio je bled kao krpa i video sam kako mu donja usna podrhtava. Paola mi je rekla da će ona i policajci doći za petnaestak minuta, a to će mi dati dovoljno vremena da saznam šta se događa. Dugovao sam Virdžiniji – i sebi – da otkrijem istinu. Nisam sumnjao da bi inspektor Vinči, da je vodio ispitivanje, ušao u ulogu lošeg policajca – a da li je imao neku drugu? – a ja sam prihvatio pomirljiviji ton.

– Hoćete li da mi ispričate o čemu se ovde radi, Erih? – Nije odgovorio tako da sam počeo s praktičnim pitanjima. – Kako ste uspeli da uđete u moju spavaću sobu?

To mu je, makar, privuklo pažnju i na trenutak me je pogledao u oči. – Merdevine. Našao sam ih u staroj štali dole.

To je objasnilo sve i prekorio sam sebe u mislima. Makar je trebalo da proverim sve načine pristupa. Da li je ovo najava da starim? Nepovezano, palo mi je na pamet da ću za manje od mesec dana proslaviti pedeset sedmi rođendan. Da li ja, da parafraziram besmrtne reči iz jednog holivudskog hita, *postajem previše star za*

ovakve stvari? Dajući sve od sebe da odagnam te misli o predstoje-
ćem opadanju sposobnosti, pogledao sam Eriha i pokušao ponovo.

– Čuo sam da ste vi i vaša žena otišli. Kako ste se vratili?

– Iznajmili smo kola. – Govorio je tiho i jedva sam ga čuo.

– Šta li ste, za ime sveta, hteli da uradite? Znate da ćete sad biti
u zatvoru do kraja života? – Pogledao sam bodež koji je ležao kraj
kamina i video sam da je to još jedan uzet iz zbirke na zidu muzičke
sobe. – Šta vas je nateralo da dođete ovamo noćas i zašto ste ubili
Farmera? – Ponovo je pogledao u pod, ali, pre toga, video sam neki
sjaj u njegovim očima i iznenada se magla u mojoj glavi razišla, i
shvatio sam da sam sve vreme bio u pravu. – Ne, to je pogrešno pi-
tanje. Trebalo je da pitam *ko* vas je naterao da dođete ovamo noćas,
zar ne?

Nastavio je da gleda u pod i nije odgovorio, ali bio sam prilično
siguran kuda idem i ponovo sam pokušao. – Šta ste ono rekli u ra-
zgovoru s policijom? Petnaest godina srećnog braka, čini mi se. Ko-
liko je *srećan* vaš brak, Erih? – I dalje nije bilo reakcije, tako da sam
ga malo pritisnuo. – Kako ste se oženili osobom kao što je ona? Vi
ste dobar čovek; društven i duhovit. Šta imate zajedničko s Birgit?

Možda ga je podstakla moja upotreba imena njegove žene, ali
polako je podigao pogled s poda. Oči su mu bile podlivene krvlju i
crvene – to nisu bile oči ubice. – Novac, eto šta.

Nisam ništa rekao i čekao sam strpljivo da nastavi. Činilo mi se
kao da je prošla čitava večnost, ali progovorio je verovatno nakon
trideset sekundi. – Da li vam firma *Leman braders* nešto znači? Fi-
nansijska kriza iz 2008?

Nisam se sećao pojedinosti, ali sigurno sam se sećao tog ozlogla-
šenog imena i finansijskog sloma, i klimnuo sam glavom. Izgleda da
nije primetio to i nastavio je da govori.

– Moja kompanija je poslovala stvarno dobro dotad i iznena-
da, gotovo preko noći, bankrotirao sam. Možete li zamisliti kako to
izgleda? Jednog minuta letim preko Atlantika prvom klasom, a sle-
dećeg se selim u dvosoban iznajmljen stan u siromašnom delu Ciri-
ha. – Sad mu je glas stvarno zvučao ogorčeno. – Birgit me je spasla...

– I zato ste se oženili njom?

– Šta sam drugo mogao? Ne umem da budem siromašan, a čovek se navikne na novac, znate. Brakom s njom popeo sam se na lestvici.

– Po cenu lične sreće.

Pogledao me je u oči. Gledao me je gotovo molećivo. – Moja lična sreća je zahtevala novac, pre svega. Znam da zvučim površno i znam da jesam površan, ali novac je mene činio srećnim i brak podnošljivim. – Preko lica mu je prešla naznaka tužnog osmeha. – I piće pomaže. Mnogo.

Sad je postajalo jasnije, ali nastavio sam da budem oprezan. – Kažete mi da u ponedeljak uveče niste glumili? Kad sam vas video kako se teturate, da li ste stvarno bili pijani?

Jedva primetno je klimnuo glavom. – Kao što sam rekao, to pomaže.

– I šta se stvarno dogodilo u ponedeljak uveče?

– Iskreno, ne mogu da se setim. Samo se prisećam da sam otišao do sobe na spratu, a onda ničeg do jutra.

Izgledao je toliko skrhano da sam bio prilično ubeđen da govori istinu. Pitanje je bilo da li je, uprkos pijanstvu, i dalje nekako uspeo da ubije Farmera ili je, u stvari, Farmera ubio neko drugi. I nije bilo nagrade za pogađanje ko je to mogao da bude. Sad je Erih trebalo da potvrdi moje sumnje.

– A gde je sad Birgit?

– Ispred, u kolima. Malo dalje odavde.

Pre nego što sam nastavio ispitivanje, poslao sam kratku poruku Paoli.

Gospođa B u iznajmljenim kolima u blizini. Uhapsite je.

Kad sam ponovo posvetio pažnju Erihu, pokušao sam drugačiji pristup. – Kad ste saznali da je Farmer ubijen?

– Birgit mi je rekla u utorak ujutro. Probudila me je u zoru da mi to kaže.

– I da li je rekla ko je to uradio?

Usledila je duga pauza i onda je nemoćno klimnuo glavom. – Kazala je da sam *ja* to uradio.

– I jeste li?

Bolan izraz prešao mu je preko lica. – Ne znam. Ne sećam se. Iskreno ne verujem da sam sposoban za nešto takvo, ali to je ono što je ona rekla.

– I koji je razlog dala za ubistvo?

– To je lako. Pre godinu dana, Farmer nas je zeznuo za milione i kompanija je izgubila gotovo polovinu svojih sredstava. Jedva preživljavamo. Najteže je bilo sačuvati tu tajnu. Da je objavio da smo prevareni, naš ugled bi nestao u trenu i bili bismo uništeni. To je bila šema preko kompanije na Britanskim Devičanskim Ostrvima, za koju smo kasnije saznali da je u Farmerovom vlasništvu. Znali smo da je rizično, ali povrat je bio potencijalno ogroman. Nismo tad znali da je on iza toga i kakva je lažljiva propalica. Kad se sve raspalo, on je zaradio milione, a mi i ostali investitori ostali smo bez ičega. – Glas mu je sad bio jači. – Biću potpuno iskren; kad sam čuo da je mrtav, to je bila najbolja novost koju sam dobio mesecima unazad.

– Ali bila vam je *novost*, vama koji ste ga navodno ubili? Da li ozbiljno očekujete da poverujem da ste bili toliko pijani da se ne sećate da ste uradili to, ali bili ste dovoljno trezni da ga ubodete tačno u pravo mesto da biste mu zaustavili srce u trenu? – Samo je bespomoćno odmahnuo glavom, a ja sam nastavio. – A šta je sa ovim noćas? Zašto ste iznenada odlučili da postanete ubica, ili ste mi ispričali gomilu laži i znate vrlo dobro šta ste uradili u ponedeljak uveče?

Ovog puta, čekao sam gotovo minut da odgovori. Kad je konačno odgovorio, glas mu je bio monoton, nezainteresovan. – Birgit je rekla da moramo da vas likvidiramo pre nego što saznate istinu. Kazala je da je policija završila istragu i, pošto sam već izvršio jedno ubistvo, biće mi lako da izvršim drugo. Ukrala je nož pre nego što smo napustili vilu, kako bi sumnja pala na ljude koji su ostali. – Pogledao me je na tren. – Ona je vrlo organizovana, temeljna osoba. Smislila je ideju da ostavimo Farmerov roleks u nečiji džep da bismo skrenuli pažnju i čak se provukla kroz žbunje da bi otvorila kapiju, kako bi policija mislila da je ubica došao spolja.

Bolan izraz prešao mu je preko lica kad je nastavio. – Ona je jaka žena. Nije kao ja. Toliko sam drhtao dok sam se peo merdevinama i ulazio kroz prozor da sam zamalo pao. Kad sam ušao u spavaću sobu i čuo kako vaš pas grebe po vratima, gotovo sam se onesvestio od straha. Ne razumem kako sam uspeo da ubijem Farmera kad ne mogu da nateram sebe da zgazim mrava.

Klimnuo sam glavom nekoliko puta i odlučio da pokušam. – Zar vam nije palo na pamet, Erih, da možda niste vi ubili Farmera?

– Ali Birgit je rekla da... – Sad je gotovo jecao.

– Razmislite, Erih. Znate da ste ubili Farmera jedino zato što vam je žena to rekla. Zapitajte se ovo: kako je znala u zoru u utorak da je Farmer mrtav? Vi ste bili mrtvi pijani i spavali ste, a Antonela je otkrila leš tek nekoliko sati kasnije. Kako je vaša žena znala?

Sedeo sam i strpljivo čekao dok nije došao do očiglednog zaključka. Nepogrešiv zvuk moćnih motora u daljini postajao je sve glasniji i glasniji, dok je spoznaja počela da mu se pojavljuje na licu, i pogledao me je s nevericom.

– Da li govorite da je *ona* uradila to? Mislite da *ja* nisam... – U glasu mu se čulo strahopoštovanje. – Sigurno, ona ne bi...

– Šta ne bi, Erih? Ne bi ubila Farmera ili ne bi pala toliko nisko da ubedi svog bezazlenog muža alkoholičara da je ubica i onda ga poslala da ponovo ubije? – Čuo sam zvuk vozila koja se parkiraju ispred i zagledao sam se na tren u njega. – Bojim se da ćete imati dovoljno vremena u narednih nekoliko godina da postavite sebi ta pitanja. Želim vam sreću, Erih, biće vam potrebna.

Uprkos činjenici da je došao da me ubije – i bez intervencije mog četvoronožnog prijatelja mogao je da uspe u tome – osetio sam sažaljenje prema tom slomljenom čoveku.

Za njegovu suprugu nisam imao nimalo sažaljenja.

Epilog

Četvrtak popodne

Ručak u četvrtak protekao je u veselom raspoloženju i ne samo zato što je Emil nadmašio sebe švedskim stolom prepunim svega, od hladnog jastoga, velikog lonca kuvanih dagnji, gratiniranih školjki i najboljeg hladnog goveđeg pečenja koje sam probao. Uz pet različitih salata, od vrlo galske verzije salate od kupusa do predivne mešavine rukole, crnih maslina i prepeličjih jaja, zelene špargle u sosu od plavog sira, a onda niz ukusnih deserata, to je bila prava gozba. Ne treba napominjati da je Gas insistirao da se posluži neki vrlo dobar šampanjac.

Za stolom su sedeli preživeli učesnici nesrećnog sastanka Malkolma Derbija, uz Anu i vrlo srećnu Virdžiniju, koja me je zagrlila čim me je videla, kao da joj život zavisi od toga. Makar se nešto pozitivno izrodilo iz ovonedeljne tragedije.

Za stolom je vladalo veliko olakšanje. Otišao sam do svih učesnika tokom jutra da im objasnim zašto sam iznosio makijavelističke insinuacije sinoć i da im se izvinim za izazvanu zabrinutost. Bilo mi je drago što su svi razumeli moje motive i izgleda mi oprostili. Malkolm Derbi je bio izuzetno zahvalan i bio je dovoljno pristojan da prizna svoju grešku.

– Rekao sam Pirsu da se pobrine da svi potencijalni investitori budu sasvim čisti. Moram da priznam da sam, u želji da ubrzam pokretanje posla, propustio da dobro proverim učesnike.

– Sigurno niste mogli da očekujete ubistvo. – Odmahnuo sam glavom u neverici. – Mada što više saznajem o Farmeru, to mi sumnjivije zvuči.

Klimnuo je glavom. – Kao što rekoh, Dene, *GS flajt* je potencijalno globalni projekat i moramo da budemo strpljivi i pronađemo prave ljude. Kad smo kod toga, večno sam vam zahvalan na pomoći. Bez vas, nedužna žena je mogla da završi u zatvoru. – Nazdravio je Virdžiniji i njenoj majci kraj mene. – Baš mi je drago zbog vas. Živeli.

Njegova žena je podigla čašu i uputila mi širok osmeh. – To što ste bili ovde učinilo je da se osećamo kao u svom krimiću, Dene. Srećno vam bilo sa sledećom knjigom.

Na moj zahtev, pridružila nam se vodnica Inočenti, koja me je takođe vrlo neprofesionalno zagrlila kad me je videla, ali otkud mi pravo da se žalim? Što se tiče Ane, zasula me je poljupcima, a Oskar je izgledao ljubomorno kad me je pustila.

Policija je pronašla iznajmljena kola i uhapsila gospođu Baumgartner sinoć, a Paola je uspela da nam kaže kako je, na zvaničnom ispitivanju jutros, Erih ponovio svoju priču i optužio svoju ženu. Birgit Baumgartner je, s druge strane, odlučno odbijala da išta kaže. Srećom, forenzička istraga jedne od dugačkih večernjih rukavica koje je nosila u ponedeljak uveče otkrila je mikroskopske tragove krvi koja je upravo analizirana. Paola nam je rekla da tužilac želi da podigne optužnice protiv oboje, i da će biti bezbedno zaključani u narednim godinama. Neočekivano, kad su jutros stigle pojedinosti o Farmerovom testamentu, otkriveno je da će gotovo celokupno njegovo lično i poslovno bogatstvo preći na fondaciju koja treba da *razvija i podržava izuzetne talente na polju ekonomije*. Nadao sam se da će korisnici tih sredstava biti moralniji od svog pokrovitelja.

Na kraju obroka, otišao sam do kuhinje da se zahvalim Emilu na hrani, ali i Antoneli i Rokiju za pomoć u istrazi. Nema potrebe da naglašavam, pratio me je Oskar, koji je odmah počeo da glumi da umire od gladi. Kao i obično, upalilo mu je, i uskoro je dobio komad mesa koji je mogao da nahrani poveću porodicu. Ali, sve u svemu, kako kažu u reklamama, zaslužio je.

Pre nego što se vratila u kvesturu, Paola me je odvela u stranu i šapnula da joj je rečeno kako će biti unapređena u inspektorku i da će odmah zameniti Adolfa Vinčija. Što se tiče njega, pričalo se da će, kad se oporavi, biti prebačen u luku Đoja Tauro, daleko na jugu Italije. Već sam čuo za tu veliku teretnu luku, koja je navodno u rukama najgoreg zločinačkog klana u Italiji 'Ndrangete. Sigurno mu ne zavidim na tom izazovu... sa onom bazukom od pištolja ili bez nje.

Ana, Virdžinija i ja smo odveli Oskara u poslednju šetnju vrtom i u poređenju s napetim sinoćnjim obilaskom, bilo je divno i opuštajuće uživati u mirisu jasmina u vazduhu i diviti se lepoti raskošnih cvetova tamnoljubičaste bugenvilije koji se prelivaju preko kamenih zidova oko travnjaka. Šetnja nas je odvela do lažnog tornja i Oskar je bez oklevanja otvorio vrata njuškom i krenuo pravo uza stepenice, a za njim i nas troje. Nebo je bilo vedro i pogled je na sve strane bio zadivljujući. Posebno lepo je izgledala velika, bela katedrala obasjana suncem, krstionica i, naravno, pravi Krivi toranj, a ti veličanstveni spomenici su se isticali ispred tamnozelenih Apenina iza. Ovde je bilo vrlo mirno, jedini zvuk bilo je tiho šuštanje lišća na povetarcu. Naslonio sam se na zid i pogledao preko predivnog vrta *Vile Gregori* ispod, uživajući u miru i tišini.

Nešto se pomerilo kraj mojih nogu i Oskar se, uvek radoznao, uspravio na zadnje noge i zagledao preko zida pored mene, njuškajući povetarac i gledajući okolinu. Nekoliko trenutaka kasnije, popodnevni mir je prekinut kad je uočio vevericu, svog zakletog neprijatelja, kako nehajno skakuće po granama ispod nas. Prvi put je bio na višem položaju nego veverica i bio je beskrajno uzbuđen. Počeo je izbezumljeno da laje i već je počeo da se penje uza zid, očigledno pokušavajući da, kao kamikaza, skoči u provaliju, kad ga je Ana uhvatila za ogrlicu i sprečila.

– Ne, Oskare! – Prestao je da laje i pogledao ju je postrance, dok je ona mahala prstom. – Dovoljno je loše što tvoj gazda pokušava da se ubije, pa ne moraš i ti. – Pogledala me je i osmehnula se. – Loše utičeš na svog psa.

Oborio sam glavu, glumeći postiđenost. – Izvinite, gospoja. Potrudiću se da budem bolji.

Čuo sam Virdžinijin glas. – Što se mene tiče, niste mogli da budete bolji. Hvala vam od sveg srca, Dene.

Široko sam joj se osmehnuo zbog osećanja sreće i olakšanje koje me je preplavilo. Došao sam ovamo bojeći se mogućnosti da Anina ćerka neće hteti da me pogleda niti da razgovara sa mnom. Nisam se usuđivao da razmišljam kako bi to moglo da utiče na moju vezu sa Anom. Dobro, to što sam zamalo ubijen bio je radikalan način da rešim probleme, ali srećom, sve je na kraju ispalo dobro. Pružio sam ruku i nežno stegnuo njenu.

– To je bilo najmanje što sam mogao da uradim, samo da bi tvoja mama bila srećna. Obećavam da više neću napadati veverice.

Pogledao sam Oskara u oči. Bilo je prilično jasno da nije bio spreman da obeća ništa slično. Ipak, s obzirom na to da mi je sinoć verovatno spasao život, imao je pravo da povremeno laje na veverice. Prijateljski sam mu se osmehnuo.

– Ti si dobar pas, Oskare.

Ali, naravno, on je to već znao.

Zahvalnice

Najsrdačnije se zahvaljujem svojoj divnoj urednici, Emili Raston iz sjajne kuće *Boldvud buks*, kojoj vešto pomažu oštrooke Su Smit i Emili Rider, korektorka savršenog prezimena. Hvala mom prijatelju Džonu Smitu, što me je strpljivo pratio na osamnaest kilometara dugom obilasku Pize, kad sam se vratio da osvežim sećanje na taj predivni grad. Na kraju, hvala, kao i uvek, mojoj Marianđeli, mojoj supruzi, koja uvek prva pročita sve što napišem. Njeni komentari i predlozi su neprocenjivi, kao i njeno poznavanje italijanske istorije, kulture i jezika.

Beleška o autoru

T. A. Vilijams je napisao preko dvadeset ljubavnih bestselera i sad se posvetio opuštenim krimićima, smeštenim u njegovu voljenu Italiju. Glavni junak te serije je bivši glavni inspektor Armstrong, sada privatni istražitelj, i njegov labrador Oskar. Trevor živi u Devonu, sa suprugom Italijankom.

Knjige T. A. Vilijamsa u izdanju Izdavačke kuće TEA BOOKS d.o.o. (digitalna i/ili štampana izdanja)

Serijal Armstrong i Oskar